海上晨钟

苏虹

著

作家出版社

目录

引　子

　　江风旁若无人地从眼前拂过。咖啡透出的淡淡香气，与对岸海关大楼清脆的钟声混在一起，悠悠地飘进鼻腔。我本能地抬起头，目光移向黄浦江对岸。

　　江上，一群海鸥时而在空中盘旋翱翔，时而在水面嬉戏觅食。过往游轮和运输船隆隆的轰鸣声和偶尔发出的低沉的汽笛声，打破了江面的宁静。但海鸥依然悠闲地在江面上滑行，自由自在、气定神闲。

　　对岸是素有"万国建筑博览群"之称的老外滩。从金陵东路开始，到外白渡桥，不到两公里长的老外滩，矗立着几十幢很有年代感且风格迥异的大楼，目睹了一个世纪的风风雨雨。

　　外滩天际线成为上海最经典的城市轮廓，犹如一首激动人心的交响曲。它的第一个高潮出现在汇丰银行大楼和海关大楼。两者一高一低、一长一狭，是外滩剪影中错落有致且最富节奏感的标志性建筑。汇丰银行，也就是现在的浦发银行，大楼于 1921 年 5 月 5 日开工，1923 年 6 月 23 日建成，是外滩占地最广、门面最宽、体形最大的建筑，被公认为外滩建筑群中最漂亮的，也是代表中国近代西方古典主义建筑最高水准的杰作。

与它毗邻的海关大楼是外滩曾经的"第一高楼"，落成于1927年，更是老外滩的标志性建筑。大楼最著名的是它高耸的钟楼和大钟，八层主体建筑上面，是三层高的四面钟楼。1928年元旦，海关大钟敲响了第一声，英国皇家名曲《威斯敏斯特》在黄浦江上空回荡。在此后九十多年时间里，报时曲几经变化，成为近百年来一个个重要历史时刻的见证。

不知何时，悦耳的《东方红》开始袅袅地升腾在黄浦江上空，随着耳畔乐曲的氤氲，视线不由得移至外滩"建筑交响曲"的第二个高潮——现代装饰主义的沙逊大厦，也就是现在的和平饭店和中国银行大楼。1929年落成的沙逊大厦，是中国第一座超过十层楼高度的建筑，也是外滩第一座抛弃古典风格的大厦。与其比肩而立的，是中国银行大楼，以装饰主义的摩天楼之身，配以蓝色琉璃瓦的中国传统四角攒尖顶，其主立面上的窗格花纹、飞檐斗拱、九级台阶，具有浓厚的中国传统色彩，在外滩建筑群里独树一帜。

……

汤姆·福克斯饶有兴趣地注视着老外滩。从浦东机场一下飞机，他就迫不及待地提出先到外滩看看。

"哪个外滩，东外滩、北外滩，还是老外滩？"我问。

"怎么？有好几个外滩？"他愣了一下，问我。

汤姆是哈佛大学药学院副院长，也是新谊制药厂的创始人马克思·霞飞的外孙。

马克思·霞飞，俄籍德国人，新谊品牌开创者。上个世纪初，霞飞夫妇携带一张神奇的配方来到上海，在霞飞路（今淮海中路）上创设了新谊药房。

经过几代人的努力，如今，新谊制药厂已成为闻名全国的药企。

　　大学毕业后，我在上海新谊制药找到一份工作。因为毕业于名牌大学，学的又是新闻专业，领导安排我在党办工作，编编小报、给领导写写讲话稿。日复一日，年复一年，这种平淡无奇的生活悄悄侵蚀着我，让我变得麻木，曾经的理想早就抛到了九霄云外。

　　但我知道，自己骨子里不是个甘于平庸的人，现在的状态不是我想要的。目前这种无聊的生活，多半由工作的清闲与专业不对口造成。其实，辞职申请报告早就写好了，只因"吉老头"当初把我从学校招进新谊，并对我一直寄予厚望，我不忍让吉老头失望，才压在抽屉里迟迟没有提交。

　　吉老头名叫吉耀东，是新谊的党委书记，年龄并不大，四十来岁，平日少有笑容，每次讲话都一本正经，动辄谈信仰、理想，听得大家耳朵都起了茧子。大家背地里都叫他吉老头，一个老气横秋的半拉子老头。

　　明年正值新谊成立一百周年，公司成立了"新谊百年庆"领导小组，吉老头亲自挂帅，我是小组成员之一，美其名曰"青年骨干"。我打定主意，帮助他完成公司一百年司庆后，无论他怎样反对，我都会离开，去找一份自己喜欢的、更具挑战性的工作。

　　对于公司这个"意义非凡"的百年庆典，我谈不上什么兴趣和热情，只是像往常一样按部就班、有条不紊地去完成一项被安排的任务。不管工作多么单调乏味，都会认真地完成，这是我作为职场中人的一大优点。

　　然而，此后发生的一切，却让我始料未及，近一年时间里，我竟然无意间触碰到一段段尘封的历史，发现了那么多真实却又充满传奇色彩的生命和惊心动魄的故事，也让我的工作和生活从此发生了未曾想到的变化。

第一章 历史的底色

1

"Are you going to Scarborough Fair，Parsley sage rosemary and thyme…"

一大早，电话铃声吵个不停。

我看了一眼，是多尔的电话。

周六本想好好睡个懒觉，不知道多尔这家伙发什么神经，才七点多就来电话了。

手机里传出的是莎拉·布莱曼演唱的《斯卡布罗集市》。纯净、空灵的歌声，让我如痴如醉、百听不厌，我干脆将其设置成手机铃声。

等到这首歌快结束时，我才摁下接听键，接通了手机。

不等我开口，多尔已在电话那边大喊大叫起来：

"你在干什么呢？这么久才接电话！"没等我缓过神来，她又气呼呼地说，"几点了？我都等你半天了！"

哎呀！我猛地想起，是我约了多尔，今天一起去上海历史博物馆。

　　多尔是我在复旦大学新闻学院同寝室的闺蜜。大家平时都喜欢把"多尔"两个字反过来叫，于是，陶多尔就变成了"掏耳朵"。她毕业后去了一家报社，专门跑文教这条线，时间一长，就成了一位"文化人"，原来的"掏耳朵"，现在可是小有名气的"掏耳朵的文化人"了。

　　我花了一个多月的时间，把新谊的历史资料翻了个遍。奇怪的是，我查阅的资料越多，越是觉得迷茫。在浩如烟海的历史面前，我感觉自己就是一个无知者。找到了一个问题的答案，马上又冒出十个、一百个问题，了解的东西越多，越觉得自己无知。我很奇怪为什么会出现这种情况，也对做好新谊百年庆典工作产生了畏难情绪。

　　"这不奇怪。"当我把困惑告诉单位的吉耀东时，他似乎早就料到了这一点，"人的知识体系好像一个圆，掌握的知识越多，圆的面积就越大，可圆与未知领域临界的周长越长，自然也就会发现自己越无知。"

　　他看了我一眼，说："别瞪着眼睛看我，这不是我的话，是一位哲人的话。了解历史大概也逃不出这个定律。"

　　"太难了！"我开始诉苦，"一百年，那么长的时间，那么多事情，那么多人，真的无从下手。"

　　"也难也不难。"吉耀东说，"说难，的确，在一百年的光阴里，新谊经历了几代人，发生了很多事，有的可能什么也没留下，有的只留下只言片语的记录，更多的人和事隐藏在历史的烟云中，你得拨开历史的烟云，去探寻史实。"

　　"是啊，很多人和事没有完整的文字记录，要弄清楚那段历史，太难了。"我顺势继续诉苦。

　　"不过，也不难。"吉耀东话锋一转，说，"可能你要先调整一下思路，还有大半年的时间，不要急于求成，欲速则不达。"

"您交我这么重要的任务，我能不急吗？"这倒是心里话，我不想给人留下"无能"的印象。

"急也没用，关键是要找出解决问题的思路和办法。"吉耀东笑了起来，"如果干着急有用，那我倒轻松了。"

"那您说？"我望着吉耀东。

"我觉得，很多历史问题，还是要放到历史的大背景下去考察、分析，这是一个基本思路。"吉耀东习惯性地摸摸口袋，然后拍了拍。那是他戒掉多年烟瘾后留下的后遗症。

"现在你把新谊的基本情况梳理了一遍，并且在心里产生了很多疑问，说明你这一个多月来的工作很有成效啊！"

"您又在鼓励我吧？"我很了解吉耀东的套路，每当工作中遇到困难，他总会想到法子去鼓励别人。

"这可不是单纯鼓励你。"他很严肃又认真地看看我，"工作中只有能够发现问题，才可能解决问题。现在有这么多疑问，在新谊的档案室得不到解答，你或许可以考虑一下，有没有更大的档案室？那里会不会有你想找的答案？"

"别的更大的档案室？"我突然明白了。

"就事论事，永远找不到正确答案。"吉耀东一本正经地对我说。

"您老人家今天成哲学家了，每句话都充满哲理。"我半开玩笑、半认真地说。

还真别说，吉老头的话打开了我的思路，上海各种档案馆、纪念馆，应该是我下一步搜寻资料的重点目标。

我赶紧洗漱化妆好，匆匆下楼，多尔打开车窗朝我喊道："你这家伙，害我等这么久。"

"对不起！对不起！"我坐上车，系好安全带，"中午我请你吃饭。"

"今天不用你请。"多尔发动起她的红色保时捷，一踩油门，车子"轰"的一声向前冲去,"上海历史博物馆刚修缮完毕试运行,我约了历史博物馆和上海建筑设计研究院的专家做个采访,你正好可以一起了解一下上海的历史。"

正说着,遇到一个红灯,多尔侧过身说:"说好了,中午就在他们楼顶的西餐厅用餐。据说牛排味道很有特点哦。"

"哈哈!瞧你好吃好喝的,让人羡慕嫉妒恨啊!真后悔自己没当记者。"我问多尔,"为什么请上海建筑设计研究院的专家?"

"上海历史博物馆的修缮工程是由他们设计的,当然要请他们具体介绍修缮情况,更专业嘛,而且他们也乐意我帮助他们做宣传。"

"你这个记者越当越精了。你看我是不是在企业时间长了,脑子也笨了?"

"嘁!粘上毛你比猴儿都精。"多尔朝我一笑,"就说今天,你知道我对口历史博物馆,而且博物馆修缮一新,近期有采访任务,就拉上我去找你要的资料……博物馆方面肯定重视配合啊,否则你自己来,就只能是个普通观众。就冲你这整合资源的能力,还说什么脑子笨?你说你还要怎么样吧!"

"这不是我们关系好嘛,有什么事首先想到你。"多尔说得我有点心花怒放。

正说着,我们到了历史博物馆,领导和专家已经等在门口。我们停好车,跟随他们开始参观。

上海历史博物馆展览体系由基本陈列、专题陈列和临展构成。我们参观的基本陈列,位于东楼,分"古代上海"和"近代上海"两个部分。一楼为"序厅",二楼为"古代上海",三楼、四楼为"近代上海"和"尾厅"。

博物馆和设计研究院的专家,一路上不停地介绍修缮设计理念和布展总体考虑。

上海建筑设计研究院的专家王东林,是一位已经八十多岁的老院士。老先生头发花白，戴着一副黑色宽边眼镜，温文尔雅，精神矍铄，腰杆笔挺，看上去比实际年龄年轻好多。

我们担心他年纪大、走路时间久了身体吃不消，他哈哈一笑，连说："习惯了！习惯了！"

他告诉我们，在博物馆修缮期间，他每周都到现场，上上下下察看。"这是我们设计师的乐趣。你们想想，从平面的设计图纸到最后立体的真实建筑，这是怎样神奇的转化，是不是很了不起？"他很自豪地问我们。

"是的，是的。"陶多尔连声附和。

我拉了一下多尔的衣袖，悄悄地说："待遇太高了吧，这么高龄的专家亲自讲解？"

"过会儿我还要给他们做专访的。"多尔看似很随意地传递出一个信息，我却从中听出了她的得意。

"我们现在所处的位置，就是当年的跑马总会大楼、钟楼。"王东林介绍说，"1862 年，一名叫霍格的英国人策马扬鞭，一路从沿泥城浜也就是今天的西藏路起，向西沿上海驱车大道也就是今天的南京西路，再向南到芦花荡也就是今天的黄陂路，再到周家浜、洋泾浜交会点，也就是现在的工人文化宫，再沿泥城浜回到起点。霍格马蹄踏过之处，打上木桩围起来，随后建成了号称远东第一的上海跑马厅，就包括这座极具欧洲新古典主义风格的跑马总会大楼。"

"英国人在上海跑马圈地？"我问道。

"是啊。"历史博物馆副馆长向义仁接过话茬，说，"在近一个世纪的历史中，跑马厅是在华外国人的娱乐场所，也是宣示殖民权益的政治舞台。二十世纪二十年代，每逢美国国庆日，美国海军陆战队都会在场内举行大型操演和升旗仪式。"

向义仁西装革履、风度翩翩，颇有学者气质。他继续介绍说："这里还上演了两次盛大的英皇加冕盛典。1911 年和 1937 年，英皇乔治五世和乔治六世登基，跑马厅连续多日欢庆。"

大家一边缓步前行，一边聆听向义仁的讲解。"1950 年，陈毅和粟裕签署命令，令市军管会将跑马厅土地所辖南京路以南、西藏中路以西、武胜路以北、黄陂路以东全部收回，作为市有公地，这才真正回到人民手里。"

在三楼的"近代上海"部分，我停下了脚步，对向义仁说："向馆长，您给我们重点介绍一下这部分内容吧。"

"那好。"向义仁爽快地答应了。他指着墙上的图片，为我们描绘出一幅上海滩二十世纪初的历史画卷。

二十世纪初的上海，风起云涌，江潮激荡。江面上舳舻相接、帆樯栉比，地面上道路纵横、高楼林立，上海滩已然成为中国最为发达的金融中心、工业中心。

中国境内中外银行的总部大多设立于此，且功能齐全，资金融通量巨大，除银行之外，证券、保险等业务体系也已建成。而随着外国资本大举入侵上海，工业化快速发力，贸易、金融与工业相互关联，相得益彰。

正是在这样的背景下，十九世纪末形成的实业救国思潮，在二十世纪初达到高潮，中国的资本主义获得初步发展。帝国主义国家在清廷卖国政策的帮助下，疯狂掠夺中国资源和主权，民族灾难深重，资产阶级领导的民主运动日趋高涨，他们投资兴办新式工商业的兴趣不断增加，一些委身于外国资本家的洋买办，开始了华丽的转身。

"当年毛泽东主席对上海曾有过经典的比喻，盛赞上海是'近代中国的光明的摇篮、工人阶级的大本营和中国共产党诞生地'。"向义仁转身问我，"你来自上海国企，知道为什么说上海是工人阶级的大本营吗？"

"向馆长考我了。"我不假思索地脱口而出，"是因为解放前上海工人数量大。"

"你这是定性分析，或者说，你这只是结论。"向义仁笑着说，

"如果从学术视角看，你还需要用数据说话。"

向义仁指着墙上的展板，"你看，这里有几组数据：1894年，上海已经有产业工人3.622万人，占同期全国工人的47%。1919年，上海有各类工厂2291家，工人18.15万人。1949年，全市工人122.5万人，占全市总人口的四分之一。"

"还不赶紧记下。"多尔提醒我。

我赶紧用手机拍下了这几组数据。

"我一辈子研究建筑，但最近几年，我却悟透了一个与建筑本身没有太大关系的门道。"王东林兴致勃勃地插话说。

"哦？"我很有兴趣地望着他，"王老，是什么门道？能否给我们年轻人说说？"

"好啊！"王东林有点兴奋地答道。他扭头问向义仁，"您是历史博物馆馆长，历史方面您肯定是专家。您认为上海当年为什么会成为共产主义思想传播的高地？共产党为什么诞生在上海？"

向义仁与王东林在历史博物馆修缮的两年里，一起研究、修改施工方案，不知开过多少会、商量过多少次，早就成了老朋友。

"您有何高见？"向义仁问。

"谈不上高见，一点心得。"王东林指着一张上海老地图说，"你们看，当年上海有公共租界、法租界、华界三个区域，各有各的地盘，各有各的管理权限和制度，而在三个区域的接合部，形成了管理的薄弱地带和管理缝隙，这为党的早期活动提供了便利条件。"

"王老这个思想倒是很新颖、很独到，也为社会学研究提供了一条新思路啊！"向义仁轻轻击掌。

"请看，中共二大会址辅德里就是新式里弄，也是英美公共租界和法租界的交会处，当年同期建造的石库门建筑共有四排，'二大'会址位于第二排。"王东林指着二大纪念馆的位置，"当年的石库门里弄，都是独门独户，每个建筑都有很高的围墙，而且设有前后两个大门，这有利于住户在紧急情况下逃离，特别适合从事地下工作。"

"这倒是非常有趣的发现啊！"我颇感惊奇，一位搞建筑设计的工程院院士，竟然对党史研究有如此独到的见解。

"我这几年跑下来，有个很深的体会，就是跨界往往能出奇制胜。"陶多尔也感叹道，"跳到圈子外面，研究圈子内的事，往往会有意想不到的收获。"

"王老讲得很有道理。上海有很多得天独厚的优势，比如经济发达，移民社会，群英荟萃，包括华洋杂处以及复杂的国际联系，都为共产主义思想的传播创造了有利条件。"向义仁接着介绍说，"二十世纪初，中国各种政治势力犹如走马灯般频繁变换，政客蜂起，团体层出，可惜这些政治势力或为一己私利钩心斗角，或因会党习气丧失原则，虽逞一时之快，踞一方之地，但终究难成大气候。直到中国共产党成立，中国政治舞台才发生了根本性的变革。"

"不愧是专家，三言两语就把这段历史讲得这么明白！"我由衷地赞叹道。

"我这里既是上海历史博物馆，也是上海革命历史博物馆啊。"向义仁笑笑，说，"如果这些我都不了解，我这个副馆长就不称职喽。"

多尔对两位专家的专访被安排在历史博物馆五楼的露台。

这里是一家名为"ROOF 325"的西餐厅。

开设在地标性建筑上的这家西餐厅，犹如出身名门的大小姐，浑身透着优雅气质，静静隐匿于历史博物馆的五楼。餐厅被全透明的阳光房环绕，中间是露天的花园平台。在大钟楼的映衬下，显得别有一番意境。我不知从这里经过了多少次，竟然不知道在上海市中心，有这样一个"大隐隐于市"的西餐厅。

多尔正在与两位专家聊着，我要了一杯咖啡，在靠近人民广场的一侧坐了下来。

这里是欣赏人民广场风景的绝佳位置。远远望去，处于北面中轴线位置上的市政大厦，是上海市人民政府所在地。它的西侧是上海大剧院，白色弧形拱顶配以具有光感的玻璃幕墙，夜幕中的大剧院在灯光的烘托下，宛如一个水晶般的宫殿。城市规划馆位于市政大厦的东侧，是中国最早的城市展示馆，展示规模在世界同类展馆中首屈一指。而市政大厦对面的上海博物馆，是一座方体基座与圆形出挑相结合的建筑，具有中国天圆地方的寓意。

置身历史博物馆，楼下车水马龙，楼顶格外安静。

阳光，蓝天，白云……天气晴朗的日子里，人也好像变得安静。与上海历史博物馆一路之隔的是明天广场。这座上海第六高的摩天大楼，像一支直插云霄的巨型火箭。天上的白云，快速掠过明天广场大厦的楼顶，让广场充满了动感，盯着看久了，觉得自己好像也在白云中穿梭。

我站起身，顺着一侧的南北高架，朝远处望去。那里，就是百年前的新谊制药厂……

2

1930 年，初春。

霞飞路新铺的柏油路面，散发出沥青特有的焦油味，习惯了乡土气息的人们，并不觉得刺鼻，相反，吸进肺里反倒觉得特别舒适。道路两旁已有二十多年树龄的法国梧桐树，桠枝刚被修剪过，宛若一个个伤痕累累的身躯，倔强地伸向高处。初露的嫩芽，怯生生地环视周边，似乎仍未走出前一年腥风血雨带来的惊恐。二路有轨电车不时从熙熙攘攘的行人身边疾驰而去，洒下一路叮叮当当的铃声。

此时的霞飞路，已有了时尚大街的雏形。

霞飞路原名宝昌路。这里成为法租界后，就改名霞飞路以纪念法国名将霞飞。巧的是，上海新谊制药有限公司的前老板，也叫霞飞，马克思·霞飞。

鲍永昌的车子从霞飞路拐进马斯南路 20 号，来到新谊化学制药厂。

车刚停稳，早已等在门口的礼宾顺势打开车门。随即，一只锃亮的黑色皮鞋映入人们的眼帘，继而另一只锃亮的黑色皮鞋，也踩到地面上。鲍永昌从车子里探出头，左右看了看，稍作停顿后，满意地露出笑容。身着藏青色暗条西装的鲍永昌，缓缓站起身，风度翩翩、踌躇满志地走下车。

出生于宁波的鲍永昌，幼年丧父，后和哥哥鲍永梁随母亲移居上海，投奔姨妈，不久母亲去世。膝下无子的姨妈将他们视如己出，对鲍永昌两兄弟关爱有加。

到了读书的年龄，鲍永昌进入法国天主教会在上海创办的圣芳济学堂，中学毕业后又进入同样是教会学校的震旦大学医学院。大学三年级那年，经由哥哥鲍永梁的推荐，鲍永昌进入英商怡和洋行地产部当了买办。

怡和洋行是 1832 年由两名苏格兰裔英国人，也就是威廉·渣甸和詹姆士·马地臣在中国广州创办的。1843 年，上海怡和洋行成立。1844 年上海首次拍卖土地，便由怡和购得。怡和洋行早年在中国主要从事鸦片及茶叶的买卖。1872 年后怡和洋行放弃对华鸦片贸易，投资业务逐渐多元化，除了贸易外，还在中国内地及香港投资兴建铁路、船坞、各式工厂、矿场银行等。1912 年以后，怡和的公司总部搬到了上海。

鲍永昌进入怡和洋行地产部这一年，正值生意风生水起之时。鲍永昌凭借一口流利的英语和法语，周旋于洋人间，如鱼得水。

收入不菲、条件舒适的买办，是当年上海滩许多人梦寐以求的职业。

但是，这一切都是别人看到的光鲜表面。

看洋人的脸色行事，让从小就很倔强的鲍永昌非常憋屈，他的志向并不只是赚钱。在他看来，男人当干出一番事业，办实业才是真正的事业。当新谊制药厂因业务扩展招募股本时，他凭着当买办练就的商业嗅觉，敏锐地感觉到，改变洋人一统上海西药市场局面的机会来了。

他先是迅速筹集资金入股，成为新谊制药厂的股东，接着把新谊制药厂正式改组为"新谊化学制药厂股份公司"，又向国民政府实业部注册，由俄籍德国人马克思·霞飞任总经理。随后仅用了三个月的时间，鲍永昌就凭借在怡和洋行的丰富经商经验和广泛人脉，收购了霞飞的全部股份，成为最大股东，担任新谊化学制药厂股份公司的董事长，霞飞则被聘为监制人。

草坪上，正举办新谊化学制药厂股份公司的成立庆祝酒会。

前来祝贺的人比鲍永昌想象的多，各行各业的头面人物几乎都到了。这也正是鲍永昌精心安排并希望出现的场景。他们的到场，既能显示新谊的江湖地位，又是一次很好的宣传推介。

新谊制药地处法租界。法租界公董局法方副总董施维泽，还有布卢姆、科切特、利翁等十三位董事早早来到现场。

"Merci beaucoup！"鲍永昌与嘉宾一一握手，嘴里不停地用法语重复着："谢谢各位！谢谢各位！"

施维泽与鲍永昌并不陌生，当鲍永昌伸过手来，他有些夸张地张开双臂："Félicitations（祝贺您）！"

鲍永昌随即抬起左臂，与施维泽抱在一起，并用右手拍拍他的后背："Merci pour vos félicitations（感谢您的祝贺）！"

上海滩六十多家药房老板差不多都到场了。面对现在和将来的合作对象兼竞争对手，鲍永昌客气又颇为自得地抱拳作揖："各位同行多多关照！多多支持！"

面对春风得意的鲍永昌，药房老板们满脸堆笑："鲍老板以后多关照！"

万国药房的副经理王铭珊主动走到鲍永昌面前，他没有像其他药房老板那样抱拳作揖，而是主动伸出右手，自我介绍道：

"万国药房，王铭珊。"然后又用英语说道，"Mr. Bao, please take care in the future（鲍老板日后多多关照）！"

鲍永昌停下脚步，仔细打量眼前的王铭珊。只见他身着得体的深色西装，面带微笑，不卑不亢，斯文却不失豪放，儒雅而不失霸气。鲍永昌顿觉此人不凡，不由自主地伸出手，与王铭珊握在一起。

鲍永昌没看错。多年前，只有十四岁的王铭珊只身从浙江萧山前往上海，进南洋药房当了学徒，后又到雷士德工学院化学科学习。不到十年的时间，聪明好学的王铭珊早已不是当初那个怯生生的南洋药房学徒了，此时的他，已是上海滩西药界有名的青年才俊，万国药房副经理兼营业部主任。

"La valeur n'attend pas le nombre des années（自古英雄出少年）."鲍永昌故意用法语说。

王铭珊不懂法语，但不失礼貌地朝鲍永昌笑着点点头。

王铭珊身边站着一位年长一点的中年人，身着长衫，脚蹬圆口布鞋，略瘦的脸颊配以内敛的眼神，显得沉着稳健，十分干练。他叫沈志远，是王铭珊的跟班。沈志远的公开身份是万国药房的账房，而私底下，他还有一个连王铭珊都不知道的特殊身份：中共地下党员。

让鲍永昌有点意外的是，上海滩流氓大亨杜月笙也在前来祝贺的人群中。他是以公董局董事身份参加庆典的。对眼前这位西装革履、意气风发的后生，杜月笙没有握鲍永昌伸来的手，而是拱拱手后，居高临下且面无表情地用右手拍了拍鲍永昌的肩膀，竟然说了一句与他刚才同样的话，只不过杜月笙说的是中文：

"自古英雄出少年。"

鲍永昌虽然充当买办在洋人中混迹多年，但他深知杜月笙在上海滩的江湖地位，不由自主地弯着腰，毕恭毕敬地对杜月笙说：

"改日登门拜访前辈。"

这是一个中西合璧的庆典仪式。中国人喜庆的日子自然少不了鞭炮，位于法租界的新谊化学制药厂股份公司，大门前满是鞭炮燃烧爆炸后的纸屑，空气中烟雾缭绕，弥漫着刺鼻的火药味。前来祝贺的中国人、外国人，每人端着一杯香槟。

鲍永昌也不例外。他端着香槟走到霞飞面前，用法语亲切地交谈着，并举杯与霞飞相碰："合作愉快！"

霞飞脸上露出一丝不易察觉的失落神情。他不失幽默地用手指指鲍永昌的酒杯，问："这是什么？"

鲍永昌这才发现，原来酒杯中漂着一块很小的红色纸屑，是鞭炮爆炸后的残骸。鲍永昌不以为意地瞟了一眼，满不在乎地耸耸肩，用中文回应道："吉祥！"然后把举着的酒杯主动与霞飞相碰。

霞飞也洒脱地与鲍永昌碰杯："合作愉快！"

霞飞若有所思地看着新谊的英文商标"SINE"。"SINE"在拉丁语的词根里是"中国"的意思，当初使用"SINE"为英文商标，寓意着要把西药引进中国，实现在这个积贫积弱的国家治病救人的理想。但他知道，实现这个理想是需要一个漫长过程的。

十几年前，霞飞这位药学博士，携着病弱的妻子，在霞飞路443号开设了一家用来糊口的药房，取名SINE PHARMACY——新谊药房。大概连霞飞自己也没有想到，"新谊药房"日后竟发展成被誉为"远东第一大药厂"的新谊化学制药厂。

1918年，霞飞从动物脏器和婴儿胎盘中成功提炼出荷尔蒙晶体，1922年试制成功"维他赐保命"。在霞飞的学业导师保罗的指导下，经过美国大学的临床实验，维他赐保命的质量和疗效得到了印证。霞飞从一开始便展现出德国人的严谨，这也为新谊后续的产品研制种下了"质量为上、疗效显著"的"好药"基因。

两年后，侯之康应聘到新谊药房担任药剂师，同年，霞飞与侯

对岸是素有"万国建筑博览群"之称的老外滩。从金陵东路开始，到外白渡桥，不到两公里长的老外滩，矗立着几十幢很有年代感且风格迥异的大楼，目睹了一个世纪的风风雨雨。

之康共同创办新谊化学制药厂，开始尝试生产维他赐保命，并在新谊药房出售。

鲍永昌举着酒杯，转身对着侯之康用英文说："侯总经理，很高兴我们走到一起。"接着又用中文说道："为国人健康努力！"

侯之康中等身材，脸庞清瘦，发际线比常人高出不少，额头饱满而突出，浓眉下一双眼窝深陷，挺拔的鼻梁与微微上扬的上嘴唇间，留有一撮似乎没有刮干净的小胡子，略厚的下嘴唇与稍尖的下巴，让他显得更加清瘦。

毕业于湘雅医学院药科专业的侯之康，先后在德商科发药房、英商金鹰药房任职，后来进入霞飞开设的新谊药房任药剂师，几年后又成为新谊化学制药厂第一任中方经理。他是一位科研型的企业家，在任新谊中方经理的几年时间里，他提出了一系列改进生产工艺的措施，对提高药品质量发挥了重要作用，这也让他取得了霞飞的高度信任。特别是在针剂改良方面，不仅他的理念得到了医药界的认同和应用，他本人也赢得了医药界的广泛信赖和良好口碑。

他还是一位虔诚的基督教徒。他喜欢新谊弥漫的浓浓的仁爱和感恩的氛围，甚至还自己出钱，在西渡建了一座带花园的洋房，用来给基督教徒做礼拜。

侯之康似乎并不喜欢眼前这位性格有些张扬的新董事长。他已习惯于此前作坊式的新谊药厂，对鲍永昌用收购的办法将新谊药厂公司化，本能地反感和抗拒，尽管他知道收购并非鲍永昌一人所为。

当鲍永昌对他说"为国人健康努力"时，他边与鲍永昌碰杯，边用英语冷冷地回应道："Rome was not built in a day（罗马非一日建成）."

然后，侯之康把头转向霞飞。

霞飞朝侯之康和鲍永昌晃了晃手上的酒杯，似乎在代侯之康回应鲍永昌：

"Every little helps（积少成多）."

鲍永昌大度地一笑，同样说："Every little helps（积少成多）."

"嘎——"随着一声刹车响，大家眼光移向新谊大门。法国代理总领事、公董局总董柯格霖从车上走了下来。他向众人挥挥手，径自走到鲍永昌面前，而鲍永昌也把酒杯递给身边的服务生，快速迎了上去。

柯格霖对眼前这位曾经的怡和洋行买办并不陌生，但他对霞飞更加熟悉，他知道新谊如何在霞飞手上一天天成长发展起来，对维他赐保命这个风靡上海滩的"神药"也有所了解。

对于鲍永昌收购新谊制药，柯格霖似乎还有些疑虑，甚至还流露出几分不屑。

鲍永昌对洋人的高高在上早就见怪不怪。他知道，公司在法租界，"洋大人"自然不可得罪。

鲍永昌满脸堆笑，热情地与柯格霖拥抱在一起。

他满意地看着眼前的一切，仿佛已看到新谊制药傲立同行之首的明天。

3

新谊药厂档案室里，几页泛黄的纸片，是记录着新谊制药厂公司开业当天，参加庆典的嘉宾的名单。我惊奇地发现，在这份长长的名单中，当时公董局的董事竟然全部到场了。公董局是一个与公共租界工部局相当的市政组织和领导机构，早期也被译为"法租界工部局"，后来为避免机构同名，被译为"公董局"，"董"就是"董事"。在这里，公董局是行政机构，但更像是一个企业，由多人组成董事会，设总董一名，为最高执行董事。更有意思的是，当时上海滩的帮会头目黄金荣、杜月笙竟然也在其中，他们都有一个特殊身份：公董局董事。

到新谊工作之初，我就听许多老同事说，新谊是一个有故事的企业，笼罩着一层神秘色彩，有些人的身份到现在还是一个谜。带着好奇心，我试图还原新谊历史上的一个个瞬间。其实，这是一项难度很大的工作。一百年，在历史的长河里或许只是一瞬间，但如果在真实的个体生命前展开这个瞬间，便又是一条时间长河。

我再次感到了一种从未有过的压力。

下班前，接到陶多尔的电话，邀请我晚上参加一个聚会。她在电话里神秘兮兮地对我说："给你介绍一位朋友，你肯定感兴趣。"

我已经习惯她故弄玄虚的做派。一件很寻常的事，她总能描述得山重水复、峰回路转、惊天动地，这倒正好促成了一名好记者的诞生，她写的报道，总能勾起读者的阅读兴趣。

此前她也经常告诉我，"给你介绍一位朋友，你肯定感兴趣"，但每次到场才发现，她拉上我，只是为了弥补男女比例失调的缺憾而已。

"多尔，不会又是拉我去凑数吧？"

"哪一次拉你凑数了？每次都是聊得来的朋友好吧？"多尔有点委屈，"有位朋友新书出版，今天小范围庆贺一下。对了，是研究近代上海历史的，蛮有意思的一本书。"

"那……"我犹豫了一下，问，"在哪里？"

"思南路。我一会儿把详细地址发你哈。"

"思南路？"那正是当年新谊制药厂所在地，我正想去那里看看，也想请她帮我的工作出出主意，但我还是装得有点勉强，"那好吧。"

正是华灯初上时，我走到约定的酒楼。

包间里只有服务员一个人在摆台。

我走下楼，决定先去思南路走走。

上海马路的名字很有意思，不长的一条路，东西方向会称为东路、西路，南北方向会称为南路、北路，有的还在两者之间加上中路。比如南京路，实际上是指南京东路和南京西路，如果给你一个地址"上海市南京路某号"，那一辈子也别想找到这个地址，因为根本就没有南京路某号，只有南京东路某号、南京西路某号。许多人沿用这一习惯，沿思南路往北，试图走到思北路，可就是找不着北。其实，思南路是上海法租界第三次扩张时，公董局为纪念法国著名音乐家 Massenet 而修筑的，命名为马斯南路，后改为思南路。

如今的思南路，掩映在高大的法国梧桐的浓荫下，成了一条浪漫气息浓郁的马路。从复兴中路起沿着思南路一直向南，沿街两边梧桐繁茂的夹道上，梧桐的枝叶在空中合围，挡住了闹市的喧嚣与躁动。微风吹拂，路灯透过婆娑的树影，投下斑驳的灯影，两边各式各样的老洋房"风韵"犹存，外有卵石墙面、上有红瓦铁窗，堪称上海这座现代大都市的独特风景。

思南路 36 号曾经是抗日爱国将领杨森在上海的府邸，是一座英国风格的红砖木构坡顶建筑，爱奥尼克式的立柱、圆弧形的窗户，透出浓浓的异国风情。它的边上是具有深厚人文底蕴的上海市启秀实验中学，前身为启秀女中，这也是抗日烈士茅丽瑛生前就读和任教过的学校。继续往前，可以看到一座西班牙风格花园洋房，当年上海滩金融界知名人物、曾任金城银行襄理的袁左良就居住于此。再往前，则是陈长蘅、张静江、薛笃弼、卢汉、李石曾、罗隆基等人的故居。

这里还有近代畅销小说《孽海花》的作者曾朴的花园洋房，他在这里度过了一生中最重要的岁月。曾朴能说一口流利的法语，并翻译了许多法国文学作品及前卫的文艺理论著作。当年，曾朴父子在家里办了一个法国文化沙龙，聚集了一批当时上海滩最风流潇洒的文化人。

"九一八"事变后，拒绝为日本人演出的梅兰芳离开北平缀玉轩寓所，全家迁居上海，也曾蛰居这里。在这座西班牙式花园洋房里，梅兰芳蓄须明志，闭门谢客，退出舞台。1942年年底，也是在这幢原本静雅的花园洋房里，梅兰芳为拒绝庆祝所谓"大东亚战争的胜利"，冒着生命危险接连注射三针伤寒疫苗，引发高烧，经日本军医验证得以免去演出。日本投降当天，梅大师则立即在思南路的寓所里剃去留了十三年的胡子，随后登台兰心大戏院，演出《刺虎》以庆贺民族战争的胜利。

思南路73号是著名的周公馆，当年中国共产党代表团驻沪办事处旧址。1946年，周恩来率中共代表团前往南京，与国民党进行谈判，并在马斯南路107号，也就是现在的思南路73号设立了上海第一个公开的办事机构。当时国民党不允许中共中央在上海设办事处，从南京来沪的董必武见状说，不让设办事处，那就称周公馆。随后挂出"周公馆"门牌，上书中文"周公馆"，下面用英文书写着"周恩来将军官邸"。

当年的新谊制药厂就位于马斯南路20号。可惜，这些厂房没有花园洋房幸运，一排崭新的住宅楼取代了它。此刻的我，已经很难想象，新谊制药厂的草坪上，鲍永昌是怎样的风采，宾客云集的庆典是怎样的场景。

思南路当年的故事，或已随风飘逝，或已永远凝固在时光里。

4

早春上海的清晨，仍然夹带着些许寒意，鲍永昌早早来到办公室。这是他在怡和洋行工作时养成的习惯：提前到办公室，检查前一天的工作，再把当天的工作计划梳理一遍。

当他坐到办公桌前时，右前角一块巴掌大的地方残留的灰尘，让鲍永昌微微皱了皱眉头。他起身掏出手帕，擦拭后把手帕扔到窗台上，待重新坐到办公桌前后打开文件夹，里面是他考察日本的计划书。

步入新的行业，鲍永昌感到了从未有过的压力。其实，他对制药行业不甚了解，虽然曾经就读于震旦大学医学院，却因为提前结束学业到怡和洋行工作而肄业了。

化学制药有别于传统的中医药，在中国是一个新兴行业，对鲍永昌来说，也是一个陌生领域。此前的新谊，从规模讲，只能算是个街道小作坊。鲍永昌很清楚，要想让新谊有一个大的发展，就必须扩大生产，形成一定的规模后进行批量化生产，而标准化的严格管理必不可少。

想到这里，鲍永昌重又走到窗前。

窗前孤零零地兀立着一棵玉兰。玉兰是一种名贵园林花木，在上海却比较常见，但作为一棵有近百年树龄的玉兰，它还是很稀罕的。前几天阴雨绵绵，寒风刺骨，默默沉寂了一冬的玉兰，依然在酣睡之中。这两天天气放晴，气温上升，枝头细小的冬芽已变成直立的花苞，有几朵竟然迫不及待地绽开了。

望着次第舒展开花瓣的玉兰，鲍永昌紧皱的眉头得到些许舒展。

"董事长，早上好！"部长们陆续来到鲍永昌办公室，他们在前一天都已接到通知，今天早晨到董事长办公室集合。

"这块手帕交给保洁工。"鲍永昌对行政部部长张芝祥说，"但手帕的钱从你工资中扣除。"

在场的新谊高层面面相觑，空气中弥漫着紧张的气氛。

"好吧，大家一起到安瓿库房。"安瓿是一种密封的小瓶，用于存放注射用的药物。

在鲍永昌的带领下，十几个人紧张地按董事长的吩咐，分散于库房认真地察看二百多平方米库房的每个角落。鲍永昌一改平时轻松微笑的神情，双眉紧锁，四处转悠。回到会议室，待大家落座后，鲍永昌问：

"刚才大家都到库房进行了现场察看，知道为什么请你们去吗？"

鲍永昌停顿了一下，扫视了大家一眼。他威严的神态，让大家意识到事情的严重性。

"药品卫生是人命关天的大事。新谊发生这么大的事，不应该啊！"鲍永昌面色沉重地说，"戴主任，你说说情况。"

鲍永昌话音刚落，制造部部长戴凯马上站起来，向大家介绍发现安瓿污染的具体情况。

鲍永昌接着说："安瓿库房，是我们生产针剂用安瓿的存放点，昨天我接到制造部的报告，安瓿有被污染的现象，这是我们新谊制药人绝不允许发生的情况。今天我之所以请诸位来现场实地勘察，就是要请大家就安瓿的质量问题发表意见，并就污染现象提出解决方法。"

"安瓿的污染问题我有责任，我要作检讨。"戴凯表态后，又话锋一转，说，"不过，不是我推卸责任，主要是目前库房不符合存放安瓿的条件，以致蚊蝇老鼠能够进入，造成污染。"

"那你说如何解决这个问题？"鲍永昌问。

"其实，此前我们也讨论过库房的改造升级问题，当时主要是由于资金困难，致使方案搁浅。"总务科主任张秉仁说。

"此前有具体改造方案吗？"鲍永昌又问道。

侯之康说："方案是有的，而且有两个：一个是在现有基础上进行改造，特点是施工难度大，而且只能解决部分问题；第二个是彻底重建，特点是可以根据生产规模和需要重新规划，但是……"侯之康停了一下，看了看鲍永昌，继续说，"需要一笔不小的资金，这在之前是无法解决的。"

"刚才你们讲的都是库房问题。其他环节还有哪些问题，大家一起说说。"鲍永昌说。

会议一直开到中午。

鲍永昌说："我综合一下大家的意见，是不是有这几个方面的工作：一个是安瓿库房的总体改造，库房才二百多平方米，太小了！要在原来方案的基础上，考虑今后扩大生产规模等因素，重新进行设计，这项工作请侯总继续负责；二是添置安瓿消毒机械，这项工作请工程科负责；三是作为临时性措施，对整个库房环境采用密闭处理，对各类蚊蝇鼠害进行有效处置，以保证在新库房启用之前，安瓿的各项卫生指标符合要求，这项工作请行政部张芝祥主任牵头负责。"

"关于安瓿的卫生指标这项工作，行政部、化验部也要积极配合。"侯之康补充道。

"是的。前面所讲的各项工作，需要相关部门积极配合。"鲍永昌接着说，"第四项工作，今后对安瓿的购置、储存、消毒等工作，请化验部牵头制定操作规程，并经药研机构审核之后贯彻落实。"

任务分配完毕，鲍永昌起身，对大家说："质量是新谊产品的生命，针剂是注射到人体的药液，容不得一丝一毫的马虎，我们的产品是用于治疗疾病的，我们要对患者负责。安瓿是用于灌装药液的，所以要确保无菌、洁净，绝不能出任何差池。刚才讲的几项工作，请大家分头落实。"

……

一周后，再次召开部长会议。会议一开始，各部部长就各自负责工作的落实情况一一向鲍永昌作了详细汇报，鲍永昌听毕，要求检验部门对库房和安瓿的洁净度进行检测分析，并将检测结果及时告知。

鲍永昌表示，他对大家一周来的工作成绩基本满意，同时告诫手下："大家都知道，新谊的产品是通过国家卫生署检测所测试的产品，要使我们的产品取信于民，建立良好的信誉，产品质量的测试必须不断进行。所以，从原料进厂到储藏制造，乃至生产的整个过程都要做到绝对安全，质量绝对有保证，这样才能使新谊产品对于病人绝对有效。"

鲍永昌站起身，与大家推心置腹地说："拜托各位同仁，从现在起，大家要专注生产过程中每一个细节，让产品的质量，成为新谊的骄傲。我们的产品不仅要立足中国，还要走向世界。因此，请大家慎之又慎，为生产的每一个环节把好关。"

大家听罢鲍永昌的话，频频点头，认真记录，筹划着本部门下阶段的工作。

很快，洁净度检测分析报告出来了，安瓿库房达到了药品生产的洁净标准，安瓿消毒机械也已从美国购置并开始启用，新谊药品使用的安瓿洁净无菌，完全达到了针剂灌装的要求。

更让鲍永昌欣慰的是，新谊产品顺利通过了卫生署检测所的试验检测。

但是，生产针剂的蒸馏水设备，工作状态时常不太稳定，这成了鲍永昌的一块心病。

鲍永昌端着一杯蒸馏水，轻轻摇晃着、静静思考着。

5

"罚酒一杯！"

我刚坐下，多尔马上给我倒了满满一杯酒。

望着满桌的陌生人，我为难地盖住杯子："我酒量不好，喝不了。"

"晚到了就要罚酒！"短发男子穿着一件肥肥的迷彩风衣，有些亢奋地高声嚷嚷着。

"不是罚酒，是奖励一杯！"左手拿着串珠、头戴棒球帽的男子，穿着一件中式对襟襻扣上衣，话中带有不容置疑的霸气。

大概多尔已经介绍过我，他们一点也不把我当成陌生人，举着杯起哄。

"各位！"见所有人都很随性，我索性转守为攻，站起来说，

"各位，其实今天迟到的不是我，而是你们。"话刚出口，我马上发现自己犯了一个得罪众人的错误，但既然话已出口，干脆指着服务员继续说了下去，"这位姑娘可以作证，我是六点准时到的，可房间空无一人，只得出去走了一会儿。所以嘛，不管是处罚还是奖励，都应该是你们，对不对？"

"是这样吗？"有人问服务员。

服务员是一个十八九岁的姑娘，看样子入职时间不长，她照实说："是的，这位姐姐前面已经来过了。"

"没错吧，多尔？我六点准点到，你们不在，我不能干坐着，只好出去走走。"我一脸无辜的样子。

一位身着长袖白衬衣、年长一点的中年人看看我，见多尔劝不下酒，便站起身，举着杯说："人到齐了，我看大家一起来一杯吧？"

多尔赶紧附和道："一起干一杯！"然后瞪我一眼，轻声说，"你这家伙，喝杯酒这么难？弄得我好没面子。"多尔把杯中的酒一饮而尽，接着又说，"我给大家再介绍一下，这位是我当年在复旦的室友筱韵，新谊药厂的党办主任。"

"是副主任。"我马上更正说。

"副主任就是主任，你真是太认真了。"多尔放下杯子，开始介绍桌上的朋友，"王东总，远东投资集团董事长。"多尔指着手拿串珠的男人介绍道，"今天他做东。"

"你好！"我礼节性地朝王东点点头。

王东把串珠换到右手，然后也朝我点点头。

多尔接着指着稍年长一点的中年人，介绍说："这位是龚领导，龚局。"

我觉得这人面熟，一时却又想不起来在哪里见过，于是站起身打个招呼，说："领导好！"

龚局依然端坐着，朝我点了一下头。

"李悦，搞艺术的。"多尔指着穿风衣的短发男子介绍说，"画家。"

"哪里，就是一画画谋生的。"李悦站起来，朝我弯了一下腰。

我留意到她挺着的胸，这才发现，原来是一位女生！我为自己的判断感到有点尴尬。

多尔转过头来，指着我身边的高个男子说："这位是城市研究所的研究员张东国，也是我电话里说想推荐给你的朋友。"

张东国坐在我左边。他顺手从挂在椅子上的包里掏出一本书，打开扉页后递给我，颇为谦虚地说："久闻郑主任大名！请指教。"

书上有他的签名。我接过来，说声"谢谢"，便放到我的包里。

多尔介绍后，又端起了酒杯，说："有言在先，今天的主题是庆贺张东国新书《上海底色》出版，同时也是朋友聚会，因此，大家各尽所能，能喝的不尽兴不行，不能喝的也不勉强。"

"我们听大记者的。"龚局举起杯，"我先敬多尔一杯，上次多亏帮忙，谢谢啊！"

说罢，一饮而尽。

"很有江湖地位啊！"我用膝盖碰了碰多尔。

多尔非常镇定，像什么也没发生一样，拿起公道杯，对着龚局："龚老板，敬你一杯！我没什么事，筱韵是我要好的同学，以后你多关照啊！"

龚局也不说话，只是笑着举起杯，做了个碰杯的动作，然后一饮而尽。

我突然想起来，龚局是市政府的一位副局长。

一番推杯换盏，大家开始海阔天空地聊了起来。

"最近央行释放七万亿，王总又可以一展身手了。"这则消息几天前就已在媒体上披露，不算什么秘密。但龚局声音很轻，似乎在透露不为人知的重大隐秘事项。

"好的政策总要落地。"王东冒出一句，然后端起酒杯，身体朝右边侧过去，眼里充满期待。

龚局正襟危坐，眼睛并不看王东，不动声色地举起酒杯，与王东的酒杯快碰到一起时，又突然折回，一仰脖子，酒已下肚。

王东似乎已经习惯这种架势，也不动声色地收回酒杯，然后贴近嘴唇，"吱溜"一声。

"王总有好的项目，也让我们搭个顺风车啊。"李悦一点也不生分地说。

"那自然。"王东仍然很谦卑。

"王总可别谦虚啊！"身边的张东国也开腔了，"我研究城市历史多年，得出一个结论，上海滩就是权贵、资本、冒险家的乐园！"

王东手上的串珠突然停了下来，哈哈大笑。

"哎！你说得不对。"龚局很认真地说，"你说的是解放之前。"

"话是这么说，但现在做投资也需要有冒险精神，"多尔跟着说，"当然，现在叫风险意识。"

"冒险精神与风险意识有本质区别。"龚局说，"冒险带有赌博心态，风险意识是底线思维。"

李悦带着点嘲讽的口吻，对龚局说："行了，龚局，现在不是你老人家讲党课的时候。"

"东国，你看，火是你点的。"多尔对张东国说，"你是专家，你讲讲，现在的上海滩，早已不是权贵、资本、冒险家的乐园了吧？"

"这是你研究上海这座城市的成果？"我侧过身问道。

"哈哈！不愧是党办主任，郑主任的问题就是深刻啊！"张东国口吻中带着一丝调侃，说，"如果所有问题都这么尖锐，又这么简单就好了。"

我并不气恼，继续问："这起码是你的研究结论吧？"

"不是研究结论，也不是研究成果，只是一点饭后的谈资。如果不设前提，简单讲结论，那就容易似是而非了。"张东国一改前面的调侃，很认真地说。

我没有再接话茬，只是默默地点了一下头。

"也不一定。"张东国有点不屑地侧了一下身，对多尔说，"不信你等着瞧。"然后又压低声音说，"过几天有好瞧的，注意留意纪委的网站吧。"

龚局瞟了张东国一眼。

多尔说："现在反腐风声这么紧，抓一两个也很正常。"

"可是条大鱼哦。"张东国轻轻地说。

龚局一怔，问："老虎？"

王东把手上串珠放到桌上。

大家互相看看，然后又都盯着张东国。

"你就别卖关子了。快说是谁？"多尔有点不耐烦地对张东国说。

"来，喝酒！"张东国举起杯子，大家也赶紧举起杯子。待大家干完杯，张东国却不再聊刚才的话题，而是转身问我：

"郑主任刚才去哪里转悠了？这一带建筑都很有历史，有机会给你介绍介绍。"

"转移话题！"多尔不满地嘟囔了一句，"是对筱韵有什么意思，还是吊咱们胃口呢？下次干脆别说！"

"耳朵，你什么人嘛？"我边说着，边用腿使劲撞了一下多尔。

在一片起哄声中，张东国没有再接话，笑着朝我举了举杯。

"嘁！故弄玄虚，不厚道！"李悦也跟上说道。

大家相互瞅瞅，王东又拿起了刚放到桌上的串珠。

第二章　如梦如烟

1

"汪厂长，您还记得我吧，我是新谊药厂的小杨，杨海燕。"杨海燕曾经是新谊工会主席，已退休，为了准备新谊百年庆典，公司特地请她回来帮助工作。

二十世纪七十年代，汪映珍任新谊药厂厂长。说起来她是一位资深的老革命，1949年前到新谊药厂工作，中共地下党员。我曾在多个场合看到过她当年的照片，人长得漂亮，也很干练。

此时正是午后，阳光透过窗户，照在汪映珍身上。她半躺在躺椅上，身上盖着一条毯子，似睡非睡，似醒非醒。

我见状走上前，俯身握着她的手，自我介绍后，说："老厂长，我们今天过来，代表新谊药厂看望您。"

眼前的汪映珍与之前照片上的她，完全是两个人。我忽然有点心酸，岁月真会捉弄人啊，眼前的汪映珍哪有半点照片上的风采。

汪映珍睁开眼，再次听到"新谊"二字，似乎才清醒过来，也一下子来了精神，挣扎着想坐起来。我赶忙帮她把躺椅调整好，让她坐了起来。

"海燕啊，我记得你。"汪映珍认出了杨海燕，然后又指着我说，"我不认识你。"

"她是我们现任党办主任郑筱韵。"杨海燕介绍说。

"现在认识了。"老人露出一丝不易察觉的狡黠的笑容。

就是这么一笑，我分明看到了当年那个神采奕奕的汪映珍。

她停了一下，忽然问我：

"你是什么地方人？"

"您问我？哦，我是江苏人，南通下面的一个小县城，海安。"

"海安，海安……"汪映珍愣怔了一下，好像突然间陷入了什么回忆，眼里涌动着我看不懂的神色。

我靠近她，又稍微提高了嗓门，"小地方，您不知道吧？"

她回过神来："海安，解放前是紫石县吧？"她竟然知道！

我惊讶地问："这您也知道？"

"老头子解放前在那边打过仗。苏中七战七捷，你知道吗？"她反过来问我。

汪映珍的丈夫是老革命，新中国成立后曾任上海市人大常委会副主任。

"知道！知道！"我连忙回答，"现在还建了一个苏中七战七捷纪念馆。"我告诉她。

"有一把几十米高的刺刀。"汪映珍说，"我听出你有那一带的口音。"

我吃惊地盯着她。

"老头子在世时，我陪他去过你们那里，重访故人故地。一晃也十多年了……"汪映珍眼睛有点湿润地说。

我赶紧转移话题说："老厂长，新谊药厂已经有一百年历史了，您是新谊的老前辈，当年为新谊药厂做了很多工作。今天我们过来，也是想请您帮我们回忆回忆当年新谊的一些情况。"

"说来话长。"汪映珍陷入沉思，"我其实很晚才进厂，1946年

7月去的。这对我而言，是一个很大的转折，到新谊不仅是有了一份工作，还从一个幼稚的小青年，成长为一名共产党员，参加了新谊厂的很多活动，走上了革命的道路。"

汪映珍呷了一口茶，继续说："对新谊的历史，特别是工人运动史、地下党的活动，我是知道一些情况的。"汪映珍回忆道，"工厂成立之初，正是'四一二'反革命政变之后的白色恐怖时期，由于蒋介石大肆屠杀共产党和国民党左派，还有革命群众，党的工作被迫转入地下。"

"你们看看窗外。"汪映珍突然指指窗户。

楼下是一片尚未改造的老旧石库门小区。我以为老人要和我们谈论老旧小区改造，于是附和着说："这里应该快进行拆迁改造了吧？"

"不！不！这里不会拆迁，但会改造。"老人有点激动地告诉我们，"以后这里会作为保护建筑，建设中共中央军委机关旧址纪念馆。"

"军委机关旧址纪念馆？"我诧异地问，"为什么在这里？"

"当年这里就是中共中央军委机关所在地。"老人的思绪仿佛回到很久以前。

1927年，"四一二"反革命政变以后，周恩来等中共领导人遭到追捕，只得隐身于礼查饭店，直到5月下旬，才乔装打扮乘船去武汉。"四一二"反革命政变后上海笼罩在血雨腥风之中，中共中央机关也因此从上海迁到武汉。但不久汪精卫宣布与共产党决裂，疯狂镇压共产党。中共中央权衡再三，觉得上海革命力量比武汉强，也比较隐蔽，便于1927年10月陆续迁回上海。

1929年8月下旬的一天，中央军委会议正在新闸路经远里613弄12号召开。突然，大批租界巡捕和中国包探冲入房内。为首的人拿着一份名单点名抓人。中央政治局委员、中央农委书记兼江苏省委军委书记彭湃，中央政治局委员、中央军事部部长兼江苏省委军事部长杨殷，中央军委委员兼江苏省委军委秘书颜昌颐，中央军

　　现在的上海历史博物馆，就是当年的跑马总会大楼。"在近一个世纪的历史中，跑马厅是在华外国人的娱乐场所，也是宣示殖民权益的政治舞台。"

委士兵运动负责人、中共吴淞区委委员邢士贞等人被当场抓走，不久就惨遭杀害。

不幸中的万幸是，原本主持会议的军委书记周恩来因病未能到会，中央特科情报科科长陈赓也因事未参会，逃过此劫。

事后，共产党很快通过内线、国民党中央组织部调查科驻上海的特派员查出彭湃、杨殷等人被捕，是因为中央军委秘书告密出卖。

同年 11 月 11 日夜，叛徒在霞飞路和合坊 4 弄 43 号门口受到应有惩罚。

"彭湃同志是'农民运动大王'、中国农民运动的领袖。可惜啊！"老人的眼里含着泪水，露出坚毅的神情，"复杂的斗争形势，让革命意志坚定者更加坚定，也让革命意志薄弱者更加薄弱！"

我和杨海燕不知怎么安慰她，正好这时负责录像的小李打开采访灯补光。汪映珍似乎突然意识到我们在录像，说：

"你们还要录像啊，我得好好打扮一下。"她挣扎着直起身，说，"老太太也要注意形象。"

"您的形象已经很好啦！"我上去帮她整理了一下头发。

"不行！你得帮我把头发梳一下，扶我坐到那边的藤椅上去。"老人坚持道。

我们扶着她，让她坐到藤椅上，帮她梳了一下头发，然后把刚才盖在她身上的毯子，重新盖到她身上。

谁知老人一把推开，说："不用。就这样好，精神！"

我们只得依照她说的，把毯子拿开了。

"您知道新谊药厂是什么时候有地下党活动的？"杨海燕问。

"准确时间我说不上，但我知道新谊成立之初，就已经有共产党的活动了。抗日战争时期，新谊药厂出现了七八位共产党员。当时有一名地下党员叫杨仲恺。"

"是解放后担任过上海市副市长的杨仲恺吗？"杨海燕问。

"是改革开放前担任上海市的副市长。"汪映珍回忆说，"他还有个特殊身份。"

我赶紧追问:"特殊身份?什么特殊身份?"

"给你留点悬念。"汪映珍故作神秘地说,"新谊是一个很有故事的地方,有些东西要留给你去慢慢发现。"

"老厂长,您这是给我出题目啊!"我笑着说。

"是的,一道实践题。"老人得意地笑笑,又接着说,"当时他与王瑾亚,也就是王铭珊的妹妹,与鲍永昌都有联系的。新谊当年资助了苏北新四军许多医疗药品,所以,地下党的活动还是比较活跃的。"汪映珍介绍说。

"当年我在灌药间,总管灌药、封口两个部门。上班后要等配药出来才能灌装,在这一个小时当中,我们割割瓶、聊聊天,谈一些社会上发生的大事,说说各自看的书。当时新谊药厂青年比较多,要求进步的人也比较多,我们党员就有意识地和他们谈论反内战、反侵华,来帮助大家提高认识。"汪映珍停了一下,突然问:

"小杨,你知道我为什么对你印象特别深吗?"

杨海燕一脸茫然,不知如何回答,只得对老人笑笑。

"让暴风雨来得更猛烈些吧!"老人问我道,"小郑,你知道这句话的出处吗?"

"高尔基的《海燕》。"我脱口而出。

"回答正确。加十分!"老人像个顽皮的孩子,开心地笑了。

"那时候你们能读到高尔基的书?"我感到很奇怪。

"是啊,年轻时我们阅读了许多从苏联翻译过来的进步书籍。"汪映珍说,"对喜欢看书的年轻人,我们介绍他们看一些进步的书,比如说高尔基的《母亲》,还有奥斯特洛夫斯基的《钢铁是怎样炼成的》。当时小青年比较喜欢看言情小说,我们就从另外一个方面来提高大家的觉悟。"

"这些书,国民党当局不禁止吗?"我好奇地问。

"文学作品不同于理论书籍,他们很难找到禁止的理由。"汪映珍说。

"老厂长，您记得当年还有些什么人是中共地下党员吗？"我换了个话题。

"当年我们都是单线联系，只有同一个党小组的同志，才彼此知道对方身份。我们所做的，基本上是围绕新谊药厂开展工作。不过，当年有一个人，后来做过新谊药厂的董事会秘书，解放后我们才知道，董事会秘书只是他的掩护身份。"汪映珍的眼神中带着钦佩，"这个人非常厉害，他是华东情报系统的负责人。"

"新谊历史上还有过这么牛的人？他叫什么？"我瞪大了眼睛。

"是啊。"老人告诉我，"他叫沈志远。"

2

华德路位于公共租界"明园"北端。明园实际上是上海的三处跑狗场之一。上海开埠后，国外流行的跑马业逐渐传入上海，以体育运动为名的博彩业随之应运而生。到了二十世纪二十年代末，由于市场认为赛马比赛存在骑手作弊的可能，而赛狗没有骑手这一环节，比较公正，于是赛狗这项赌博活动一下子风靡起来。当年上海的三处跑狗场，分别是位于公共租界的明园、申园，以及法租界内的逸园。其中明园是第一家，申园、逸园随后。

明园跑狗场的创始人是英商麦边洋行大班麦边，他从《字林西报》老板、房地产商亨利·马立斯儿子小马立斯那里，购进沪东华德路的六十亩土地建造赛场。跑狗场设置六条跑道，并从英国进口赛狗和领跑用的"电兔"。

跑狗场本质上就是一个赌博场所，跑狗赔率均在1∶20以上，不少百姓、商人深陷其中，难以自拔，甚至倾家荡产，引起了社会人士纷纷抗议。最终，在社会舆论的反对声中，公共租界工部局最终将明园跑狗场取缔，并在此创建了华德路小学。

华德路小学表面上是工部局小学，实际上被共产党掌握，带有掩护性质。

沈志远弯下身子，半蹲着系了下鞋带，抬头朝三楼第四个窗户望去。

窗台上，一盆红色花卉格外显眼。

沈志远慢腾腾地站起身，看似不经意地朝周围看了看，确信没有"尾巴"后，径自走向华德路小学宿舍。

"怎么样？"陆先机探出头，朝楼下望了望。

"没有尾巴。"沈志远肯定地说，"我来的时候兜了两圈，确认安全无虞才到这里来的。"

沈志远原为中共汉口三区宣传委员，后因党组织被破坏遭到国民党追捕。与组织失联的沈志远，决定到上海寻找党组织，但身上的路费只能买到南京的船票。于是，他只得先到南京找朋友借钱。

在南京，沈志远找到当年同在湖南教书的老乡。彼此见面，非常高兴，老乡马上借给他一些钱，提醒他"南京非久留之地"。

老乡知道沈志远的身份，也怕连累自己，劝他道："南京到处是军警和便衣特务，这些人像警犬一样，嗅觉灵得很，稍有不慎，就会落入魔爪。"

然而，此时的上海并非世外桃源，同样笼罩在白色恐怖之中。

一波三折，沈志远到达上海后终于找到党组织，后在代号为胡公的革命同志的安排下，加入中共特科无线电科，公开身份是万国药房的伙计。

"不是问这个。"同在无线电科的陆先机呵呵一笑：

"我是问新谊开业怎么样？"

"哦。"沈志远这才回过神来，拿起桌上的茶缸喝了一大口水，然后回答说，"很有腔调，各大药房的管事人几乎都到场了，公董局的董事们也去捧场了。"

"哦。"陆先机点点头。

"胡公有没有什么指示？"沈志远问。

"有！"陆先机说，"目前形势仍然很紧张，胡公要求暂时不要到福康里9号，建设电台的工作另有人员负责。"

"好的。"沈志远严肃地点点头。

"王地洪被除，刺激了国民党特务机关，加大了他们对我们地下党的搜捕力度，胡公指示'务加小心'。"

王地洪是黄埔军校第一期学生，后加入了共产党。南昌起义失败后，为了保留培养革命力量，他被选派到苏联伏龙芝军事学院学习，学成归来后，组织视他为未来的骨干力量，准备派他前往山东、江苏交界地带创建革命根据地，组建人民武装。但在暂居上海时期，王地洪开始迷恋灯红酒绿的生活，并写密信给蒋介石表示"愿意归顺校长"。

收到王地洪的信，蒋介石很开心，于是交给陈立夫处理此事，陈立夫又让徐恩曾具体处理，徐恩曾又找到了杨登瀛。结果，当王地洪带着出卖周恩来的情报，满心欢喜地走向与杨登瀛的接头地点时，两个骑着自行车的人冲了过来，王地洪还没看清来人模样，"啪啪"两声枪响，子弹穿过了他的胸。

"胡公还说，前线急需药品器械，但目前我们无法建立自己的西药厂，因此，要用好与新谊药厂这层关系。"陆先机望着沈志远。

"我明白了。"沈志远说。

"沈先生，请喝茶。"张静茹端上一杯茶，递给沈志远。张静茹是华德路小学的老师。从上海大学毕业不久，党组织找她谈话，让她与陆先机以夫妻身份为掩护开展工作。共同的理想信念，让两人的心越来越近，后来党组织批准了他们的结合，假夫妻变成真夫妻。新婚是甜蜜的，也给他们所从事的地下工作带来不少方便。以后的日子里，他们借着学校的掩护为党组织传送情报，他们的住处也成了秘密联络点。

"谢谢！快当妈妈了？"沈志远从张静茹手上接过茶杯，又开心地对陆先机说，"祝贺你啊，要当爸爸了！"

"嘿嘿！"陆先机的兴奋之情溢于言表。

"从事地下工作太危险，是不是让静茹转到后勤，等生完孩子再回归岗位？"沈志远关心地问。

"我和她说过，她坚决不同意，并说不能因为怀孕耽误工作，还说这样更好作掩护。"

"我看还是暂时转到后勤吧，不要在一线了。"沈志远劝说张静茹。

"请组织放心，我什么苦都可以吃的，如果这点风浪都经不起，怎么能行？"

就这样，身怀六甲的张静茹依然坚持在地下工作的一线。

此时，怀有五个月身孕的张静茹，已经有了明显的胎动。对生命个体而言，母亲是世界上唯一真正与自己血肉相连、有过心跳共振的人。作为准妈妈的张静茹，悉心感受着身体内小小生命制造的每一次胎动，那是她感到最幸福的时刻。

沈志远叮嘱他们俩："目前形势严峻，千万注意安全。"

"嗯嗯。"陆先机、张静茹点点头。

可不承想，几天以后，华德路小学支部便出事了。

3

深夜。

鲍永昌精疲力尽地回到家里，家里的灯仍然亮着。

夫妻间似乎有特殊的感应，鲍永昌踏进家门的一瞬间，坐在沙发上已经睡着的妻子张洁茹就醒了，她连忙起身迎上去，接过鲍永昌的外套：

"怎么又这么晚？"说着，她就咳嗽起来。

张洁茹出身名门，原来也是怡和洋行的雇员。论起资历，张洁茹比鲍永昌早到怡和洋行，年龄也比他大三岁。鲍永昌初入怡和洋行时，张洁茹已是公司上下皆知、号称"怡和一朵花"的高级职员。身边众多的追求者让张洁茹觉得麻木，但鲍永昌的到来，让她感觉眼睛一亮。

鲍永昌对张洁茹也有不一样的感觉。那天，鲍永昌冒雨从外面进入公司，没有打雨伞的他在台阶上脱下风衣，风衣抖动出的雨珠，正好甩到紧随其后进来的张洁茹脸上。鲍永昌下意识地掏出手绢，想帮助眼前的这位小姐擦拭。

"抱歉……"当他看到张洁茹的一刹那，抬起的手竟然僵在半空，刚出口的话也被打上了休止符。

"哦，没关系。"她也吃惊地看着眼前帅气的鲍永昌。

两人初见时对视的五六秒钟，似乎已经证明了彼此固有的默契与吸引力。接下来便是一场水到渠成、波澜不惊的恋爱，没有悲欢离合，没有崎岖曲折，两人似乎是自然而然地走到了一起。以至在后来的婚礼上，前来祝贺的所有嘉宾，都觉得两人是天造一双、地设一对。

不过，这样恩爱的一对，却有天生的遗憾。张洁茹是个对生活充满热情的人，却患有过敏性哮喘，平常没有任何异常，但每到春天三四月份，哮喘便会发作，而且越是天气好、春光灿烂的日子，症状越厉害。春天本是多么绚烂的季节，可对张洁茹而言却犹如一场苦恋，让人既渴望又畏惧。为了治愈张洁茹的季节性哮喘，鲍永昌想尽各种办法，但始终没有找到治疗良药。

此时正值三月，又是妻子哮喘发作的季节。

"身体不好，让你早点休息，怎么总是不听劝！"鲍永昌心疼而有些愠怒地轻声责怪道。

"你不回来，我能休息吗？"张洁茹知道丈夫这是心疼自己。她停了一下，问，"去日本考察的事定下来了吗？"

"计划有了。关键是日本方面的几个考察点还没完全落实好。"鲍永昌回应说。

"我有个远房亲戚，以前提过，你可能没印象了，叫张士殷，论起来我应该叫表哥。他之前在日本留学，后来留在了那边。前些时候我联系他，说了你的情况，他回信说会尽力帮忙。"

"哦，确实不记得了。"鲍永昌的确不记得妻子还有个远在日本的表兄，"他人怎么样，可靠吗？"

"当然。"张洁茹说，"他是我表哥啊！"

"我的意思是，他对制药行业不一定熟悉。"鲍永昌解释道。

张洁茹知道鲍永昌是在强词夺理，有点不高兴地说："你也真是的，熟不熟悉制药行业与人可不可靠有关系吗？"她停了停，又说，"等见了面，你会喜欢他的。"

"你这么有把握？"鲍永昌怕妻子误会，马上又讨好地说，"看来是一个非常优秀的表哥。"

"……"张洁茹望着鲍永昌。

鲍永昌非常疲惫，本想早点休息，突然看到妻子欲言又止的样子，心想一定有什么事要告诉他，便问："发生什么事了？"

"静茹……我的一个堂妹……死了。"张洁茹哽咽地趴在鲍永昌身上，号啕大哭起来。

鲍永昌吃惊地问："静茹，堂妹……我怎么没听你说过？她怎么了？"

"是我堂妹。她被杀害了。"张洁茹泣不成声。

"别哭，慢慢告诉我，到底怎么回事？"鲍永昌急切地问。

1931 年 1 月，公共租界捕房与国民党市警察局采取联合行动突然袭击，抓捕了一批正在召开秘密会议的共产党员，几位"左联"作家也在其中。之后，他们又在中山旅社、华德路小学等地先后逮捕三十六名共产党员和群众。

大革命失败后，国民党反动派屠杀了成千上万的共产党员和革命群众，可是一下子抓住这么多人还是第一次，当局立即将此列为重要案件，从速审理。

"前些日子公共租界和国民党警局不是联合进行了大规模的抓捕吗？静茹就是在这次行动中被捕的。"洁茹抽泣道。

"她是共产党？"鲍永昌问。

"我也不知道。"张洁茹回答说，"可能是共产党的同情者吧？"

"你怎么不早说，或许可以找人疏通一下放她出来。"鲍永昌焦急而不满地说。

"之前根本不知道她被捕，我是今天刚刚知道的。"张洁茹无力地说，"据说他们一共抓了三十多人，静茹所在的华德路小学抓了两男两女四个人，因为无法证实她是共产党员，龙华警备司令部本来说要放了她们两个女教员，但是，她们刚出大门，又立即被抓走，押到另外一个秘密地点，然后就被残忍杀害了……"

"人死不能复生……"鲍永昌想安慰妻子。

"你不知道，静茹已经有五个多月的身孕了……"张洁茹失声痛哭。

张静茹本就是一个内心充满阳光的人，自从怀上孩子，她对未来更是充满了美好的希望。她经常用手轻轻抚摸隆起的腹部，想象着小生命的呱呱坠地。她会见证第一声响亮的啼哭、第一次对"妈妈"的呼唤，陪伴宝宝从牙牙学语到蹒跚学步，看着他像稚嫩的树苗一样抽条长大。将来，她会目送孩子每天早上高高兴兴背着书包，迎着初升的太阳，蹦蹦跳跳去学校读书。在或许并不遥远的一天，自己的孩子会成为一名医生，或者一名工程师，当然，最好是和自己一样，成为一名老师，每天站立在讲台前，面对几十张童真无邪的可爱的小脸……每每想到这里，张静茹便不禁嘴角上扬，双眼满含温情地望望自己的"宫殿"。

突袭、被捕,一切都来得那么突然。当她刚走出龙华警备司令部大门却再次被一帮人抓上囚车时,她知道,一切预想中的美好未来都变成遥不可及的幻影了——自己为革命事业牺牲不足惜,可她那腹中刚满五个月的孩子,甚至没有机会来到这世上看一眼,何其不公!

囚车停在一处偏僻的树林里。国民党士兵拿着枪,将她们两人,——不,连同张静茹肚子里尚未出生的孩子,是三人赶下车。张静茹因为已经做好了赴死准备,所以面容平静。然而,肚子里的孩子似乎预感到了什么,突然开始猛烈地动了起来,他用小小的拳脚踢打着,似乎是在抗议和挣扎。

"孩子心有不甘啊!"张静茹下意识地用手轻轻抚摸着肚子,不觉泪如雨下。

当她被黑洞洞的枪口瞄准时,张静茹突然开口说:"等一下!"说着,从手腕上摘下手表,恳求道,"这只手表送给你,请你对着我的头开枪,不要打我的肚子!孩子是无辜的!"

刽子手看了看,一把夺过了她的表,嘲笑地啐了一口:"无辜?剿匪哪有不斩草除根的道理?一个也不能留!"

随着一声枪响,一颗子弹映在张静茹绝望的瞳孔里,从她的腹部穿过。

她直挺挺地倒在了冰冷的地上,身下洇开一朵血色的花朵。两只手却一直保持着保护肚子的姿势……

"这帮畜生!"鲍永昌不敢相信,朗朗乾坤,上海竟然会发生这样残忍的事。他问:

"你是怎么知道这一切的?"

"……"张洁茹看了鲍永昌一眼,答非所问地说:

"无辜的孩子啊!可怜的静茹,她是我堂妹。"

4

一连几个月，我几乎连做梦都处于工作状态。

新谊的历史让我着迷，对新谊的了解越多，越觉得有故事；反过来，越觉得有故事，进一步了解它的兴趣就越浓。

更有意义的是，一个有百年历史的老企业，其实也是这座城市历史的缩影，乃至一个地区历史的缩影。

我甚至还萌生一个念头，等到手头这项工作结束后，我就去读研，将来专门研究城市历史。

多尔笑着问我："是不是想抢张东国的饭碗？"

这时我才警觉起来："你这家伙不对劲，怎么突然提到他？你们俩是不是有情况？"

她笑而不语，这更加肯定了我的猜测。

"你这样不好啊！当初咱俩怎么约定的？第一时间汇报！"我装作很生气。

"好啦好啦，别生气了！这不是还没确定关系嘛！"多尔说，"要不，你考他的研究生？"

"什么？亏你想得出！"我瞪了多尔一眼，然后大笑，说，"你想让我叫你师母？"

"居心叵测！我才不想被你叫老呢。"多尔认真地问，"你这里需要我帮什么忙，尽管说啊。"

"现在不要。等明年新谊一百周年，你帮我发几篇稿子吧。"我说。

"这没问题。"多尔爽快地答应了，"包在我身上。"

下午接到父亲电话，说奶奶想我了，让我赶紧回去一趟。

我这才想起来，虽然上海离老家海安只有咫尺之遥，但我已经快一年没回家了。

海安位于苏中平原。一马平川的地势，蜿蜒曲折的河流，少了些跌宕起伏、惊心动魄，多了些波澜不惊、平静沉稳。在我的印象中，家乡大的自然灾害似乎并不多，因而日复一日、年复一年，庄稼地里始终长着各种农作物：麦子、油菜、蚕豆、水稻、玉米等。

家乡最美的时候，是每年油菜花开的季节。那时，麦子开始返青，绿油油的，一望无际。金黄色的油菜花点缀其间，让庄稼地少了些许单调。近些年，乡亲们无须多打粮食，很多过去种麦子的田地都种上了油菜。所以，现在到了油菜花开的季节，金黄色的油菜花与绿油油的麦子相映成趣，一些地方竟然成了旅游景点，吸引了许多来自周边城市的游客。那些常年生活在水泥丛林中的城里人，流连忘返，徜徉在田头水边，朋友圈里满是花黄麦翠、桃红柳绿。

老家这些年发展很快，农村与城镇的边界日渐模糊，过去的很多农田现在成了鳞次栉比的高楼小区。于是，出现了在大城市很难看到的一幕：在城乡接合部，一边是高楼大厦，一边是阡陌农田。花开季节，站在楼上往下看，不远处，甚至在楼底下，就是盛开的油菜花。

油菜花开时，也是品尝河豚的最佳时节。海安是著名的河豚之乡。河豚肌肉洁白如霜，肉味鲜美，滑嫩可口，营养丰富。不过，河豚虽然味美，却身含毒素，春季毒性尤强。曾有古籍记载宋人苏东坡吃河豚的轶事。他谪居常州时，爱吃河豚。一士大夫便烹制河豚请其品尝。能请到大名鼎鼎的"苏学士"来家做客，自然是一件很光彩的事，士大夫的家人非常兴奋。待河豚上桌，家人躲在屏风后面，想听"苏学士"究竟会发出怎样的感慨。岂料苏东坡埋头大啖，直白地感叹：值得一死！

从上海出发，两个多小时的车程，便到了海安。

到家才知道，半年前奶奶摔坏了盆骨，出院后身体大不如前，近来更是卧床多日。

"奶奶！"我坐到床头，拉着奶奶的手。

与一年前相比，奶奶苍老了很多，精神也大不如前。记得上次回来，她还跟我说："别看我现在八十几岁，耳不聋、眼不花，再活十年八年没问题！"当时我对她说："岂止十年八年？您老人家等着，我给您过一百岁生日！"

见我回来，奶奶露出开心的笑容，问道："乖乖，吃饭没有？"在老家，"乖乖"是长辈对晚辈的爱称。

"吃过了。"我回答说，忽然觉得心里一酸。记得我刚参加工作时，有一年接奶奶到上海玩，老人家非常开心，回去后给左邻右舍炫耀了好一阵子。当时我曾对她说以后要每年接她去上海玩一趟。奶奶很开心，连声说好。可一晃几年过去了，我竟然把这事给忘记了。

我愧疚地拉着奶奶的手，说："奶奶，等您身体好些，我带您再去上海住几天，我现在买车了，可以开车带您兜风。"

"好！好！好！等我身体好了，你记得回来接我。"

奶奶显得很高兴，聊了一会儿后，她挣扎着让我扶她下床，用钥匙打开一个柜子，从里面拿出一个木匣子，然后又让我扶着她躺到床上。

奶奶哆嗦着把木匣子递给我。我疑惑地看着她，她则用眼神示意我打开。

这是一只红木雕刻成的妆匣，匣面上泛着只有年代久远和经常擦拭才会有的幽幽燃光。不用说，这只妆匣，是奶奶经常拾掇的，但奇怪的是，从小就跟奶奶生活在一起，我还是第一次见到它。

我轻轻打开，里面有一个叠得方方正正的小布包，小布包下面，竟然压着一枚新四军臂章，臂章下面则是几枚戒指。

我很惊讶，奶奶怎么会珍藏着一枚新四军臂章。

打开小布包，里面是一条银质项链，还配有一个镂空龙形吊坠，造型十分奇特。由于时间长，项链连接处已呈现黑色。

我有些诧异地看着奶奶。

"说起来我也是老革命了。"奶奶缓缓地说。

"您是老革命？"我快惊掉下巴了，从小和奶奶在一起，从来没有听她说过，也没有听爷爷和父母说过。

"是啊，只是革命不彻底。"奶奶脸上露出些许怅然，那是一种带着自责的表情。

"怎么回事？奶奶，您和我说说！"我急切地问。

"很多年前的事了。"奶奶看着新四军臂章，继续说，"大约是在 1940 年秋天吧，陈毅、粟裕率领的新四军东进，在黄桥打了胜仗后不久，就到了海安。那时我是紫石学校的学生，报名参加了战场救护，后来随部队撤离海安，但后来又随部队回来参加了苏中七战七捷战役。"

"在新四军部队里，我认识了一个叫章云洲的营长，一个很帅的小伙子。"奶奶露出了一丝羞涩，有点不好意思地说，"我们约定，等到全国解放了，我们就结婚。"

"后来呢？"我着急地问。

"后来，我负伤了，回到家里养伤，他随部队参加渡江战役，再后来就失去联系了。"奶奶说。

"啊?! 您还有这段经历？"我问。怪不得当年苏中七战七捷纪念碑建成后，奶奶非得让我陪她到县城参观。当时看着她端详那些历史照片时专注又激动的神情，我怎么也不会想到，这段历史竟然也与她有关。

"是啊，都是历史了。"奶奶平静地说。

"您没到部队找过他？"我问。

"听说他后来又参加了抗美援朝，在朝鲜牺牲了。"奶奶语调平缓，仿佛在讲述一件别人的事。

奶奶拿起新四军臂章，告诉我，她当年和他私订终身后，由于部队已经改编，不再用新四军的番号，他就把自己用过的臂章留给奶奶作纪念了。

"原来是这样！"我轻轻地说。

奶奶又拿起项链，说："我第二次随部队撤离海安前，我的爷爷，算起来也就是你的高祖了，他怕再也看不到我，特地做了两条一模一样的项链，说是一条给我，一条送给他将来的孙女婿。我就把另一条项链送给了章云洲。"

我以前曾听奶奶说过，她的祖上是银匠。因姓梅，故用少有的六个花瓣梅花为标记，并且有意让其中一个花瓣凸起，形成了梅家银铺独特的标记。

我拿起项链仔细观察，果然，项链的第三节和吊坠的背后，都有六瓣梅花。

"奶奶，这么多年，您怎么从来没告诉过我们？"我问。

"告诉你什么？我革命不彻底？"奶奶反问我。

"这……"我心里充满好奇，觉得事情似乎没有这么简单，奶奶养好伤为什么没有再去找部队？章云洲真的牺牲了？奶奶和爷爷究竟在什么情况下结的婚？

奶奶微微闭上眼睛，有些疲惫地喘着气。

我忽然感悟到，每一位老人，都有自己的故事！或是辉煌，或是卑微；或是幸福，或是痛苦；或是希望，或是失落；或是期盼，或是遗憾……当黄昏的阴影开始笼罩到他们身上时，与他们形影相伴的不仅有衰老，或许还有孤独，而这孤独往往伴随着深埋心底、无法对别人吐露的故事和心声。如果没有诉说和倾听，这些故事、心声便会随着他们的离开而被带到另一个世界。

过了一会儿，奶奶示意我把项链戴上。这是一条跨越五代人、富有故事，也带着些许遗憾和伤感的项链啊。她面带微笑，满意地看着我把项链戴在脖子上。

几天后，奶奶安详地离开了这个世界。

第三章　穿行在云中

1

上海中心大厦、上海环球金融中心和金茂大厦的造型分别酷似打蛋器、开瓶器和注射器，被网友调侃为"厨房三件套"，并广为传播，甚至国家通讯社也以"上海三高楼遭网友调侃"为题，发稿报道这一趣闻。

"三件套"中，上海中心大厦是最后落成的一座地标式摩天大楼，地上一百二十七层，地下五层，总高达六百三十二米，是目前中国第一、世界第三高的建筑。

就在上海中心大厦五十二楼，深藏着一个建筑师精心打造、以"山水·秘境"为设计理念的朵云书院。在这个两千多平方米的空中书店里，建筑师绞尽脑汁，竭力营造山山水水的氛围与情调，可谓匠心独运、用心良苦。置身离地面二百三十九米高度的空中书店，无论是碧空如洗时凭栏远眺、极目海天，还是云雾缭绕时倚窗而坐、云中穿行，都是非常惬意的。这里除了书店特有的幽幽书香，还有自带几分休闲处特有的浪漫与躁动。

"《上海底色》新书发布暨赓续红色血脉、传承红色基因研讨会"就选在这里举行。

多尔拉着我来帮助布置会场，并约我给张东国的《上海底色》写个书评。

张东国带着一波人早就在会场忙碌了，我和多尔倒乐得清闲，要了两杯咖啡，在一角坐了下来。

"怎么样？"我问。

"什么怎么样？"多尔反问道。

"还有什么呀？你和张东国……"我指了一下正在忙乎的张东国。

"没什么呀，真的！"多尔有点羞涩地笑着说。

"哈哈！这不像大记者的风格嘛。"我放下咖啡杯，"跟我还保密。"

"快要'精诚所至，金石为开'了！"多尔的眼里透着一丝喜悦。

"什么时候请我喝喜酒啊？"我揶揄道。

"这才哪儿到哪儿啊！"多尔说，"我还没玩够呢，不想早早受到束缚。"

这时，张东国也忙完了，来到我们身边坐下。

"两位聊什么呢，这么兴高采烈？"张东国擦擦汗，然后递给我一本他的新作。

"祝贺你啊。"我从张东国手里接过新书，说，"大作已拜读，写得很好啊！"

"吃这口饭的，总得写点什么。"张东国轻描淡写地说。

"你可别太谦虚啊，我请筱韵帮你写书评呢。"多尔提醒道。

"就是！本想吹捧你一下的，你这么低调，那我就批判啦！"我开玩笑说。

"真能这样就好了。"张东国认真地说，"现在媒体上吹捧的文章太多了，就缺少有真知灼见的批评文章。"

"吹捧的话可以随便说，批评的话可就难了。"我说。

"为什么？"多尔问我。

"你是大记者不知道啊？你写过几篇批评性的报道？"我问多尔。

"嘿嘿。"多尔想了想，说，"还真没写过多少。"

"是啊，我如果敢批评张东国同志的书，第一，必须对这个领域非常有研究；第二，必须有独到的见解；第三，还必须要把握好政治方向。"我掰着手指说。

"哟！看不出啊，党办主任政治水平就是高。"多尔玩笑道。

"是不是班门弄斧了？"我看看张东国。

"你说得对，批评要有底气。"张东国说，"不过，如果有人能对拙作大胆批评，说不定会起到意想不到的效果。"

"狡猾！"多尔笑着问，"你是不是想借机炒作一下？"

"炒作倒不想，自己写的书就像自己的孩子，总会偏爱的。"张东国认真地说。

"多尔，你们考虑要孩子了？"我打趣道。

"别偷换概念啊！"张东国忙争辩道。

忽然，我感觉到坐在对面的张东国，目光有意无意地停留在我的领口处。

我不自觉地提着衣领把衣服往上拉了拉。

张东国有点尴尬地立即将视线转向别处，又回过头看了多尔和我一眼，欲言又止。

"我给你一周时间，到时书评发到我微信上。可以吗，郑大主任？"多尔并未察觉，跟我敲定书评的事。

"我试试吧。"我感觉没有把握，特别是对城市历史，根本就没有系统研究过。

"既然这样，我就先来个现场采访？"我看看张东国和多尔，征求意见道。

"好啊，先和我们说说吧。"多尔也附和说。

"为什么给新书取'上海底色'这个名字？"我单刀直入地问。

"这本书的研究对象是上海近代历史，或者说，我试图阐明近代上海的城市特质，包括政治格局、经济结构、社会形态、文化特点，说清楚上海与内地的联系、在全国的地位、在全球的位置，以及与先进思想文化的传播、进步政治运动的关联。"

"当年毛泽东主席对上海有经典的评价，上海是'近代中国的光明的摇篮、工人阶级的大本营和中国共产党的诞生地'。"我想起在上海历史博物馆参观时向馆长的介绍，"你说的上海城市特质与这些评价是什么关系？"

"哈哈！"张东国大笑起来，"你别采访了，你已经知道我为什么取这个书名。"

"你关心的不是东国这本书，而是你们新谊制药厂的百年庆典吧？"多尔说。

"两者是统一的，你们说对吧？"我对他俩说。

"在工作一线做一些研究，既是实践者，又是研究者，理论联系实际，这太好了！"张东国不像是在夸我，而是表达他的遗憾，"下午的新书发布暨研讨会，有十几位专家到场，你也参加听听？"张东国说。

"那必须的。"这是一个很好的学习机会，我当然不会放过，"还有一个问题，你认为上海近代工业得以大力发展的主要原因是什么？"自从着手新谊制药厂百年庆典的准备工作后，这个问题一直萦绕在我的脑海。

"上海开埠以前已经出现了手工业资本主义萌芽，但发展进程非常缓慢。开埠以后，外国资本主义的入侵，在客观上从资金、市场、技术和劳动力等各个方面，为上海近代工业的诞生准备了条件。因此，上海的私人资本从十九世纪八十年代起，由原来主要附股于外资企业转向独立创办民族资本的新式工业企业。"

张东国神情专注地说："也正因为这样，这些企业的创办人往往思想比较开放、视野比较开阔，一开始就瞄准了国外先进技术和工艺，在逆境中通过自身努力终于站住脚跟。其实你们新谊制药厂就属于这种情况。"

我对张东国顿生敬意。他讲得没错，早期新谊的管理者，确实思想开放、视野开阔。

鲍永昌在执掌新谊制药厂的第一年，就去日本考察制药工业，后来又到美国礼来公司、施贵宝公司考察学习，并把国外先进的药物研究、制药技术、营销手段和管理经验带回国内，运用于新谊制药厂的生产经营中。

2

4月是日本三重县最美好的月份。伊势志摩国立公园里，樱花烂漫，粉色的、白色的，一簇簇、一团团。微风吹来，花瓣随风纷纷扬扬，慢慢飘在空中，随风起舞、随性起伏。走在路的中央，一些花瓣不时落到头发上、飘到脸上、沾到衣服上，仿佛在挽留树下的行人放慢脚步。

鲍永昌陶醉于眼前的景致，他伸出双手，想捧住随风飘落的花瓣，但花瓣像是在和他捉迷藏一般，眼看着它们飘飘洒洒快落到手掌了，却又突然转了一个方向，飘向了地面。

鲍永昌看着散落一地的花瓣，暗自感叹："大地才是它们的归宿！"但他无心驻足观赏。他此次来日本的目的，是考察位于日本三重县的翠松堂制药。

中日两国有着久远的交流历史。以前很长时间里，都是日本派人到中国学习。特别在中日历史上第一次交战——白江口之战后，日本真切感受到与中国的差距，随后派出十几批遣唐史到中国。然而甲午战争后，中日之间留学的方向发生逆转，大量中国学生涌向日本。妻子的表兄张士殷就是这群人中的一个。

张士殷到日本学习的是美术，毕业后本要回国到东吴大学执教，无奈译书汇编社的同仁再三挽留，加之张士殷正与日本女子恋爱，也就半推半就应承下来。

二十世纪初，赴日留学的中国人数以万计，那时几乎随便找个地方，就能遇上中国留学生。但到武昌起义后，许多留日学生争相回国，投入革命洪流，留日学生只剩一千多人。到1930年前后，在日本的中国人就更少了。

难得有中国人到日本，而且来的是自己的表妹夫，张士殷自然很是期盼。

张士殷房东的儿子白木健司是东京大学医学院的学生，正好在休春假。张士殷邀请他一起前往名古屋考察，白木健司本就是学习医学专业，能有机会一起到制药企业考察，自然是好事，便欣然同意。

去翠松堂的路上，张士殷热情地向鲍永昌介绍翠松堂：

"翠松堂制药是一个有着三百多年历史的老企业，创业初期取名加藤延寿轩。在江户时代是关百二条家的御用调药所，后改商号为加藤翠松堂。虽然偏离大都市，但翠松堂制药的销售范围遍布日本全国，还销往中国东北。"

"哦？"鲍永昌饶有兴趣地听张士殷继续介绍。

"'百毒下'是翠松堂的明星产品，已有四十多年的历史，是日本家喻户晓的'排毒养颜、包治百病'的神药。"

"还有包治百病的神药？"鲍永昌哈哈一笑。

"包治百病倒不一定，但确实能治不少病，起码是减缓症状。"白木健司插话道。

张士殷接着说："中日交往历史悠久。据说当年秦始皇派徐福携带童男童女到九州岛，就带来了中药。徐福和他留在日本的随员，繁衍了成千上万的后世子孙，现在日本人中许多人都姓斋藤，它在汉语里的意思就是'齐'。所以，日本人中许多人具有中国血统。"

"是这样啊！"鲍永昌有点惊讶地看看张士殷。

　　翠松堂的药铺坐落于参拜伊势神宫的必经之路上。伊势神宫是祭祀日本神话中天照大神的国家神社，被称为"日本人心灵的故乡"。江户时代每年都有上百万人步行到伊势神宫参拜，而翠松堂的百毒下就是人们来伊势必买的特产，成了日本人的伴手礼。鲍永昌目睹游人争相购买百毒下的情景，非常好奇，心想："百毒下到底是什么配方，有如此神奇的效果？"

　　翠松堂副经理松井早就等候在制药产品陈列室门口。他热情地给鲍永昌一行介绍了翠松堂的各类产品。鲍永昌好奇地问："你们的产品基本上都是中成药？"

　　"我们叫它们汉方药。"松井纠正说。

　　"那就叫汉方药吧。那你们的这些配方从何而来？"鲍永昌问。

　　松井微微一笑，说："中日交往历史悠久。远的不说，隋唐盛世，日本屡屡派遣唐使学习中国文化，其中自然就包括中医文化。"

　　"那么，这些配方？"鲍永昌问。

　　"配方非秘方。有了配方，我们综合各流派理论，再加以甄别、研究，自然就有了提高。"松井颇为自得地继续说，"比如，百毒下的基础配方其实源自中国，主要有六种中草药，包括大黄、芦荟、牵牛子、甘草、野玫瑰果、土茯苓。"

　　松井停了停，笑着说："当然，这是主要成分。"

　　"所以，这是你们的配方，而不是秘方？"鲍永昌问。

　　"是啊。"松井并不避讳，他拿出一瓶百毒下，打开后继续介绍，"百毒下可以帮助排除体内堆积的毒素，长期服用，还可以改善便秘体质，缓解因年龄增加而导致的排便能力下降。由于药性温和，连三岁小孩都可以服用。上市四十年来在日本全国各地广受民众喜爱，也成为老少皆宜的伴手礼。"

　　鲍永昌饶有兴趣地拿起一瓶百毒下仔细端详，问松井："四十年时间里，一直受到欢迎，有什么秘诀？"

"当然有！"松井掩不住有些得意的神情，"百毒下虽然是汉方药，但流传到日本，加上了我们日本人的智慧，在保证药效的基础上，增加了缓解肠胃负担的成分。虽然原料多来源于中国，但在原料萃取、加工方面严格把关，确保了产品的安全性，大家可以安心服用。"

鲍永昌微微皱了一下眉头，他对日本人的得意显然有些不屑，但随后又笑了笑，竖起大拇指。

翠松堂的严格管理让鲍永昌很受触动。

"那您认为四十多年来，百毒下成为日本知名的药品，最根本的原因是什么呢？"

"做成一件事，需要有很多因素；做砸一件事，只要一个因素或环节不到位就够了。"松井告诉鲍永昌，作为一个有着三百多年历史的老牌企业，翠松堂能走到今天，主要还是依靠员工对企业的热爱和对品牌的爱护。翠松堂的员工都以企业为荣，逢年过节大家都会一起去参拜伊势神宫，祈求企业长存于世。

"这是我们翠松堂的荣光，也是我们翠松堂员工的自豪。"松井颇为得意，接着又坦诚地告诉鲍永昌：

"百毒下除了产品过硬以外，翠松堂本身也兢兢业业，不求快，只求认真生产'有效且安全安心的产品'。"

松井最后强调："翠松堂长盛不衰的武器，就是有效且安全安心的产品。"

鲍永昌频频点头："好药、安全、信誉。"他心里默默念叨着，"除了好药，还有信誉。"

松井又带领鲍永昌一行来到包装车间。鲍永昌看到，这里地方不是很大，设备也说不上先进，几十个工人基本是手工包装。但车间窗明几净，地面各种物品摆放整齐，还是给鲍永昌留下了深刻印象。

　　王梓廉是新谊广告部经理，对翠松堂生产的各类药品如何向消费者进行推介更感兴趣。他在前来翠松堂途中经过一家药房时，看到药房门口的"万金丹""百草丸""六神丸""百毒下""普导丸"等各式各样的张贴广告和五花八门的旗帜广告，便问：

　　"政府对药品广告有什么特殊要求吗？"

　　"一般说来，药品广告主要介绍药品成分、性能、功效，不能夸大其词。"松井介绍说，"比如我们的产品，也许效果比我们推介的更好哦。"

　　他拿起一瓶六神丸递给王梓廉："梓廉君是不是带点回去试试？"

　　"谢谢！"王梓廉露出一丝不易察觉的微笑。他觉得，松井的得意简直就是挑衅。但他还是压了压心头的情绪，语调尽量显得平和地说："中国也有六神丸，只不过比贵号稍早了些。"

　　"哦？"松井有点惊讶。

　　"中国出自雷氏家族之手的六神丸，诞生于同治初年，至今已近七十年历史了。"王梓廉看着松井，说，"雷氏家族的前辈雷大升著有《金匮辨证》《要症论略》《经病方论》《丹丸方论》等典籍，六神丸的药理就来自于此，六神丸也是雷允上药业的当家产品。"

　　王梓廉继续介绍："十九世纪末，中国战乱频发，瘟疫横行，昆山一带曾发生传染性疫病，六神丸在疫情中功效卓著，救人无数，被誉为'东方神药'。这种小过鱼籽的雷氏六神丸，选料极其考究，均由经验丰富的老药工挑选。除了用料上乘，生产工艺也非常讲究，从选材到最后成形均以人工完成，其制作遵循传统，七十年来，药材用料及生产方法始终不变。"

　　松井听得脸红一阵白一阵。其实他知道六神丸最早来自中国，当年很多曾在上海定居的日本侨民，就把六神丸当作神药购买带回国内。翠松堂正是通过各种途径得来的配方精心研究试制，形成了翠松堂现在的六神丸。

　　鲍永昌给王梓廉使了个眼色，轻声说：

"我们是来向人家学习的。"

对于中国同行的到来，翠松堂制药非常重视，而对仪表堂堂、学识颇丰的鲍永昌本人，松井同样表现出极大的好感。他邀请鲍永昌在家中居住，并专门把名古屋市长大岩勇夫请到家中作陪。

"哦，来自魔都的客人，欢迎！欢迎！"大岩勇夫对来自中国上海的客人也很热情。鲍永昌对大岩勇夫称自己来自魔都有点惊讶：

"你也知道魔都？"

"当然。"大岩勇夫一脸自信，"我是从报纸上看到《魔都》这部小说介绍的。"

《魔都》是日本作家村松梢风的作品，描写了中国租界时期的上海，这也是上海第一次被称作魔都。

上海，在日本的知名度要远高于东京在中国的知名度。十九世纪二十年代，至少有两位日本作家以"上海"为名进行了小说或纪实作品的创作，先是横光利一的长篇小说《上海》，后又有村松梢风的长篇小说《上海》。

村松的《上海》虽名为小说，实际上大量取材于自己在中国的游历，更类似纪实作品或今天的报告文学、非虚构文学。与大部分带有调查色彩的考察记或浮光掠影的游记不同，村松数度来华，作品中有大量对上海各个侧面的描述，显示出他对上海的熟识程度，有些方面甚至超过了上海人本身。

《上海》在 1926 年出版后不到两年，就七次再版，足见日本人对上海的兴趣，这也让村松成了日本文坛首屈一指的"上海通"。

而眼前的大岩勇夫，对上海的了解，显然要比鲍永昌对日本，特别是名古屋的了解多得多。说起上海的外白渡桥、礼查饭店，以及跑马场、英美租界，大岩讲得头头是道，仿佛他才是来自上海的客人，正滔滔不绝地向日本主人介绍上海的情况。

松井对大岩喧宾夺主有些不悦：

"大岩君，该你喝酒了。"

趁大岩给鲍永昌敬酒，张士殷抓住时机给大岩勇夫介绍鲍永昌和新谊的情况，生怕鲍永昌被冷落或被小视。

"我知道，我知道。"大岩勇夫对张士殷的介绍有点不耐烦，"我对董事长当然了解啦。"

说着，他几乎把鲍永昌的简历讲述了一遍。

鲍永昌吃惊地看着眼前的名古屋市长。他端着酒杯，听大岩带着酒劲兴趣盎然地侃着，不时插话询问一两个关于日本的简单问题，而在心底深处，鲍永昌有些奇怪：日本人怎么对中国这么清楚？

白木健司也对鲍永昌频频举杯。

张士殷自然不忘自己身为联络人的角色，他一会儿讨好地给这位气度不凡的妹夫敬酒，一会儿又给松井、大岩勇夫敬酒。末了，他又开始使唤自己的日本恋人："洋子，你给大家唱首歌吧！"

洋子不算漂亮，但长得很乖巧。她落落大方地放开了歌喉：

> 虽然春天已到，但仍寒风凛冽
> 山谷的黄莺想唱歌
> 可时机未到，难展歌喉
> 时机未到，难展歌喉
> ……
> 若非告知，便不知道春天已来临
> 若已知道，便急忙想吐露内心思念
> 此时此刻，你感觉到了吗
> 此时此刻，你感觉到了吗

洋子唱的歌名叫《早春赋》，这首歌通过描写春天来临、万物复苏的景象，以及早春时节倒春寒所带来的焦躁心情，来隐喻压抑了很久而想抒发的感情。

不知为什么，鲍永昌隐隐感到了一阵莫名的寒意。

海面出奇地安静，除了海轮前进带出"呼啦啦"的水声、海鸥发出"嗷——嗷——"的叫声，以及海轮偶尔的汽笛声外，再无别的声音。

站在船上，仿佛置身蓝色的世界。天空与海水同为蓝色，色泽却有所不同：天空湛蓝，海水深蓝。天空的蓝通透，海水的蓝深邃。在天空与大海之间，蓝天下的白云，一动不动，而海面上的海鸥，似乎被一根根看不见的线牵着紧随船尾。

鲍永昌理了理有点凌乱的头发，也在心里理了理此次日本考察的观感。

鲍永昌对汉方药在日本的发展感到惊奇。都说日本人自尊排外，如今看来他们是有选择性地排外，对有用的好东西，他们并不排斥。而且汉方药经过改良，无论在外观包装还是药效上都有了很大改进。他想，或许有一天，汉方药将大量返销中国并打压中药，那对中国药企可就是莫大的讽刺了。

日本员工对企业的忠诚度也给他留下深刻印象。日本企业多为家族企业，企业与员工的关系也超过了一般意义上的用工关系，有的几代人都在同一家企业劳作，企业与员工相互依赖，成为一个整体。

但是，让鲍永昌感触最深的，还是日本人热情接待、笑脸相迎背后，那种说不清、道不明的感觉。

3

对新谊的发展，鲍永昌有着强烈的紧迫感。他深知，中国制药业历史，前后不过二三十年。而制药基本上是根据西方的配方制作，或干脆直接拿西方的成药进行包装销售。究其原因，自己研制新药何其艰难，且不说资本之短绌、人才之缺乏、原料之难致、设备之不周，单单对社会人士心理的准确把握，就是一个非常大的难题，因为社会人士未必都是医药专家，未必都知道药理作用。今日之医学还有待进一步发展，有病不一定就有用于治疗的相应药品，有相应的药品也不一定就有针对个体的特效。更重要的是，一些西药只能头疼医头、脚疼医脚，长期下去，必然为世人所唾弃。因此，继承中医"对症下药"的好传统，才是西医和西药长久发展的根本。

"人才！人才！"鲍永昌自言自语道。他感到，目前新谊发展的瓶颈就是人才，没有人才，新谊的发展就无法指望。

鲍永昌想着想着，忽然觉得身有千斤重担，他知道自己揽了个很可能是吃力不讨好的活儿。不过，转念一想，富有挑战的事情才与他这种倔强男人的性格对路，因为他早已厌倦那种跟着洋人点头哈腰的日子。

侯之康同样对新谊的发展有着强烈的紧迫感。他早年从湖南湘雅医学院药科毕业后，曾任湖南湘雅医院和九江牯岭医院的专业药师。几经辗转来到上海后，担任新谊化学制药厂总经理兼药师，经过数年经营打拼，新谊取得了长足发展，但终未形成规模。作为专业药师，他清楚地知道，新谊要想有新的、更好的发展，研发是关键，有属于自己的新药才能在这个世界上有立足之地。而研发的关键，就是人才。

"人才！人才！"侯之康与鲍永昌不约而同想到人才。

"鲍先生，您好！"这天，鲍永昌办公室来了一位身材高大、长相白净的年轻人。

未等人事部部长管燕飞介绍，鲍永昌已经迫不及待地起身伸出了手。

"是宁先生吧？"鲍永昌用法语问。

来人正是宁世瑾，毕业于法国巴黎大学并获化学博士学位。他在法国留学期间就知道上海的新谊制药厂，回国后便写信自荐，希望投身新谊药研事业。

宁世瑾对鲍永昌一口流利的法语感到有点惊讶。

"我读的教会学校。"鲍永昌看出了他的疑惑，说，"你的自荐信我认真拜读了。我对宁先生的研究能力很欣赏。"

"不知道宁先生对药物研究有什么具体考虑？"侯之康直奔主题。

为了更好地研制新药，新谊早就谋划成立化学药物研究所，但一直找不到合适的带头人。因此，当新谊人事部门收到宁世瑾的自荐信后，马上向鲍永昌报告。

"不知道贵公司对今后发展有什么考虑？"宁世瑾没有马上回答侯之康的问题，而是旁若无人地掏出一支雪茄点上，吸了一口，又做了一个深呼吸，然后反问道。

管燕飞微微皱了一下眉头，转眼看看鲍永昌、侯之康。

侯之康脸上看不出任何表情。

鲍永昌眼里流露出一丝似是而非的笑。他喜欢有个性的人，但眼前这位究竟是个性还是痞性，现在还不好下结论。

"你既然选择新谊，相信已经对新谊有所了解。"鲍永昌微笑着问宁世瑾，"我们要听听你的高见。"

"科学乃建国工具，亦为国防利器。飞机大炮自然于国重要，化学工业以及医药卫生则与民生息息相关。现代国家必须以科学为基础方能生存，而战时科学研究更为重要。中国积贫积弱，原因何在？在于缺少科学。中国医学为何落后？也在于缺少科学。战争的阴影已经笼罩中国，抓紧药物研究尤为重要。"宁世瑾挥舞着手上的雪茄，仿佛在大学课堂。

鲍永昌心头咯噔一下，他想起在日本考察时的那种隐隐的感觉，开始对眼前这位年轻人刮目相看。他问：

"战争的阴影已经笼罩中国？何以见得？"

"以'九一八'事变为标志，战争已经降临中国。"宁世瑾用一种不容置疑的口吻说。

"而且，欧洲的战争迟早会波及亚洲。"他停了一下，看看鲍永昌、侯之康和一旁的人事部部长，"时局问题我们不讨论了。"

"凡有志于自救卫国者，均应振臂奋起，努力创办新事业。我相信，新谊当有此理想和使命责任。"

"非等闲之辈。"侯之康本就是药科专业出身，闻宁世瑾一番高论，颇感此人具有家国情怀。但是，中国目前药学研究的重点和切入口究竟在哪里，侯之康有自己的思考。他接过宁世瑾的话题：

"中国药学研究尚在初始阶段，目前药学专业人才少之又少。我们应该从何入手？我们的药学使命又是什么？我认为，当从研究中医药开始。试想，《本草纲目》所记载的常用药有数百种，但其成分是什么？有效成分又是什么？如何取其精华用于临床？这就是我们药学研究的使命！"

"是啊！"鲍永昌接着说，"我去日本考察有一个很深的感受，就是日本很多汉方药，什么百毒下、六神丸，其实都是中国传过去的。但东洋人经过研究改良，成为大受东洋人和世界欢迎的药品。新谊是化学制药企业，我们应该发挥我们的特长，通过化学成分研究整理中药的古方，这既是振兴中药的需要，也是避免他国经济侵略的需要。"

鲍永昌、侯之康与宁世瑾谈了一下午。从世界医药现状，谈到西方发达国家新药特点；从西药的发展方向，谈到新谊发展的突破口，鲍永昌感到不仅找到了化学药物研究所的好所长，而且找到了能协助自己实现新谊整体发展的好帮手。

末了，宁世瑾提出给鲍永昌推荐一个人，毕业于中法大学药科专业的李伟明。

"哦。这个就交给张部长了。"鲍永昌指指一旁的人事部部长。

"对不起，宁先生，如果他条件合适，还需要有一位保人。您可以做他的保人吗？"人事部部长问。

"进新谊还要有保人？"宁世瑾感到很奇怪。

"是的，宁先生。"人事部部长回答说，"新谊实行铺保机制，凡被新谊公司录用的员工，必须有一至两名保人对员工本人作保，保人本身应具有本公司认可的资质和资产。"

人事部部长解释道，新人被新谊录用之后，一旦有违反公司规章或不诚信行为，保人将要对其行为负连带责任，并作出相应赔偿。人事部部长告诉宁世瑾，这项制度的目的，在于使新谊招聘的新人在应聘时，就对企业有一个诚心的承诺，同时也有利于新谊员工在日常工作和言行举止上约束自己，不做违背企业管理制度之事，确保企业的对外形象及对客户的承诺有切实的保证。

"哦——"宁世瑾问，"那我也要保人吗？"

"你是特殊人才，不需要。"鲍永昌笑道，"一定要说保人，那我俩就是你的保人。"他指指侯之康。

侯之康点点头，算是对鲍永昌的回应，也是对宁世瑾的认可。

鲍永昌与宁世瑾签署聘用合同的同时，宣布成立新谊化学药物研究所。

鲍永昌给予宁世瑾极大的信任，先后任命他为新谊化学药物研究所所长及新谊化学制药厂厂长，着重进行新产品研究。在宁世瑾初创的新谊化学药物研究所里，二十四人中有一半以上是名牌大学毕业生，这在当时药界是颇有实力的。

凭借强大的科研阵容，新谊药品种类逐步增多。

4

这些天，我不是采访退休的老同志，就是泡在档案馆，每天忙得不可开交，各种资料越积越多。

刚开始，我担心资料太少，难以梳理新谊的发展历史，但现在资料多了，反而不知从哪里入手。

新谊从霞飞开设小小的药房开始，成为一家药企，再到一家民族药企，直到现在成为世界知名药企，这百年历史中，发展的内在逻辑是什么呢？

"公司下周有一场关于新谊发展的交流研讨会，我准备的题目是'质量是新谊的生命'，我列了个提纲，你再帮我准备充实一下吧。"吉老头走进办公室。

"这个话题以前你不是讲过吗？"我问。

"产品质量是企业的生命线，要经常讲。"吉老头说，"新谊历来强调产品的高质量，这根弦什么时候都得绷紧。"

"好吧。"我勉为其难接下了任务，"不过，讲出新意很难啊。"

"高质量来自严格管理，我们公司就有很好的例子！"

吉老头讲述了二十世纪九十年代的一件往事。

从二十世纪六十年代开始，新谊就是国宾接待单位。有一年，荷兰女王贝娅特丽克丝和丈夫劳伦斯一行，在市政府官员陪同下到新谊参观交流。在准备进车间时遇到一个情况，参观险些无法继续进行。

原来，新谊有规定，进入生产车间，必须经过两次更衣和消毒，并要摘除身上的附属品，如手表、配饰、帽子等。而荷兰女王头上的帽子是王权象征，不能随意摘下。新谊管理者没有妥协于外事活动，而是坚守质量原则。经过反复沟通，最后女王只得让随从拿出一顶备用帽子，经过严格消毒灭菌等措施后，才得以戴着象征王权的帽子进入车间。

"那前几年中央电视台暗访一事，到时也讲讲？"我想起央视《每周质量报告》曾曝光有毒胶囊的事。

当年，某地一些企业用生石灰给皮革废料脱色漂白和清洗，然后熬制成明胶卖给药用胶囊生产企业，最终流向药品企业，一些知

　　上海中心大厦、上海环球金融中心和金茂大厦的造型分别酷似打蛋器、开瓶器和注射器，被网友调侃为"厨房三件套"，并广为传播。甚至国家通讯社也以"上海三高楼遭网友调侃"为题，发稿报道这一趣闻。

名药企也卷入其中。央视和上海相关部门在暗访新谊制药厂过程中，带走部分胶壳样品，连同药监部门抽取的样品一同进行了检验，结果产品全部合规合格。胶囊虽然只是原辅材料，但能在采购环节严格把关，本身就体现了新谊制药厂在管理和质量上的严格要求。

"那是典型的偷工减料、草菅人命！"吉老头愤愤地说，"新谊制药厂能做到合格合规并不是侥幸，而是长期严格管理的结果！"

吉老头很气愤。

我欣赏他的这种执着。

第四章　治未病

1

"市政府领导马上要来视察工作，先把查阅资料的事放一放，立即回公司。"我正在上海市档案馆查阅资料，电话那头，吉老头用毋庸置疑的口吻让我回去。

"好吧。"我无奈地挂断电话。

市政府领导到新谊调研，这可是件大事。吉老头忙上忙下，修改过我们准备的接待方案后，对行政办公室主任田甜吩咐道："马上重新打印一份。"停了一下，又说，"你请张总来一下。"

田甜从吉老头手上接过修改后的接待方案，转头去了张总办公室。

其实，总经理张晓聪的办公室就在隔壁。

"吉书记，您找我？"张晓聪推门走进吉老头办公室。

"龚世平局长要到我们新谊调研，我们得花点精力，把这几年的工作梳理一下，也讲讲我们的困难，争取政策支持。"吉老头说。

"是啊，我们要重点向领导介绍一下新谊的发展方向，下一步企业改革怎么走。"张晓聪一边点头一边说，"这几年我们收购了外省多家企业，规模迅速扩张，但也带来了管理上的困难。"

"这个问题就不要提了吧？"吉老头皱了一下眉头，"自己的孩子自己抱，上面不可能解决新谊管理方面的问题！"

"是的。"张晓聪有点尴尬地笑了笑，又说，"目前最大的困难还是资金。如果资金充裕，我们收购外省市药企可以有更多动作。"

"不能就事论事，我们恐怕还是要研究一下上面的政策。"吉老头说，"上面提出加快发展混合所有制经济，我看在这方面可能要多动些脑筋。"

"嗯嗯。"张晓聪若有所思地点点头，"小郑，你与行办一起把汇报材料抓紧准备一下。"张晓聪用征询的口吻问吉老头，"是不是主要汇报以下四个方面的问题：一是企业概况；二是工作成效；三是企业发展设想；四是面临的困难及原因，以及请求帮助解决的具体问题。"

"刚才讲到混合所有制改革，我想第三个方面的问题，也就是企业发展设想，改为企业改革规划吧。"吉老头深思了一下，说，"下一步企业改革肯定会有大动作，我们作为一家大企业，必须顺势而为，用好用足相关政策。"

"上面的政策，我们还有一个学习消化的过程，混合所有制怎么混合？现在社会上有一种说法，叫'国退民进'，如果真的是这样，我们如何进退，是一个很现实的问题。"张晓聪咳嗽了两声，重复说道，"一个非常现实的问题。"

"国企重组无非有这几条路径：一是采取合并同类项，按业务相近、优势互补的原则，朝着有利于资源优化配置和比较优势最大化的方向重组。"吉老头翻开笔记本，"二是企业集团内部的结构调整。三是合资重组和跨国并购。"

"会不会为了混改，面向市场公开出售国有资产呢？"张晓聪问。

"不会吧？像我们新谊这样的优质资产，为什么要出售？"吉老头用手里的铅笔敲敲桌子。

这是吉老头的一个习惯,每当遇到不开心的事情,他都会不由自主地用手中的铅笔敲几下桌子。不过,他从来不会发脾气。

"……"张晓聪看了吉老头一眼,没再说什么。

不知道什么时候,窗外传来鸟叫声。

天已亮了。

我们几乎彻夜未眠,准备了一份三十多页的汇报材料。吉老头睡在办公室,我们敲开门,把汇报材料交给了他。吉老头快速翻阅后,满意地说:"辛苦了!你们休息一会儿吧。"

上午九点,一辆别克商务车停在办公楼前。

龚世平局长准时到达新谊。

我惊讶地发现,龚世平原来就是前不久一起吃过饭的那位龚局。

龚世平下车后,与等在办公楼前的吉耀东、张晓聪等公司领导一一握手。

龚世平瞟了我一眼,似乎已经忘记了我。

"欢迎龚局长莅临指导!"吉耀东打了个手势,准备引导龚世平到会议室。

"吉书记,张总,今天我们改一下程序,先到生产车间看看,然后再进会议室,如何?"龚世平话一出口,立即让人感到有一股不容置疑的气场,和上次在思南路见到的他判若两人。

"我本想先给您汇报工作,然后安排参观。那我们就先参观吧。"吉耀东看了行办主任田甜一眼。

田甜马上会意,立即掏出手机重新进行安排。

"我就随便看看,不要兴师动众。"龚世平显得和蔼可亲,一众人陪着他来到培菲康生产车间。

培菲康是一种兼有治疗和保健作用的药物。二十世纪八十年代,随着全球厄尔尼诺现象和在我国各地出现的龙卷风、洪涝极端天气，一些受灾地区出现了大批严重腹泻霍乱患者。

霍乱也叫2号病，其凶险程度仅次于1号病鼠疫，依靠当时的常规药品根本无法治愈。后来，微生物学专家从健康人体排泄物中提取出双歧杆菌，通过工艺处理制成液体制剂，彻底治愈了这种疾病。

"培菲康是我们的拳头产品，这种兼有治疗和保健作用的药物非常受欢迎。"车间主任介绍说，"上市至今，培菲康长期临床应用的安全性和有效性，被患者和医生高度认可，还被市政府授予了'科技进步一等奖'的荣誉称号。"

"我知道，培菲康很受市民欢迎。"龚世平似乎对培菲康很了解。

"是啊。"吉耀东马上答道，"培菲康的主要成分，是在厌氧条件下分离出的三种益生菌，也就是双歧杆菌、嗜酸乳杆菌和链球菌。是科研人员经过无数次攻关，将这三种菌成功筛选并培育出来的，后又经过反复试验，最终形成了培菲康成熟的产品。"

"不容易啊！"龚世平感叹道。

"培菲康有一股奶香，是用了什么添加剂吗？"龚世平出其不意地问道。

"当然不是！益生菌实际上是微生物活体，而活体是需要营养维持生命的。我们反复试验，在益生菌经过冻干工艺苏醒后，用牛奶裹住这些活体来维持生命。为此，我们培养这三种益生菌的过程中，专门选用了世界上最好的新西兰进口奶源作为营养剂。可以说，这些益生菌是吃牛奶长大的，哈哈，自然就有了奶香。"车间主任不无得意地介绍道。

"哦，是这样啊。"龚世平听后满意地点点头。

参观完毕，一众人终于来到会议室。

新谊中高层干部早已等候在这里。

"龚局长请坐。"吉耀东将龚世平引导到座位前。

龚世平皱了一下眉头，说："我就是来参观学习一下，不要影响大家工作嘛。"

龚世平没有落座，站着说："刚才我参观了生产车间，听你们介绍了企业的生产经营情况，也看到了大家的精神风貌，更领略了一个百年老企业所焕发出的青春。新谊从当年淮海路上的一个小作坊，到今天成为在全国乃至全球具有影响力的知名药企，这其中凝聚了几代人的汗水与心血，不容易，不容易啊！"

龚世平即兴讲话很有激情，但他讲到这里戛然而止。"大家都很忙，我看就不要影响你们的正常工作了。"龚世平回过头对吉耀东说，"我到你办公室随便聊聊，如何？"

龚世平的一席话颇让众人感到意外，吉耀东马上反应过来，回答说："龚局长平易近人，体谅大家，那就听局长您的。"

张晓聪挥了一下手，示意大家离开。

"要不就在这里给您汇报？"吉耀东问。

"这样，你们的汇报材料我带回去。刚才参观时，实际上你们已经介绍了相关情况，所以汇报就免了。"龚世平朝张晓聪摆了摆手，"张总你也去忙吧。"然后转过身对吉耀东说，"走，到你办公室喝会儿茶。"

"好的。不过，我没什么好茶。"吉耀东忙说。

"清茶一杯，什么好不好的？你搞医药的，听说过没有？最差的那种老茶叶，不是陈年老白茶，是指茶树上的老叶片，茶叶里等级最次的那种，用冷水泡，有治疗糖尿病的效果。"龚世平兴致勃勃地给吉耀东介绍。

"这倒是第一次听说。"吉耀东露出惊讶的神情，说，"不过，今天来不及用冷水泡茶了。"

"哈哈哈！我也没糖尿病，不需要！不需要！"龚世平大声笑着。这一笑，迅速拉近了与吉耀东的距离。"我也没有那种老茶叶。"吉耀东也大声笑了起来，问，"来杯咖啡？"

"不需要。我就喝茶。"

两人坐下后，龚世平继续和吉耀东聊着。

"吉书记到新谊工作多久了？"

"说起来，我是新谊的老人了，大学毕业就在新谊工作。"吉耀东说。

"哦，那你对新谊情况应该是了如指掌了。"吉耀东办公室的茶早就泡好了，此时茶温正合适，龚世平端起茶杯，喝了一大口，说，"嗯，今天的第一口茶。"

"龚局长，我还是简单把新谊的情况给您做个汇报吧？"吉耀东盘算着如何切入正题。

"你简单说说就行，材料上有的就不用说了。"龚世平放下茶杯。

吉耀东把新谊的历史、现状简单汇报后，重点介绍了目前面临资金短缺的困难：

"资金短缺制约了企业的生产工艺的升级改造，也影响了目前开展的企业并购。"吉耀东说。

"哦？"龚世平看着吉耀东说，"你们可以申请专项资金啊。"

"申请过，不过……难度比较大。"吉耀东说，"还需要龚局长帮忙，给我们雪中送炭啊！"

"帮助企业发展是我们的职责啊！"龚世平显得很诚恳，说，"我会尽力为你们争取！"

"谢谢，谢谢龚局长！"吉耀东连连致谢。

"应该的。"龚世平谦逊地说，又问道，"你们考虑过引进战略投资吗？"

"这个……"吉耀东揣摩着龚世平的意思。

"今年整个国资国企改革会全面铺开，尤其是混合所有制和分类改革、结构调整等问题，将是今年国企改革需要解决的重点问题。"

"是社会上有些人讲的'国退民进'？"吉耀东试探性地问。

"No！No！No！"龚世平突然冒出英语，"不能简单讲'国退民进'，也不能简单讲'国进民退'，应该是'国民共进'。"

"这方面，我们还需要加强学习。"吉耀东猜不透龚世平的真实意图，模棱两可地说。

"是的，我们都要加强学习，深刻理解中央的文件精神。"龚世平继续说，"接下来我们会全力支持新谊的改革，在资金上、政策上，我们都会提供大力支持。"

"太感谢了！"吉耀东顿时感到一阵温暖，"我们是不是先打个报告？"

龚世平并没有接话，而是天南海北聊起其他无关的话题。

吉耀东知趣地附和着，心里却在琢磨：龚世平到底什么意思？

闲聊了几分钟，龚世平拿起手机看了一下时间，说："好啦。我该回机关了。"

"中午便饭，职工食堂已准备好。"吉耀东忙说。

"不用啦。"说着，龚世平站起了身。

"简单吃个便饭吧，符合'八项规定'要求。"吉耀东继续挽留。

"下午还有个会，早点回去。"龚世平朝外面走去。

"那好吧，听您的。"吉耀东见龚世平去意已决，便不再勉强。

其他随从见龚世平走了过来，赶紧先登上了车。

龚世平与厂领导一一握手后，走到车边，又转过身，与吉耀东再次握手，说："对了，远东投资是一家信誉和实力都不错的企业，你们引进战略投资时，我可以帮你们推荐一下。"龚世平握着吉耀东的手晃了两下，说，"政府部门的支持，我可以帮助你们沟通。"

原来如此！吉耀东终于明白了龚世平的心事。

2

1932年初夏，福熙路。

竣工不久的念吾新村，一排排整齐的二层小楼，红砖墙面、红瓦屋顶，格外显眼。每单元均是一堂一厢的双开间，两单元并列组成一幢石库门，红瓦双坡复折式屋顶，朝南的主入口有简化的石砌门框和三角形山花门楣，显得简洁而又实用。

与念吾新村一马路之隔的一栋小洋楼，是上海滩有名的叶子咖啡馆。午后的阳光，透过巨大的落地长窗洒满了整个包房，咖啡的醇香不断在空气中弥漫。在阳光的映衬下，雪茄燃起的缕缕青色烟雾，伴随着阵阵香草味，在空气中缓缓升腾。

鲍永昌、侯之康、瞿虎臣、章伯平等新谊高层围桌而坐。

叶子咖啡馆是新谊高层经常碰头议事的地方。一个宽松的环境，消除了层级感，有利于大家畅所欲言。

"各位同仁，淞沪会战后，中日在英、美、法、意各国调停之下，虽然签署了《淞沪停战协定》，日军返回战前的公共租界北区、东区，但是，现在日本人在我们国内大肆倾销日货，他们不仅妄想占领我们的国土，还想用日货挤垮我们的民族企业，甚至将过期的药品卖给我们同胞。今天和大家聚一起，就是想听听各位的高见，在这样的情况下，我们新谊应如何应对？"

鲍永昌开了个头后，示意大家发表意见。

"我们讨论新谊的发展，不能不关心当前的形势。"瞿虎臣先开了腔，"此次淞沪战争，第 19 路军浴血奋战，连续击败日军进攻，日军死伤逾万。多么让人振奋的消息啊！可就是在这样的情况下，英勇抗战的第 19 路军，却被国民党政府调往福建'剿共'去了。"

瞿虎臣是新谊药厂的股东、董事，也是上海滩建筑和房地产行业的大老板，东有恒路一带的房地产几乎全在他名下。

瞿虎臣说罢，问大家：

"这说明了什么？"

不等有人答话，瞿虎臣自问自答："这说明'攘外必先安内'仍然是国民政府的基本国策。可悲！可悲啊！"

"也不见得！"血清疫苗厂厂长毛春霖说，"虹口公园爆炸案说明，国民政府还是愿意抗日的。"

毛春霖所说的虹口爆炸案，是指国民政府和流亡中国的大韩民国临时政府，共同策划实施的暗杀日本军队要员的行动。在这次行动中，台上多名日军将领或是当场丧命，或是断胳膊少腿，日军上海占领军总司令白川义则被炸死，日本驻华公使重光葵被炸断一条腿。

瞿虎臣不以为然："虹口爆炸案虽然把日军的庆典变成了葬礼，但偌大一个中国，抗击侵略竟然靠暗杀，岂不可悲?! 更何况完成这一义举的还是韩国人。"

"国民政府明摆着无心抗日。"制造部部长戴凯也愤愤地说。

"国民政府抗日的事，我们无法左右。但是，我们可以立足于新谊，联合各药房、药行、药厂一起行动，向同胞们宣传我们的药品，号召同胞不买日货，买国货。"鲍永昌说。

"对！"

"是的，我们要做好自己的事情。"

"推销国货，这对我们也是一个机遇。"

鲍永昌的话，得到大家的响应。

"各位同仁，关于新谊的产品，我这里有个好消息，也有个坏消息。"化学药物研究所所长宁世瑾站起来说：

"好消息是，目前新谊的产品，除了主打产品维他赐保命外，还研制出品了铋司莫撒而、乌罗透宾、麦角素、奴佛卡因肾上腺素、盐酸爱米丁、樟脑油剂等注射剂，以及力弗肝、旦黄素等片剂和医用橡皮膏等产品。这些产品已经过临床试验，药效达到预期标准。现在生产投入到市场，正当其时。这是好消息。"

"那坏消息是？"鲍永昌问。

宁世瑾叹了一口气，说：

"坏消息是，这些新研制的产品如何打开销路，实在让人烦恼。主要原因是在华的中外西医对国产的注射剂质量持怀疑态度，宁愿高价采购舶来针剂，也不用国产药品，因此新谊的注射剂产品一直销路不畅，发展受到很大的影响。"

"这个问题比较复杂。"广告部经理王梓廉说，"国货不敌洋货，主要原因是消费选择最为根本的决定因素是价格与质量，以及因此而形成的品牌。这需要时间的沉淀，也需要经验的积累和客户持续的维护。"

"那我也告诉大家一个好消息。王经理说的这个问题前半部分已经解决。"侯之康兴奋地说，"年初，我们安排专人携带部分注射剂样品，送往美国鉴定，经美国卫生机关及试验所、医院的检验和临床试验，认为可与英美同类产品媲美，并出具了相关证明文件。"

说着，侯之康从文件夹中抽出几份证明文件，向大家展示。

"对提高新谊声誉、打开产品销路来说，这是一个非常好的开端啊！"鲍永昌点点头，接着说，"新谊产品想力敌洋货，打开销路，绝不能仅仅依靠顺应国货运动中人们的爱国之心，因为人们再有爱国情怀，也不可能长期违背需供相求的原则，弃物美价廉的洋货而用价格昂贵、质量低劣的国产货。"

鲍永昌从侯之康手上接过证明文件，继续说："之所以敢把产品送到美国检测鉴定，是因为我们的产品质量过硬。这也应该是我们强大自信的根本来源！"

"不过，能让美国卫生医疗机构给我们的产品做鉴定，本身也非常不容易啊！"接着，鲍永昌非常感慨地给大家讲述了鉴定的经过……

"好的产品需要让医生和患者了解、熟悉、喜欢。"王梓廉说，"根据公司的意图，我们从去年开始与医界合作，取得了明显效果。"

新谊非常重视广告宣传作用。在公司成立初期，就设立营业部、宣传部、广告部作为营销机构。营业部主管上海市的药房，以及小量外地客户汇款邮购业务，宣传部负责对医院和医生的访问，广告部负责产品广告和宣传。

　　从日本考察回来后，鲍永昌专门召集董事会就产品宣传营销工作进行研究并达成共识。企业将不少于营业额 5% 的经费作为广告费，用于产品推广。用优厚的佣金聘请谙熟西药业务、熟悉沪上各大西药房的原集成药房副经理潘瑞堂、王大和等人。录用中法药专等大学毕业生为营业部代表，向药房、医院、诊所推销药品。这些营业代表在每天外出前集合一次，交换推销情况、提供产销信息。还规定每周一个半天，聘请医药界专家给代表们讲解药学知识以及新药治疗范围和使用时应注意的问题等。事后证明，由于代表们具有丰富的药物知识，他们推介的药品颇受药房和医生的认可与欢迎，也乐于在处方中选用新谊的药品。

　　"我们在针对医院和医生的宣传中，加强了细节方面的沟通。"宣传部部长李开渠介绍，"在访问医院和医生时，我们准备了提供给医生的一些广告品。比如，医生开处方的纸张一般是道林纸，钢笔字的墨水常常留在纸上，不能吸收，很容易被抹掉，或碰擦得模糊不清，新谊将印有新谊广告的吸墨水纸赠送给医生。这种纸不光医生喜欢用，患者拿到手上，看到新谊的广告，本身也是很好的宣传。"

　　李开渠从包里拿出一堆东西摊在桌上，"大家看，这是装橡皮胶的铝盒，便于医生将橡皮胶从盒内拉出来使用。

　　"这是专门制造的小包装药品赠送医生的，便于医生推荐给病人试用。

　　"其他还有免费赠送的小册子，如介绍新谊产品的小册子。学生临摹帖小册子，临摹的是新谊的产品名称……"

　　"哈哈哈！"王铭珊大笑着说，"李经理这是在给我们做宣传呢！"

　　"好的产品当然要宣传。"鲍永昌说，"王经理，你给大家介绍介绍，在宣传新谊'治未病'理念方面，有些什么思考？做了哪些工作？"

"我们理解'治未病'的理念，是从广大民众的健康出发，以预防为主。"王梓廉说。

"对！"侯之康接过话题，"新谊研发中有一部分产品，就是基于预防健身的初衷而创制的。这些产品小剂量服用，细水长流，健身防病，治疗于疾病发生之前。如果进而采用不同的剂量和方法服用，则能达到改善症状、治疗疾病的效果。比如维他赐保命、食母生、好力生、四维葡萄糖、力弗肝等。此类药品可以健身，'不治已病治未病'，按不同用法兼达健身与治疗效果。"

"总经理说得是。"王梓廉说，"基于这种理念，我们的广告中不乏鼓励追求健康的广告词，比如，'健康比金钱重要''预防是上策''有未病即无健康''健康至宝''种瓜得瓜，种豆得豆，用良药得好果''今日方知健康乐''打好身体基础''药到病除，反弱为强；无病服之，百岁长命'，等等。"

王梓廉如数家珍，讲出一长串广告语："我们想通过这些广告告知民众，要在疾病发生之前就开始投资身体。"

"是啊。其实这应该是国民政府告诉人民的，可惜积贫积弱的国家没有做到。看来首先要国家'强身健体'，不能满身疮痍了，再头疼医头脚疼医脚。"鲍永昌感慨道，停了一下，又说，"算了，莫谈国事，我们做好自己的事。"

"我们在广告发布上，除了一些大型户外广告，特别注意在重要媒体上发布。"王铭珊列举了一些报纸杂志，"目前合作比较多的大报纸有《申报》《新闻报》《大公报》等，还有一些小报，比如《晶报》《福尔摩斯》《社会日报》《上海报》《立报》，等等。大报纸的特点是受众多、影响大，但小报也有小报的长处，投入少，各种人群喜闻乐见，因而效果也很明显。"

"嗯嗯。"鲍永昌不停地点头，"各种广告宣传，要基于'治未病'的理念，确实从广大民众的健康出发，而不是从赚钱出发。大家记住：药企如果单纯以赚钱为目的，那这个药企就是一个彻头彻尾的黑心企业，到最后不但赚不了钱，还势必关门倒闭。"

"这是世间的大爱！"侯之康是一个基督教徒，他每周都要去圣三一基督教堂做礼拜。"我们一定要有爱，神爱世人，甚至将他的独生子耶稣赐给我们。耶稣爱世人，为了我们，被钉死在十字架上，却终于得胜死亡而复活。所以我们也要爱神、爱他人。"

侯之康非常虔诚地继续说："因为神的爱，耶稣的受难和复活，使得每一个信他的人不致死亡，反得永生。'治未病'就是要让广大民众健康长寿。"

"民众的健康就是我们的追求！"鲍永昌接过话题，"当前，我们要抓住时机推销国货，打败日货，为国货运动助威。"

王铭珊说："我们也要向社会宣传我们追求民众健康、'治未病'的理念。可以考虑发表一个介绍新谊制药的文告，让社会知道我们，让大众了解我们。"

"这个主意好！"鲍永昌说，"我也有此意。以前的广告是针对某一具体产品，这次我们策划一个介绍新谊制药整体情况的广告。"

大家一致认同后，七嘴八舌拟出了一个新谊制药企业沿革的介绍：

新谊药厂之沿革：中国最进步之化学制药公司

新谊药厂创立以来，已十六年於兹，其使命在以欧美科学方法，自制西药，供给各界需要。经过数年之努力，营业渐形发达，地位亦日臻重要，因予以彻底改组，成一纯粹华人股份有限公司。

时至今日，公司资本异常雄厚，受雇人员以千计，为中国西药业之巨擘，且为国人自制针剂之始创者。该公司於精制针、丸、浸膏外，更附设，玻璃仪器厂、橡胶厂、化学实验室、病菌诊断室。同时经理新谊血清厂、杨氏化学治疗研究所。各项良药，有数百种，功效卓越，

堪与舶来品媲美，而售价之低廉，尤称独步。该厂之前
途正方兴未艾，可预卜焉。

这看似是一份企业沿革的介绍，更是一份宣言书，既向民众告
知以健康事业为己任的理念，也表达了敢于与欧美国家比高低的决
心，借此亮明国货身份，誓与洋货特别是日货决一雌雄。

在鲍永昌的主持下，各部门经理马上进行了具体分工和安排。

第二天，全厂上下纷纷为新谊加入国货运动的举动叫好，并开
始行动起来，从车间到办公室，从厂内到厂外，从工人到职员，大
家都在各自的岗位上投入了紧张的工作。为抗日出力，为国货运动
助威，成了新谊全厂上下的共识。

不到三天，新谊国药新的产品目录已分发至各药房、洋行和办
事处，新谊的大幅广告已在报上及大小药房刊登张贴，新谊的产品
则被药房、洋行放到了引人注目的位置。

一时间，"新谊是我们中国民族药业，新谊出良药，良药在新
谊"成了上海市民街头巷尾的话题，人们纷纷争相购买新谊产品。
新谊良药的销量超过以往任何时期，订货要货的电话络绎不绝。

在新谊制药的带领下，上海滩国货运动轰轰烈烈。而新谊良
药纯国货的美誉度，以及新谊产品的高品质成为国货运动中一大亮
点，新谊品牌风靡整个上海乃至全国。

声振全国、威震海外的国货运动，引起了国民党政府相关人士
的关心。在全国抗日、全民抗战已形成高潮的情况下，国民党中的
爱国人士、爱国将领也纷纷加入到这个运动中，国民党政府也以官
方形式承认了这一支持国货的爱国运动。

上海国民政府以政府的名义召开了上海国货运动表彰大会，会
上经各行业同业公会推荐评比，对各行业在国货运动中表现出色、
拥有独立研制产品的企业授予证书，对在国货运动中身体力行、行
动有力的企业授予奖状，以资鼓励。在同行的一致推选和新药业同

业公会的力荐下，新谊产品当之无愧地被政府授予"国货证明书"。这一凝聚着当时全体新谊人心血和努力的奖状，将新谊人在抗战中的民族心、爱国情载入了上海乃至全国制药业的史册，也将新谊良药这一优秀品牌融入了全国人民的心中。

"新谊"这个品牌，深深地根植在中华民族的土壤上，并以"好药"及"良药"和"创新和友谊"赢得了海内外人士的赞美。

3

新谊总部礼堂，作为"百年新谊"庆典的系列活动，"百年新谊发展的内在逻辑与展望"研讨会在这里举办。

这是一场颇具学术性的高端研讨会。但奇怪的是，吉老头力排众议，竭力主张只邀请一两位经济学家，却出人意料地邀请了一些在党的建设、人文艺术、社会学等领域的知名人士，甚至还邀请了一位地球物理学家。

"我的教龄已经有四十年，参加的研讨会大大小小不知有多少场，但说实话，参加企业的这种研讨会，还是第一次。我来之前，特地询问了一下今天的来宾名单，当时我就很奇怪，研讨企业发展，怎么会邀请这么多似乎不相关领域的专家？这也引发了我的好奇，马上同意参加今天的研讨会。"第一个发言的杨德峰，是全国知名哲学教授。

"老子《道德经》第三十章有一个非常重要的思想，就是'物壮则老'。也就是说，自然界的一切事物，都有一个从幼小到壮大，再从壮大到衰亡的过程，所以，老子讲：物壮则老，是谓不道，不道早已。也就是说，事物壮盛就会走向衰老，若违背此规律，妄自逞强，就叫不遵循规律，而不遵循规律，就会很快死亡……

"所以，大到一个社会，小到一个集体，乃至某个个体，一定

侯之康是一个基督教徒，他每周都要去圣三一基督教堂做礼拜。

要让成长的过程不断延伸。比如作为个体的人，活到老、学到老、改造到老，才能永葆活力、永葆青春。同样，作为集体的企业，需要不断变革，在人类社会高速发展的今天，想凭一两个所谓的拳头产品，一招鲜、吃遍天，是行不通的，必然会导致故步自封。反之，不断推陈出新，才能让企业始终保持那么一股活力……"

"和你们谈企业发展，显然不是我的长项。"杨德峰扶了扶眼镜，说，"所以，我不会做贻笑大方的事，和大家谈点我熟悉的哲学问题，与大家共勉。谢谢各位！"

"我和杨教授有同感，作为一名地球物理学者，参加企业发展研讨会，也是第一次。"来自地球科学研究院的李建一教授停顿了一下，说，"这也让我看到了新谊的野心，你们这是要向全球发展的架势啊！"

李建一幽默的开场白赢来一阵笑声。

"在这里，我想与大家分享我的导师、地质学界五大构造学派之一——地壳波浪状镶嵌构造学说的创始人张伯声先生的一个故事。

"1926 年，张先生被保送赴美留学。在赴美国途中，他站在船头，发现大海波浪的起伏，是一浪下去、一浪起来的，就是我们说的'后浪推前浪'。这个在常人看来或许是很正常的现象，让张伯声脑海里产生了一个疑问，地球地壳运动是否也是波浪式呢？后来，他经过实验，发现地壳运动果然是波浪式运动形态。又经过一段长期的研究，在二十世纪七十年代中期，最终形成了地壳波浪状镶嵌构造学说。

"张老的伟大之处在于他从平常的现象中，找到了事物发展的一般规律。就像当年万有引力的发现，如果苹果从树上掉下来砸到一个普通人的头上，这个人可能会把苹果捡起来吃掉，如此而已；但苹果砸到了了不起的牛顿的头上，于是，他的万有引力定律就此诞生……

"自然界一切事物的运动发展，都是波浪式前进的。那么，顺应大势，把握波浪前进过程中上升的机会，就可以勇立潮头。否则，就会出现长江后浪推前浪、前浪死在沙滩上的结局。"李建一伸直手臂，摇晃右手做出波浪状，说，"同样，我想企业的发展，大概也离不开这样的规律。"

我看了吉老头一眼，他若有所思地不住点头。

上海音乐学院的于偲偲，是著名的女高音歌唱家。她一上台，还未开口，台下就响起了热烈的掌声。

"我想我不用自我介绍了，大家的掌声告诉我，在座的大多数朋友都认识我。"于偲偲向大家鞠了一躬，然后又说，"我们的哲学家、科学家不是公众人物，但他们能够坐冷板凳、耐得住寂寞，在各自领域都取得了非常了不起的成就，大家给他们一点掌声好不好？"

于偲偲舞台经验丰富，一上台就掀起高潮。

"我的专业是唱歌，接下来我就演唱一首大家耳熟能详的歌曲《我爱你中国》。"

于偲偲美妙的歌声赢来一阵又一阵热烈的掌声，台下喊声不断："再来一首！""再来一首！"

"今天不是我的个人演唱会，所以，我不能喧宾夺主。同时，我还想与大家分享一点演唱这首歌的体会。《我爱你中国》流行了三十多年，可以说是经久不衰，至于原因，这个歌名就已经给出了答案。所以，我在舞台上演唱时，常常会含着泪水，带着对祖国的深情。我想，你们在企业里一定也是带着感情工作的，借用今天的大会主题，新谊发展这么多年，广大员工对企业的感情，应该是新谊发展的内在逻辑。

"另外，很多朋友问过我，这首歌的音太高，演唱难度很大，我是怎么轻松做到的。可能有的朋友也知道，演唱界有句行话，叫高音低唱、低音高唱，实际上也就是要把握扬与抑的技巧。唱高音，不能只想音高，要先抑后扬，高音自然出来了；唱低音，要先扬后抑，保持唱高音时的通透，低音自然也就出来了。我想，隔行不隔理，高音低唱、低音高唱的演唱技巧，对我们企业发展或许有所启发吧？"

"精辟！"李建一侧过身，低声对杨德峰说，"成功人士都很懂得哲学。"

"是啊，这是演唱的辩证法！"杨德峰笑着点头说。

接下来，轮到复旦经济管理学院的欧阳彬教授做总结发言了。

"我很意外，今天这场企业发展研讨会邀请的嘉宾，是来自不同领域的学者专家。刚才，在聆听各位专家演讲时，我也在思考：今天的这场研讨会，给我什么样的启发？首先，研究经济需要有更加开阔的学科视野，需要跨界研究。就事论事，就经济研究经济，往往只见树木不见森林。特别是在互联网时代，跨界生产经营已成为一种新常态，这反过来需要我们整合多领域的物质资源和人才资源，需要我们的脑洞开得大一点，想象力更丰富一点。

"同时，我也在思考，新谊发展到今天的规模和影响，内在的逻辑到底是什么？有一组统计数据显示，中国的集团公司平均寿命只有七至八年，中小企业的平均寿命更短，只有不到三年。中国的企业中，每一天有一万两千家倒闭，每一分钟有近十家企业关门。那么，新谊作为百年老店，依然焕发出勃勃生机，显示出强劲的发展势头，其内在的逻辑，我认为，刚才几位跨界专家讲得非常到位，一是要顺应时代大势，把握机遇，顺势而上；二是要敢于自我否定，不断创新，在自我否定中获得重生；三是要懂得张弛有度，把握节奏，全面协调可持续发展；最后一点，就是要以人为本，企业最活跃的因素始终是人，企业要有长久的发展，必须把员工摆在首位，也只有把员工的积极性、创造性调动起来，企业才有了发展的基本保证。因此，今天参加这个研讨会，让我受益匪浅，收获满满，感谢新谊主办了这场高质量的研讨会，更要感谢各位专家奉献出的思想和智慧。"

来自不同领域专家的精彩发言，也让会场下面的员工异常兴奋。

我愈加佩服吉老头了，当初邀请专家参加研讨会时，我和其他同事一样，认为请一批与企业无关的人来研讨企业发展，是不是风马牛不相及？现在看来，是我的视野太狭窄了。

4

六月初的上海正值春夏之交，春天的柳絮尚在空中飞舞，盛夏的高温时不时探头张望。此时黄梅天还未来临，没有连绵的阴雨，也没有闷湿的空气。傍晚时分晚风吹拂，中午的高温已不见踪影，正是一年之中、一天之内最怡人的时刻。

新谊药厂下班的铃声早已响过。但是今天职员们并不急着回家，在整理完手头文案之后，小伙子们换上了合身的西装，皮鞋擦得锃亮；姑娘们则换上了色彩各一、合体的旗袍，成群结队地走向厂内工场大厅。看着姑娘们俯仰生姿的倩影、似水流年的韵味，几个走在后面、穿着工装的小伙子，因为没有准备正装懊悔不已。

相比较其他企业，新谊招收职员的标准很高，不仅要求相应的学历，还要有担保人，当然待遇也好。一个普通职员的薪水可以养两家人。这在当时上海的企业中，可以说是仅有的。

六点半钟声响过，工场大厅安静下来，台下的职员打开了笔记本，安静地把目光投上讲台。鲍永昌健步走上讲台，他朝台下扫了一眼，微笑着对大家宣布：

"各位同仁，晚上好！现在我宣布：新谊宣传讲习所正式成立，并于今日正式开课。"

台下响起一片热烈的掌声。

鲍永昌举起双手，往下压了压，示意大家停止鼓掌，接着说：

"从本周起，全体新谊在职职员，每周两次，请大家按时来此参加讲习所培训。"

台下又响起热烈的掌声，有的职员兴奋地聊着，也有的职员在本子上写着，更多的伸长脖子，竖起耳朵。

鲍永昌见台下情绪高涨，停了一下，提醒道：

"请大家安静！大家安静！"

接着，鲍永昌又宣布："新谊宣传讲习所所长由我担任，同时，我们还聘请了几位讲师。"他指着第一排坐着的几个人一一介绍：

"杨树勋博士。"杨树勋站起身，朝着鲍永昌点点头，又转过身向大家弯腰表示谢意。

"金鳌教授。""蓝春霖教授。"两位教授重复着杨树勋的动作。

"潘瑞堂药师、陈国纲药师、庄畏仲药师。"潘瑞堂身着西装，陈国纲和庄畏仲身着长衫，三人不约而同地抱拳深深一揖。

鲍永昌继续介绍：

"我们新谊宣传讲习所这学期共开设如下课程：公司组织概要，两小时由我主讲。交际与处世，四小时，潘瑞堂药师主讲；化学概要，十小时，杨树勋博士主讲；医学大纲，十小时，庄畏仲药师主讲；细菌和免疫学概要，六小时，请蓝春霖教授主讲……"

台下开始议论纷纷。鲍永昌走下讲台，边走边示意大家保持安静，边继续介绍：

"本学期共设十一门课，总共一百个课时，上课二十六次之后，进行期中考试，上完全部课程进行期末考试。"

鲍永昌走回讲台，特别强调："提请大家注意：考试成绩将作为今后新谊职员评聘考核、薪酬定级和职务晋升的依据，重要的依据。"

他略作停顿，转身在黑板上写下"本公司组织概要"七个大字，然后面向大家说："今天由我给大家上第一课：本公司组织概要。"

鲍永昌从药的起源、中西药的现状、目前中西药的发展趋势讲起，继而谈到作为民族药业，新谊制药人自身所负的历史使命，以及新谊目前的组织结构。鲍永昌铿锵有力又富有磁性的声音、引经据典的叙述，时而幽默风趣的比喻，吸引了全体听课职员，课堂上不时发出欢快的笑声。

课间休息十分钟以后，鲍永昌继续讲课。他将新谊的组织结构用图表列出，进行了详细介绍。

到了提问阶段，课堂的气氛开始活跃起来。

"请问董事长，新谊制药的宗旨是什么？"第一个提问的是杨玉菁，一位温文尔雅的苏州姑娘。

鲍永昌没有想到，一个这么温婉的女孩子会勇于首先发问，并直接提出这么切中要害的问题。他看着这位姑娘，问道：

"我可以先问你一个问题吗？"

"当然可以。"杨玉菁落落大方地回答。

"你在公司是做什么工作的？"鲍永昌问。

"我是公司的电话接线员。"

"怪不得声音这么甜美和熟悉。"鲍永昌笑道。

台下也笑声连成一片。

"你问了一个我已经思考了很长时间的问题。制药企业不同于一般的实业，更不同于以赚钱为主要目的的投机企业。我想，新谊应该扛起民族医药大旗的责任与使命，具有为民族图强的远大抱负、为百姓求健康的悲悯情怀，还要具有恢宏深邃的人性光辉。"鲍永昌看看杨玉菁，又扫视全场的职员，接着说：

"因此，关于新谊的宗旨，我认为应该是为民族医药谋振兴，为百姓健康谋福利。"

鲍永昌看着杨玉菁，微笑着问：

"这样回答你满意吗？"

杨玉菁有点不好意思地点点头。

"对新谊今后的发展，您有什么目标？"坐在最后一排穿着工装的男职员站起来问。

"目前新谊虽然处于起步阶段，但是，大家都已经看到，我们有先进的管理理念，有优渥的福利待遇，最重要的是，"鲍永昌指了指坐在第一排的授课教员，又挥手指指台下，"有你们这样一批优秀的人才，我有充分的理由相信，新谊制药公司，将会成为国内乃至远东第一大药厂！"

台下的职员放下笔，激动地使劲鼓掌。

鲍永昌又说：

"大家看看，我们新谊的职员，小伙子一个个精神帅气，姑娘们一个个端庄漂亮。你们说，是不是啊？"

台下哄堂大笑，相互打量着、议论着。

有个职员大声说："董事长更帅！"

台下又是一阵笑声。

鲍永昌笑着摆摆手，充满激情地说："各位同仁，目前新谊正处于起步阶段，我们需要社会各界的鼎力支持，更需要在座同仁的共同努力。若干年后，当新谊制药成为国内乃至远东第一大药厂时，你们不仅是新谊制药的创业者，是新谊发展的见证者，更是新谊制药的功臣！"

5

快下班的时候，手机响了起来。

还是熟悉的《斯卡布罗集市》，但我把此前莎拉·布莱曼演唱的版本，换成了低沉婉转的陶笛演奏曲。

陶笛是一种世界性的古老乐器，容易入门又便于携带，有很强的音乐表现力。它的高音跳跃清亮，低音深沉如埙却又蕴含温暖，是我非常喜欢的。

忙活了一天的我，从音乐铃声中感受到了一阵心灵慰藉。

来电是一个陌生的电话号码，我迟疑了一下，还是摁下接听键。

"筱韵，你好！是我，张东国。"

"张东国？"我诧异地问，"有什么事吗？"

"嗯嗯，是……有个事。"张东国支吾着，"方不方便见个面？"

"哦，好的呀。"我问，"在哪里见面？"

"新谊大门口，我在车上等你。"张东国说。

"好吧。"我把办公桌简单收拾了一下，就起身撤退了。

走出大门，远远就看见张东国坐在车上向我挥手。

我加紧跑了两步，拉开车门。

"多尔呢？"我问。

"我找你啊。"张东国回答说，"我没叫她。"

"哦？"我心里琢磨着，他一个人突兀地找我，是什么事呢？

"上班很忙吧？"张东国没话找话似的问道。

"还好。"我淡淡地说，看他有点欲言又止，我主动问，"什么事啊？"

"是有个事。"张东国表情不自然地说，"但不知从何说起。"

这家伙搞什么鬼？我心里暗自思忖，是不是和多尔闹矛盾了？

"筱韵，你别乱猜了，不是你想象的那样。"不等我说话，张东国先开口了。

"我猜测什么了？"我为自己的心思被他看破而感到有点不悦。

"你是不是在想，我贸然找你，是不是和多尔闹矛盾了？"张东国的情绪有所放松，嘿嘿笑着说，"或者，是不是觉得我喜欢上你，偷偷找你约会了？"

这家伙反应倒是挺快，马上转守为攻了。于是，我也不甘示弱，说：

"难道不是吗？"

"哈哈哈！"张东国大笑起来，"这我就放心了。"

"放心什么？"我追问道。

"为了保证你的安全,我现在专心开车,找个地方坐下来再聊。"张东国踩下油门,车子明显提速了。

"这里比较安静。"张东国把车停在黄浦江边上的一个茶餐厅旁。

我们找了个靠江边的位置坐了下来。

"给你看样东西。"张东国从包里掏出一个圆形的小铁皮盒,放在台子上。

小铁皮盒呈黑色,看样子已有不少年头了。仔细一看,上面有若隐若现的图案,但早已锈得斑驳不清,难以辨认了。我不解地望着张东国。

他也腼腆地看着我,结结巴巴地说:"上次,我无意间看到……"他朝我领襟处瞟了一眼,"我无意间看到……"

"看到什么?"我下意识地提了提衣襟。

"你别误会。"张东国忙摆摆手。

"到底怎么回事?"我被他吞吞吐吐的举动搞蒙了。

"是这样。"张东国打开台子上的铁皮盒,从里面拿出一条项链。

眼前的项链非常眼熟,这不是奶奶临终前送我的那条吗?

"天哪!这条项链怎么会在你这里?"我脱口而出。

我用手摸了摸脖子,项链明明还戴在我脖子上。

"上次无意间看到你戴着的项链,我的第一感觉也是:天哪!这条项链怎么会在你这里?"张东国说。

我从他手上接过项链,仔细打量起来。这是一条银质项链,虽然近期清洗过,但还是留下了岁月的痕迹,特别是链扣连接处,锈迹并未被完全清除干净。

更让我惊讶的是,项链的第三节和吊坠的背后,竟然也都有六瓣梅花标记!

我摘下脖子上的项链,和张东国的那条一起拿在手上,仔细比对,发现这两条项链完全一模一样!

"到底怎么回事?"我问道。

"我也不知道。"张东国回答说,"上次在上海中心的朵云书院,无意间看到你戴的项链,就觉得特别眼熟。回去以后,我特地找出这条项链,就是特别像。"

张东国从我手上接过项链,又从包里掏出一个放大镜,反复对比着。

半晌,他放下项链,十分肯定地说:

"真的是一模一样!"

"怎么会有这样巧的事?"

我俩对视着,不约而同地说。

"二位点的咖啡。"这时,服务员来了。

"真的太神奇了!"张东国有点兴奋地挥舞着放大镜,恰好碰到服务员递上的咖啡杯。

服务员赶紧往回缩,但咖啡还是被打翻了。

张东国尴尬地连忙站起来,他搓着手立在那里,不知如何是好。

"没烫着吧?"我抽出几张纸巾,帮服务员擦拭溅到身上的咖啡。

"对不起!是我不小心。"服务员歉意地说。

"不能怪你。"我看了看张东国,他依然一副手足无措的样子。

"再给我们来一杯吧。"我用纸巾把沾上咖啡的项链包起来,轻轻摁了一下,让纸巾把项链上的咖啡水分充分吸干,再拿出来。又用纸巾把台面擦拭干净,问,"是云南保山小粒咖啡?"

"您对咖啡这么在行?"服务员惊喜地说,"的确是云南保山小粒咖啡。"

服务员转身离去。

"你怎么连句道歉的话都不会说?"我嗔怪道。

"这……"张东国不好意思地笑笑,说,"你很懂咖啡嘛。"

"纯属巧合,其实我平时习惯喝茶。知道保山小粒咖啡,和我们的产业扶贫有关。"我问道,"知道龙胆吗?"

"龙胆?"张东国一头雾水。

"估计你不知道。"我笑着告诉他，"龙胆花色艳丽，既可做盆花，又是中药材。保山潞江坝具有独特的干热河谷气候，非常适合龙胆生长，所以那里是我们的药材生产基地。"

"哦。"张东国问，"那与咖啡有什么关系？"

"正因为这种独特的气候，保山所产的咖啡气味清新，口感醇厚，在国际上也是有名的好咖啡。"我拿起咖啡，呷了一小口，说，"去年我们去保山，当地的朋友专门送了两盒咖啡，所以对这个味道很熟悉。"

张东国面露羡慕的神情，说："你们还可以利用工作机会去云南玩？"

"请注意用词好不好？我们是去工作，不是玩。"我给他更正道。

"对对对！是顺便玩玩。"张东国心情放松不少。

"言归正传。你说说，你这条项链有什么来历？"

"说来话长。这是我爷爷生前交给我的。我父母常年在北京工作，我从小与爷爷奶奶在上海生活。"张东国说，"听我爷爷说，他年轻时参加新四军，在苏北一带打过仗，认识当地的一位年轻女战士。"

张东国拿起台面上的项链，说："我爷爷说，这条项链就是当时那位新四军女战士送给他的。"张东国笑笑，说，"为这事，我奶奶没少跟爷爷开玩笑。"

"这条项链是他们的定情物？"我追问。

"应该是。"张东国回忆说，"当时我年龄小，对这些也不懂。但我知道爷爷对这条项链很珍惜，好几次看他拿出来擦拭。"

"哦。"我问，"你爷爷叫什么名字？"

"他叫张启洲。"张东国说。

"市人大原副主任张启洲？"我问道。

"是的。"张东国回答说。

"那你爷爷有没有说起过，当年那位新四军女战士叫什么名字？"我莫名紧张地追问道。

"曾经说起过，但我忘记了。"张东国说，"我知道爷爷很在意他的这段感情，他退休后还让奶奶专门陪他去过一趟南通。好像那位女战士是南通那一带的人。"

"大概是什么时间？"

"好像是八十年代中期吧？"张东国笑笑，"那时我才刚刚上学。"

"你这个城市历史研究者不合格。"我嘲笑他说，"什么'大概''好像'，你就这么做学问？"

"长辈的事，我也不好问太多啊。"张东国委屈地说，"何况还隔着一代人，又涉及个人感情问题。"

"这倒也是啊。"我自言自语道。奶奶交给我这条项链时，我心里原有很多疑问，不是也没有追问吗？

"你奶奶和你说过什么吗？"我又问。

"她当然更不会和我说什么了。"张东国说，"不过，她好像很尊重爷爷的那段感情。记得她不止一次和爷爷聊天时说，战争年代的爱情，不容易！"

"哦。"我似乎隐隐约约感觉到什么，问，"你爷爷本名就叫张启洲？"

"他原名章云洲。"张东国说，"爷爷说，当年考虑到云字比较女性化，就把云改为启，同时把原来的立早章，改为更常见的弓长张了。"

"章云洲？"我惊讶地问。

"是的，章云洲。"张东国肯定地回答。

一切都明白了。

我拿起两条项链，泪水在眼眶直打转。

每个平常人的背后，都可能隐藏着不平常的历史故事。

我很难想象当年热恋中的两个年轻人，到底经历了什么样的变故，也难以想象在此后五六十年漫长的岁月里，他们的心底会有怎样的波澜与积淀。

我与张东国默默地对坐着。

半晌，张东国说："筱韵，其实你去过我家。"

"我去过你家？"我惊讶地问。

"是啊。"张东国说，"你到我家采访我奶奶，她很喜欢你。"

"你奶奶？汪映珍？"我快惊掉下巴了。

"是，她当过新谊的厂长。"张东国平静地说，然后拿起台面上的一条项链，装入那个生锈的小铁皮盒里。

他拿错了。

虽然两条项链一模一样，但奶奶给我的这条，最近一直戴着，多了一点光泽。

第五章　海月半轮秋

1

一石激起千层浪。

国企混合所有制改革，让新谊成为各方资本角力的战场，也让新谊再次走到发展的十字路口。

作为一家老国企，如何进行混合所有制改革成为社会关注的焦点，也在新谊高层引起了激烈的争论。

"既然上面有政策，我们应该大胆吸纳民资，同时采取更加灵活的生产和营销手段，以改变国企一潭死水的局面。"总经理张晓聪首先亮明态度。

"我同意张总的看法，目前民营药企之所以发展迅猛，一个重要的原因，就是机制灵活。反观现在的新谊，婆婆多、紧箍咒多、社会负担重，'两多一重'导致员工收入多年停滞不前，明显缺少工作动力。"副总经理孙力钧非常赞同张晓聪的意见。

"张总、孙总的意见有一定道理，但是，把国企存在的困难完全寄希望于通过吸纳民资解决，我看没这么简单。"党委副书记李小娟说。

　　"吸引民资进来，甚至让民资控股，我们就可以放开手脚，婆婆多、紧箍咒多、社会负担重的问题，也就自然解决了。"张晓聪说，"我觉得我们还是要解放思想，胆子更大一点，步子更快一点，千万不能错过这次难得的改革机遇。"

　　"其实，我们历史上经过多次改革，有成功的经验，但也有失败的教训。我认为，我们要特别注意吸取既往的失败教训，避免发生大起大落的问题。"李小娟坚持自己的意见。

　　"小娟书记，你这是一次被蛇咬，十年怕井绳啊。"张晓聪带着嘲讽的口吻说，"改革失败，我们更应该在摔倒的地方爬起来，继续探索，用改革的办法解决改革中出现的问题。我们不能当裹脚女人啊。"

　　张晓聪的话，如果对一个男人说倒没什么太大问题，但他是针对李小娟说"裹脚女人"，就有人身攻击之嫌了。

　　"我的脚自然没有张总大。"李小娟显然有所感觉，但她压住火气，平静地说。

　　"我……我不是那个意思……"张晓聪此时也感觉到刚才言有不妥，赶忙解释道，"我是说，我们要步子大一点。"

　　"哈哈！现在没人裹脚。"党委书记吉耀东接过话题，"我感觉，你们刚才从各自角度发表的意见都不无道理。但问题在于，混合所有制改革是新谊的重大事项，更是国家的大举措，作为顶层设计，应该站在全局的高度，我们不能仅仅从新谊的角度出发，更不能仅仅聚焦于自己分管的工作，来理解上面关于国企混改的意见。"

　　"我承认，书记站位比我高，但是，我们思考改革问题，当然要从我们新谊自身出发，解决我们自身的问题。至于别的单位如何改革，我想这不是我们的事，也不是我们能解决的问题。"张晓聪直接与吉耀东杠上了。

　　"张总，你可能没看过《关于深化国有企业改革的指导意见》全文吧？"不等张晓聪回答，吉耀东接着说，"我的意思不是不考虑新谊自身情况，恰恰相反，我们的改革必须从我们的实际出发，新谊的发展应该是改革的出发点和落脚点。"

"这就得了呗。"张晓聪说，"既然我们目标一致，我认为就要抓住当前的有利时机，快速吸引民营资本，吸纳民企灵活的经营策略，来搞活新谊，助力新谊的发展。"

"张总，你那么急于引进民资，是不是已经有比较成熟的想法，先说给我们听听？"李小娟问道。

"优质民资很多，比如远东投资。"张晓聪脱口而出，停了一下，又感觉自己有点冲动了，说，"我主要是谈谈改革的思路。这一轮国企改革，要解决的主要是股权层面国资与非国资混合，股权结构合理化，破解所有者缺位，以及在一定程度上化解'国进民退'等国资、非国资之间对立现状等问题。"

吉耀东听到"远东投资"几个字，敏感地联想到龚世平推荐的投资企业。他意味深长地看了张晓聪一眼。

"不引进民资就没有所有者？国资、非国资就一定对立？"李小娟逼问道。

"这也是媒体上的一种提法。"张晓聪说，"依我看，我们没有必要讨论理论问题，我们在一线，应该考虑操作层面的问题。"

"倒也未必，有些问题我们思考得深一点、想得明白一点不是坏事。"吉耀东说，"作为班子成员，我们讨论问题没有禁忌，应该大胆地畅谈自己的想法和意见，集思广益嘛。"

我看了吉老头一眼，不知道他究竟站在哪一边。好像是支持李小娟的观点，但又好像赞同张晓聪的意见。

作为党办副主任，我自然无法参与班子的讨论，只能默默地听他们讨论。

"上面鼓励民营资本参加国资国企搞混改，本身就说明是要改变国企的强势地位，'国退民进'，让民资更好地发挥作用，让民企能有更大的生存空间。"张晓聪见吉耀东并没有反对自己的意见，顺着刚才的思路继续说：

　　逃到上海的许多白俄人都曾有过美好的过往，因而十分依恋回旧往事。在寂寞的午夜，他们往往会怀着一腔幽怨，共同走进俄国菜馆或者酒吧间......

"我是管生产经营的，最清楚国有企业生产经营中存在的弊病，就像力钧讲的，'两多一重'的问题让企业喘不过气来，再加上上面管得太多太死，束缚了企业的手脚，有人说这是让企业戴着镣铐跳舞，你们说戴着镣铐能跳好舞吗？"

"是啊，我们薪酬这么低，一马路之隔，换个地方，工资翻番。"孙力钧用手指了指对面，"如果我们的身份改成职业经理人，薪水可以提高，大家的积极性也可以得到提高。"

孙力钧是新谊分管研发的副总，也是技术骨干。前不久，同在一个园区的民营药企春风药业，通过猎头公司想挖他过去，并开出优渥的条件。当时孙力钧有所心动，吉老头找他谈了几次，大意是，且不说组织的培养，单说他在新谊翅膀硬了就要远走高飞这一点，就对不起东家……吉老头的话好像给孙力钧点了穴，打消了他跳槽的念头。

吉耀东咳嗽了一声，孙力钧马上打住，说："我也只是说说，文件上讲职业经理人制度改革，是今后的一个方向，我们可以用好政策。"

"说到薪酬问题，我想大家都不是生活在真空里，都要养家糊口，都有对美好生活的向往。薪酬制度不改革，就很难调动企业管理人员的积极性、创造性。力钧能面对高薪不动心，继续留在新谊，这是非常不容易的。"张晓聪说。

孙力钧尴尬地笑了笑，说："吉书记反复做工作，我不好意思离开新谊。"

"主要不是我做工作，是力钧同志对新谊有感情，从内心讲并不舍得离开新谊。"吉耀东说。

"现在的部门设置也需要改革，非生产经营部门占用太多的资源，这对企业发展是一个包袱。"张晓聪说。

"张总讲的是党群部门和工会吧？"李小娟说，"人才、资源向生产一线倾斜，是公司既定的原则，这没什么问题。但是，非生产部门也有很多工作需要人去做，需要经费支撑。张总说这是企业的包袱，恐怕不合适吧？"

"我这人讲话心直口快，小娟书记不要计较。"张晓聪说，"在资源有限的情况下，首先要考虑的是企业的生存与发展。再说，民营企业没有党群部门，不是也发展得很好吗？"他指指我，说，"筱韵主任，你到业务部门去，对个人或许会有更好的发展。"

"党的工作总需要人做。"张晓聪既然问我，我不能一言不发。

"生产经营也是党的工作啊！"张晓聪说，"党组织不一定要管那么多、那么具体，筱韵主任，你说是不是啊？"

我头皮发麻。

张晓聪对党组织在企业的作用显然存在模糊认识，但我不是党委委员，党委会学习讨论轮不上我发言。

于是我笑笑说："毛主席当年提出，要新华社把地球管起来。"

"郑主任看似答非所问，实际上是想表达党领导一切啊！"张晓聪大度地一笑，说，"我不是说不要党的领导，也不是说不需要党群部门，我的意思是业务干部可以兼职做党务工作。"

"将来可以考虑加强业务干部与党务干部的交流，培养复合型人才。"吉耀东说，"但张总你刚才讲，党组织不一定要管那么多、那么具体，这个观点我不完全赞同！"吉耀东继续说，"《关于深化国有企业改革的指导意见》中，明确要求坚持党对国有企业的领导，所以该管的重大事项必须管起来。党的领导是政治原则问题，在大是大非问题上，我们不能存在半点模糊认识。"

张晓聪点点头，说："我可能讲得片面了。"

"今天我们专门安排时间，学习《关于深化国有企业改革的指导意见》，主要是想通过学习，准确领会和全面把握中央和市委指示精神，防止以偏概全和出现理解偏差。至于下一步企业如何进行改革，我想还是要听听各方面的意见，包括广大职工的意见，照顾到职工的利益，争取得到职工的理解和支持，防止出现历史上的职工大规模上访问题。"吉耀东停了一下，又说，"同时，我们也要吸取过去的教训，防止过度依赖某一个投资方，否则一旦资金链断裂，企业改革就会很被动。"

吉耀东说的是前些年与某大型企业重组，结果这家企业本身出现问题，导致资金链断裂，企业业绩持续下滑。

张晓聪若有所思地用左手托住下巴，右手用笔不停地戳着笔记本。

2

三十年代后期的新谊，企业发展也遇到过各种困难，其中之一便是资金短缺，导致技术升级改造受阻。

企业发展遇到难题，加上家庭变故，让鲍永昌处于内外交困的境地。

张洁茹患哮喘多年，每到春天便会发作，之前一直当作季节性的外源哮喘，以为发作时吃点药，过几天就没事了。其实不然，张洁茹有家族过敏史，母亲多年前就因哮喘去世。

随着病情反复发作，张洁茹肺功能开始下降，身体一天不如一天。

公司考虑到鲍永昌工作繁忙，专门安排工会副主席杨玉菁，就是当年那个电话接线员，陪伴张洁茹。

终于有一天，张洁茹自感生命快走到尽头。

"永昌，我怕是不行了。"张洁茹拉着鲍永昌的手，低声说。

"别乱想，会好的。"鲍永昌安慰道。

"我的病，我心里有数。"张洁茹说话间，泪珠不由得滚落下来。她望着鲍永昌继续说道："对不起，我没法陪你一直走下去了。"

鲍永昌突然回想起那年自己冒雨从外面回公司，风衣上的雨珠抖落到张洁茹身上的情景。

"洁茹，别这么说。"鲍永昌帮张洁茹理了理额上的头发，说，"打起精神，过一阵子就会好的。"

其实，鲍永昌很清楚妻子的病情，心里一阵酸楚。

鲍永昌与张洁茹的爱情波澜不惊，这份平静的爱，倒是让家庭生活多了几分烟火气。在张洁茹看来，鲍永昌是一个具有良好涵养与担当、可以托付终身的人，这对女人而言是非常幸福的事，而鲍永昌身上透出的百折不挠的气魄和韧劲，以及对事业的追求，更让张洁茹心生十二分的欣赏与敬佩。彼此相爱，岁月静好，这就是生活的全部。

当然，张洁茹的心中也有遗憾。她一直想要个孩子，可不知道是什么原因，结婚多年，自己的肚子一直没有动静。她曾偷偷到医院做过检查，当得知问题出在自己身上时，她很难过，但鲍永昌总是安慰她："这样挺好，没有任何人影响我们的生活。"越是这样，张洁茹越是感觉到丈夫对自己的爱，也越是觉得亏欠鲍永昌。

而对鲍永昌而言，自己整天忙忙碌碌，难得陪妻子逛街、看电影，但妻子没有半点怨言。他觉得昔日众人眼里骄傲的公主，完全变成了温顺的、体贴入微的贤妻。鲍永昌有时甚至觉得自己是不是太自私了？但妻子似乎从不计较。或许因为这样，他渐渐习惯于这种生活，连同半夜回到家里，看到沙发上已经睡着的妻子也习惯了。

让鲍永昌更觉得愧疚的是，作为一家知名的制药企业董事长，自己却拿不出有效的药物治疗妻子的疾病。

3

霞飞路，阿尔卡扎尔咖啡餐厅。

这家咖啡餐厅的前身是特尔琴科兄弟咖啡馆。特尔琴科兄弟咖啡馆在上海滩可谓声名远播。咖啡馆有很大的花园，安放着一百多桌咖啡座，可以容纳四百至五百人同时消费；咖啡馆还经常举行话剧演出、音乐会。

这里地处法租界。按理说，这里应该法国人居多，可实际情况却不是这样。1917年俄国十月革命成功后，许多贵族、军人和知识分子仓皇逃离，其中便有不少人来到上海。二十世纪三十年代起，又有一批苏联侨民陆续投奔上海。

霞飞路从昌班路到善钟路，俄文招牌四处可见，俄式菜馆、咖啡馆、面包房、酒吧、美容厅、珠宝店、服装店、饰品店、鲜花店、钟表店、渔猎用品店、西洋古玩店和乐器专营店等等，鳞次栉比，几乎都是由俄侨创办的。许多店里传出浑厚粗犷的吉卜赛乐曲，飘出伏特加酒香。因此，霞飞路又有"东方圣彼得堡"和"东方涅瓦大街"之称。

逃到上海的许多白俄人都曾有过美好的过往，因而十分依恋旧日往事。在寂寞的午夜，他们往往会怀着一腔幽怨，共同走进俄国菜馆或者酒吧间，喝着劣等的麦酒，直到酩酊大醉，才踉踉跄跄离开。也有些白俄人独自坐在阴暗的角落里，一声不吭地喝着咖啡，沙俄时代的辉煌与眼前的沦落交织在一起，让他们高兴时会和侍女调笑，难过时则抱头痛哭。历史惯于轻描淡写，纵然很多事件与时刻对个人而言生死攸关，但被放置在浩瀚的时间长河里，却难以激起哪怕小小一朵浪花，无论是辉煌的荣光，还是锥心的哀痛，最终都将湮灭在时间之河里。

1933年10月，随着咖啡馆易主，特尔琴科兄弟咖啡馆也改名为阿尔卡扎尔咖啡餐厅。

下午的客人很少，鲍永昌选了一个临街的座位坐下。

"您喝点什么？"白俄侍女走过来轻声问。

"稍等会儿，我会叫你。"鲍永昌礼貌地摆了一下手。

"好的。"服务员往后退了两步，转身离开。

鲍永昌抬起手腕看了一下表，两点二十五分，离约定时间还差五分钟。

他直了直腰，做了个深呼吸，然后开始盘算着怎样才能把王铭珊说动。

随着新谊制药的迅速发展，鲍永昌迫切需要一位助手，帮他打理公司内部的事务。这位助手必须有化工制药的专业背景，同时还要懂得营销。万国药房副经理兼营业部主任王铭珊成为他的第一人选。

"董事长，您好！"两点三十分，王铭珊准时来到鲍永昌面前。

"你真准时啊！"鲍永昌站起身握住王铭珊的手。

"抱歉！不知道董事长您提前到啊。否则，我也早点过来。"王铭珊谦逊地说。

"喝点什么？"鲍永昌问。

"随便吧，我不讲究的。"王铭珊回答说。

"那好。"鲍永昌叫来服务员点了两杯咖啡，然后说，"新谊开业一见，几年过去了，铭珊兄近来可好？"

"不敢当！不敢当！"王铭珊站起身朝鲍永昌鞠了一躬，坐下后说，"董事长如此称呼，折杀我也。您有什么事，尽管吩咐。"

"铭珊，你可是上海滩西药界有名的青年才俊，今天难得找个机会向你请教啊！"鲍永昌仍然客气有加。

"董事长，您是找我有什么事吧？请明示！"王铭珊知道鲍永昌约自己不可能只是聊天。

"你知道，新谊制药这些年迅速发展壮大，承蒙万国等各大药房关照。"鲍永昌试探性地说，"今后呢，新谊很想得到铭珊兄的进一步关照。"

"我？"王铭珊用疑惑的口气问。

"是啊。"鲍永昌啜了一小口咖啡，诚恳地说，"你在上海滩西药界赫赫有名，新谊非常需要你这样的青年才俊加盟啊。"

王铭珊有些意外地看着鲍永昌。他原以为，鲍永昌约自己，是要谈新谊制药与万国药房合作的事，不承想鲍永昌直接提出让自己到新谊就职。

"董事长，承蒙抬爱，铭珊不才，从未想过离开培养重用我的万国药房。"王铭珊觉得事情突然，婉转地拒绝了。

"不！你先不要急于表态。"鲍永昌语气坚定地说，"你怎么不问我，为何这么直截了当地邀请你到新谊就职呢？"

"这……"王铭珊有点心里没底了，不知鲍永昌葫芦里卖的什么药。

"我既然约你谈，而且不兜圈子直奔主题，起码说明我对自己，也对你充满信心。"鲍永昌自信地说。

"哦？"王铭珊笑着问，"董事长就这么自信？"

"当然。"鲍永昌做了个请的手势，示意王铭珊喝口咖啡，然后说，"请仁兄加盟新谊，并不是通常说的挖人，我是想与铭珊兄共同做件大事。"

"大事？"王铭珊不解地看着鲍永昌。

"是啊。你看我到现在根本就没有和你谈薪金待遇等问题，我真正想和你讨论的是，如何振兴中国医药。"鲍永昌停了一下，看了看王铭珊的反应，然后接着说，"我相信仁兄绝非仅满足于个人荣华富贵之辈，我说得对吧？"

王铭珊看着鲍永昌，心想，这家伙确实了得，仿佛看透了自己的心思，根本就是不容分说，强拉自己入伙。于是，淡淡一笑说，"看董事长成竹在胸的架势，我是无法挣脱您布下的天罗地网喽？"

"哈哈哈！"鲍永昌仰头大笑，笑声响彻偌大的花园。

一对情侣显然被笑声惊动，循声朝这边望着。

"不要把我说得这么专断嘛。"鲍永昌收敛住笑，认真地说，"我这也是与仁兄商量，万国药房是上海滩有名的药房，仁兄自然可以一展身手。但我觉得新谊舞台更大，可以更好地让仁兄大展鸿图。

但更重要的是，在国外药品纷纷涌入中国之时，振兴民族药业，让中国的医药在世界有一席之地，这是我们每个人的责任啊。"

王铭珊点点头。鲍永昌的话显然打动了他，作为沪上知名的药房，他对经销的各种药品了如指掌。眼看着越来越多的外国药品涌入中国，他感到这不仅是对中国经济的挤压，更是对中医药的打压。他甚至担心，长此以往，这些具有国际大资本支持的外国药企，终有一天会彻底占领中国药品市场，到那时，中医药也会随着药品市场的丧失而丧失。到那时，中国丢失的就不仅是药品市场，而是中国传统文化的沦丧。

"董事长所言极是。承蒙看得起我王铭珊，请给我点时间。毕竟在万国药房做事情多年，而且也是万国药房培养了我，待我与东家沟通好给您回信。"王铭珊起身拱手道别。

鲍永昌站起身，伸出手。

王铭珊伸出右手与鲍永昌握在一起。

4

位于新天地的藤野家日料店，规模不大，也就八九个包间。这家日料店有个霸道的规矩，就是店主准备什么，顾客只能吃什么，换言之，进了这家日料店，除了酒水可以选择，别的只能听店主的。

当然，如果一定要选择，只能做减法，就是在当天的菜单里减去自己不想吃的菜，但每人两千五百块钱的餐费，却一分也不能减。

就是这么一家霸道的店，由于食材新鲜，加之全部调料，甚至连餐具都是从日本进口的，在圈子内名气很响，甭管你是什么人，用餐必须提前一周订座。

"没见过这么霸道的主儿。"龚世平愤愤地说。

"店大欺客，客大欺店。"王东笑笑，说，"龚哥您不也是一言九鼎嘛！"

龚世平瞪了王东一眼。

王东见状不再吱声，转过头对着外面喊：

"服务员！"

身着和服的服务员应声走进包间，弯着腰用日语问候道：

"こんにちわ！"

"蓝鳍金枪鱼是今天进的货吗？"王东问。

服务员面带微笑，说："是的，先生。"

"鳃帮子肉有吗？"王东问。

"这要问老板了，这种肉很少的。"服务员说，"先生，您是行家。"

"那你去问问老板吧。"王东挥了挥手。

服务员转身离去。

"资金筹集得怎么样了？"龚世平问。

"资金没问题。"王东盘着手中的串珠，"什么时候进场，听龚局您的。"

"没那么简单。"龚世平面无表情地说，"混改政策不明朗，吉耀东好像对混改态度也不是很积极。"

"那更要听您龚局的。"王东加重语气说。

"我也不可能一手遮天，总得发扬民主，听取大家的意见，是不是啊？"龚世平说，"混改本来就是一个非常敏感的事。"

"要民主，更要集中。意见相同时听大家的，意见不同时听领导的。"王东诡异地笑道，"所以叫民主集中制。"

"你这是对民主集中制的歪曲！"龚世平不自觉地笑道，"我说，你这是从哪儿学来的这套歪理？"

"与龚局认识久了，也就……"王东看了龚世平一眼，说，"这叫……叫近朱者赤嘛！"

"哼！你怎么不说近墨者黑？"正在翻看藤野家日料店宣传画册的龚世平，目光从架在鼻尖的眼镜上面瞧了王东一眼，说，"我还不知道你的花花肠子？"

王东嘿嘿一笑，继续说，"机会难得，龚局得加把劲，这也是用实际行动拥护支持经济改革嘛。"

"别说得那么冠冕堂皇。"龚世平似乎有点厌恶王东的腔调。

"智欲圆而行欲方，胆欲大而心欲细。这可是革命先辈的教诲啊！"王东并不理会龚世平的呛声，继续说，"办事合法合规、合情合理，这样才可以行稳致远。"

龚世平抬头看了王东一眼，说："参与新谊混改的事，还真的要智圆行方，胆大心细。"他沉默了一会儿，又说，"我们都要谨慎一点。"

"嗯嗯。"王东认真地看着龚世平，"龚哥，您放心！您还不了解我吗？嘴比手紧！"

"你的手紧我知道。"龚世平带着嘲讽的口吻说，"哪个资本家不贪婪？又有哪个资本家不是守财奴？"

"龚哥，我这钱也是一分一分挣来的，不容易。"王东显出一副很可怜的样子。

"别装可怜了！"龚世平微微翘起嘴角，说，"你们玩的那一套，以为我不懂？什么金融产品、资本投资，本质还不是嗜血成性？"

"总要一部分人先富起来嘛！"王东很委屈地说，"我这不也是……"

龚世平看了王东一眼。

"先生，你们要的蓝鳍金枪鱼鳃帮肉上来了。"服务员把装有金枪鱼鳃帮肉的盘子放到两人中间，又把其他配好的菜一一摆上台面，然后说："蓝鳍金枪鱼鳃帮肉不在消费菜单。"

"知道。"王东说，又问，"喝点什么？"

"既然到日料店，那我不能辜负这么好的美食。"龚世平把服务员推荐的獭祭清酒推到一边，"来瓶山琦威士忌吧。"

"先生，您喜欢哪一款？"服务员问。

"那个什么……18 年单一麦芽那款吧。"龚世平说。

"就来这一款。"王东朝服务员说，"18 年的。对了，带两个冰球。"

"你对金枪鱼很有研究啊。"龚世平瞄了一眼盘中的鳃帮子肉。

"谈不上研究。金枪鱼本就是以稀为贵，一条几百斤重的金枪鱼，其实鳃帮子肉就那两片，论分量也就是几两，所以就更稀有了。"王东兴致勃勃地介绍说，"在日本，很多日料店都不出售，只用来招待贵宾。"

"怪不得王总非得把我拉到这里，原来是想请我这个贵客品尝鳃帮子肉。"龚世平笑着说。

"是啊，难得。"王东并未理解龚世平的意思，继续自吹自擂道，"其实来之前，我就和这里的老板打过招呼了。"

"哦。"龚世平微微一笑，"大肥其实也不错。蛇腹和霜降两部分，各有特色。"

大肥是金枪鱼腹部脂肪最多、也是最昂贵的部位，分布在金枪鱼的前腹部和中腹部。大肥又分为蛇腹和霜降。霜降的脂肪有冰霜一般的纹理，肉质柔软，脂肪融合在鱼肉之中，没有明显的筋肉；蛇腹位于金枪鱼腹部的底端，这个部位脂肪丰腴，有明显的筋肉。

"那是。"王东附和道，"大肥入口即化。"

"当然，中肥也不错。"龚世平继续说，"脂肪适度，入口既可以享受到脂肪的甘甜柔美，又可以感受到鱼肉微微的酸味。"

王东诧异地看着龚世平。他没想到，龚世平竟然对金枪鱼更在行。

"至于赤身，色泽鲜红，单从颜色看，应该是金枪鱼中最具诱惑力的部位。"龚世平继续念着鱼经。

赤身主要集中在金枪鱼脊骨部分，价格相对便宜。

"是的，赤身特有的清淡微酸的味道，也令人着迷。"王东附和道。

"不过，古人说，圣人为腹不为目。"龚世平话锋一转，说，"还是实惠一点好，华而不实的东西，终归是舍本逐末。"

王东心里咯噔一下，这才明白了龚世平念了半天鱼经的真实用意。心想：好个龚世平，真是个生意场的高手！但他不动声色地说："龚哥，弟弟拎得清，大道至简嘛。"

龚世平露出一丝不易察觉的笑意，说：

"我就喜欢你的爽快。"

服务员敲门后进来，拿着一瓶山琦威士忌，转动酒瓶给客人过目，然后问："打开吗？"

"打开。"龚世平果断地摆了一下手。

服务员把酒打开后，正准备把冰球放入杯中，龚世平对服务员做了个制止的手势，然后接过酒瓶，说：

"我们先来点纯粹的。"转过身对服务员说，"我们自己来，叫你了再进来。"

他掏出两张百元纸币塞到服务员手里。

服务员心领神会，把钱揣入衣袋，道过谢后转身出去，并带上了拉门。

"怎么说？"龚世平问。

"听您的。"王东只当是怎么喝酒。

"咱们先小人后君子，先把规矩说好。"龚世平微笑着仍然握着瓶子，但并不倒酒，而是默默看着王东。

王东这才明白，龚世平是问参加新谊混改获利如何分配。

"听龚哥的！"王东加重语气说，"这事全仰仗龚哥。"

龚世平把两个杯子放在一起，然后边倒酒边说：

"老规矩，half to half（一人一半）。"

真他妈狠！

王东心里想着，但他还是和颜悦色地说：

"谢谢龚哥！"

5

这些天，我常常对着奶奶留给我的项链发愣。我不知道这个世界上，是不是真的有某种神秘力量，安排着人世间的一切。

更让我困惑的是，张东国爷爷留给他的那条项链一直在我面前晃悠，再后来就是张东国在我面前不停地晃悠。我不知道，心里惦记的是这个世界上另一条同样的项链，还是拥有这条项链的人？

我花了很多时间，到图书馆查阅资料，到新四军研究会了解情况，甚至还通过部队朋友，弄到解放军出版社1993年出版的《中国人民解放军历史资料丛书》中有关新四军的几本分册。

随着资料的不断丰富，总算能拼凑出奶奶当年参军的大致轮廓了。无意间，我还发现了王铭珊妹妹王瑾亚的一些情况。

1940年7月，新四军苏北指挥部由陈毅、粟裕率领挥师东进，进驻黄桥与古溪，开辟以黄桥为中心的根据地。

韩德勤心有不甘，在9月下旬对新四军发起围攻，令89军军长李守维率部负责正面主攻。10月5日夜，李守维被新四军陈毅、粟裕部袭击兵败，率残部逃跑，在骑马过黄桥北"八尺沟"时，有人拉住马，要求带他们一起逃走，受惊的军马，连同骑在马上的李守维跌落水中而溺死。

黄桥战役胜利后，新四军乘胜北上，进驻海安镇，并成立了华中新四军、八路军总指挥部。

王瑾亚此时是新四军群众工作部的一名女战士。三年前，她约上一批同事不告而别，悄悄离开了上海第三红十字医院，辗转到苏北参加抗日。参加新四军后，她利用哥哥王铭珊万国药房副经理的关系，经常采购一些新四军救治伤员急需的消炎、止痛、杀菌药品和医药器材。后来，又被组织安排到群众工作部。

1939年至1940年间，由于江南新四军直入苏北，东进抗日，苏北整个军事形势发生了重大变化。特别是新四军在黄桥战役中的胜利，基本上结束了国民党在苏北长期不抗日只扰民的统治。新四军在政治、军事上实际控制了苏北，为建立华中革命根据地打下了坚实基础。

但是，当时苏北情况仍然错综复杂。在沿长江和里下河一带仍有一部分国民党非嫡系部队，这些部队虽然没有参与韩德勤对新四军的进攻，有的还对新四军态度友好，但对新四军仍多少心有顾虑。而韩德勤大部被新四军消灭后，虽然新四军对其余部明确表示会团结友军共同抗日，他们也依然有所担心。所以，国民党部队希望新四军与他们的驻地之间，能有一个缓冲地带，驻守一支他们信得过的部队。

正是在这样的背景下，1940年10月10日，曲塘镇成立了一支新的联合抗日武装部队。

组成这支"联抗"部队的领导人似乎都是素不知兵的文人，但它其实是一支中国共产党领导的抗日队伍。司令黄逸峰早在1925年便加入了中国共产党，他的公开身份是国民政府军事委员会战地党政委员会中将设计委员、苏北参议会议长。副司令李俊民、周至堃都是长期从事地下工作、有丰富斗争经验的共产党人。

这支部队的兵员，来自新四军、鲁苏皖边区游击总指挥部、税警团、保安旅，地方保安部队，也有很多进步青年学生。

当时还是学生的奶奶，就是从紫石中学参加了"联抗"。此后，奶奶就在苏中地区，跟随"联抗"进行反"扫荡"、反"清乡"斗争。

白天又是一整天泡在图书馆查阅资料，满脑子都是相关内容。正所谓"日有所思夜有所梦"，潜意识里各种资料的、想象的碎片在梦中进行了神奇的拼贴组合……

　　那是一场惨烈的战斗。

　　日伪顽军趁"联抗"集中整训，分六路水陆并进，突然进行"扫荡"，企图把"联抗"消灭在厉家窑水网地带。厉家窑三面环水，易守难攻，对付小股兵力是极佳地形。无奈日伪军动用重型武器集中轰炸，给部队造成重大伤亡。

　　经过研判，上级果断下达了撤退命令。

　　"你们女同志先撤，我们掩护。"章云洲大声命令。

　　"让她们先撤，我也参加掩护。"我奶奶倔强地坚持。

　　"快撤！不然我们都走不了！"章云洲大声喊道。

　　然而，巨大的爆炸声淹没了章云洲的吼叫声。

　　日伪军用排炮轮番对厉家窑轰炸，剧烈的爆炸声和弥漫的硝烟，让厉家窑变成人间炼狱。

　　一颗炮弹在我奶奶身边爆炸。

　　几个人同时倒地。

　　等章云洲再次被爆炸声震醒，他发现周围的人都已倒下。

　　他挨个儿试了试每个人的鼻息，发现只有我奶奶还活着。

　　他背起我奶奶，迅速蹚水撤离。

　　又一枚炮弹在他们身边爆炸。

　　两个人被炸飞到空中后不知去向。

　　那条熟悉的项链也飞到半空后，变成一根巨大的红色钢索，像一道彩虹悬在空中……

　　"奶奶！"我大叫一声，奋力伸手去抓那条项链。

　　从梦中惊醒的我，满头大汗，右手紧紧抓着脖子上的项链。

　　我坐起身，摘下项链，捧在手上，夜色下的项链泛着幽幽的白光，并无半点异样，而梦中的情景仍然让我惊恐万分。

在床上辗转反侧，一幕幕梦境的、现实的、想象的情景轮番浮现在脑海里。无法入睡的我，索性披了件衣服，走到阳台上。

此时，东方已微微透出鱼肚白，地平线上的金星分外明亮。

在罗马神话中，金星就是维纳斯女神，"维纳斯"的本意是绝美的画。她是美与爱的化身，拥有最完美的身段和容貌，一直被视为女性体格美的最高象征。一生都在追求爱情，爱情的热力却总是短暂，因而留下了很多凄美感人的故事。

奶奶已经去世，我无法得知当年她与章云洲更多的爱情故事。但我能想象，奶奶之所以那么多年始终珍藏着这条项链，一定是她将自己年轻时对革命的追求和对爱情的向往，深深倾注在这项链里了。

我看过奶奶身着学生装的老照片，那时的奶奶年轻漂亮，颇有大家闺秀的优雅端庄，一目了然。但我难以想象，她还有过那样枪林弹雨的经历，骨子里竟还具有那种革命者的坚毅与倔强。奶奶临终时对我讲述的那段历史，让我惊讶不已，却也像一把无形的钥匙，解锁了以前某些让我难以理解的瞬间，比如奶奶曾经的沉默凝望，比如她眼里偶尔流露出的淡淡忧郁……

考上大学后，我就很少回老家了，即便偶尔回去，也难得与奶奶说上几句话。奶奶留给我最深的印象，就是她做的扁豆饭，我特别喜欢吃。所以每年碰上秋天回老家，奶奶总会特意为我做顿扁豆饭，一家人在一起吃饭时，她会停下筷子，出神地看着我，充满慈爱的目光似乎要在我脸上搜寻什么。现在想来，或许彼时彼刻，奶奶经由我，回想起了自己年轻时的一切吧。

每朵花都有属于自己的春天。

奶奶眼里偶尔流露出的淡淡忧郁，或许就是她在追忆属于自己的似水年华。年轻时，她努力过、奋斗过，为自己，也为他人。她应该有过快乐，也有过忧愁，有过甜蜜的幸福，也有过苦涩的悲伤。每个生命都是时间与经历的容器，奶奶的一生，看似平凡却又多么丰盛啊！但所有的一切，都随她的逝去，永远凝固到历史的时空里了。想想真觉得遗憾，没能有更多的机会去倾听她、了解她。

我突然想，章云洲，就是后来的张启洲，会不会告诉张东国一些什么呢？

真是说曹操曹操到。

坐在餐桌前，刚准备用早餐，手机忽然响了一下。是张东国的短信："对不起！昨天好像拿错项链了。"

我不知道该怎么回答他。如果说昨天就看出来了，我没及时提醒，好像不妥；如果说不知道他拿错了，好像也不妥。

我模棱两可地回了一条信息："那就将错就错呗。"

信息刚发出去，我突然觉得似乎更不合适：会不会产生歧义？

正准备撤回，不料张东国马上回了一条短信："随流入流。"

我随即想起宋代高僧释居简那首颇具禅意的诗：

> 从闻思修，错了路头。
> 将错就错，随流入流。
> 补陀山鬼窟，海月半轮秋。

我回复道："错了路头？"

他马上答非所问，回了五个字："海月半轮秋。"

确信他知道这首比较偏门的诗，不由得产生一丝莫名的感觉。因为急着上班，我不再和他用释居简的诗打哑谜，回复道：

"随时可以换回。"

第六章　黄浦江上的钟声

1

"和我去拜访一位老领导吧。"刚进办公室，吉老头的电话就进来了。

"拜访谁？"我问。

"你跟我一起走就行了。"吉老头在电话那头说。

"那好吧。"我放下电话。

车上除了司机，就我和吉老头。

他眯着眼睛，似睡非睡。

等到车子停下，我才问："是不是来看望老厂长汪映珍？"

吉老头好奇地问："你来过？"

"是啊，前些时候和杨海燕一道，来采访过她。"我说。

"哦。这样啊。"

司机打开后备厢，拿出一个水果篮和一包营养品。

"我来吧。"我接过司机拿出的东西。

吉老头又从我手中把比较重一点的水果篮接了过去。虽然贵为领导，吉老头却一向很有绅士风度。

今天不年不节的，吉老头拜访老厂长应该是有什么事吧？我这么想着，电梯已到汪映珍家所在楼层。

"来啦？"汪映珍没等我们问好，就先开口与我们打起了招呼。

她今天的精神很好，讲话的声音也明显比我们上次来访时洪亮。

吉耀东与老太太握了握手——准确说，是拉了拉手，然后指着我说："这是我们党办的筱韵副主任，您还记得她吧？"

老太太笑着说："记得！记得！"

我赶紧过去，也拉拉她的手，说："老厂长，您好啊！"

老太太看看我，说："坐吧，你们都坐吧。"然后问吉耀东，"今天过来，不是看望我这么简单吧？"

老太太如此直白，反倒让吉耀东有点拘束了。

我赶紧说："吉书记过来当然是来看望您老的。"

汪映珍说："我知道你们很忙，无事不登三宝殿，快说吧，有什么事？"

吉耀东只得如实说："来看望您老，也想顺便给您汇报一下新谊改革的事。"

老太太摆摆手，说："不在其位不谋其政。再说，我退休这么多年了，新谊的情况已经不是很了解了。"

"我知道，其实老厂长您一直很关心新谊的发展。问题是，现在新谊处于一个发展的十字路口，上面在推进混合所有制改革，但具体到新谊究竟怎么改，我们心里没底。"吉耀东诚恳地说。

汪映珍眯着眼看着吉耀东，过了一会儿，问："是碰到什么难题了吧？"

"是的，老厂长。"吉耀东如实说道，"别的企业碰到的问题是，没人愿意与他们混改，我们相反，想与我们混改的人太多了，这倒让我们不知如何选择。"

"是说客、捐客太多了吧？"汪映珍问。

吉耀东一脸蒙，心想：看来老太太什么都知道啊！

"是的，关心的人很多。"吉耀东谨慎地说。

"是想分一杯羹的人很多。"老太太说，"新谊是块大肥肉，谁都想咬一口。"

"奶奶，你这种观念落后啦！现在生活水平提高了，要吃五花肉、精肉。"不知什么时候，张东国走进客厅，端上两杯茶放到茶几上。

刚才我左顾右盼，没有见到张东国，以为他不在家。没想到他这会儿突然出现了。

我惊讶地发现，他竟然戴着那条项链！

"这是我孙子，张东国。"汪映珍介绍说。

他朝吉耀东点点头，算是打过招呼。然后看我一眼，对汪映珍说："奶奶，我和筱韵认识的。"

吉耀东有点惊讶地看着我。

汪映珍显得很高兴，看我一眼说："认识好啊，这么漂亮的姑娘！"然后认真地，又似乎开玩笑地说，"你们年轻人聊得来，多交流。有机会帮他介绍个对象。"

张东国也笑了笑，放下茶杯，说："你们继续聊。"

转身又朝我脖子看了一眼。

我不自然地笑了笑。

"你对混改有些什么考虑？"汪映珍问道。

"我现在没有很成熟的想法。"吉耀东说，"前些年，我们尝试过'事业部模式'，但并不是很成功。医药是设计多产品的细分产业，不同领域的产品不能互相替代，经营模式复杂，监管的要求也很高，所以需要独立法人主体承担责任。而事业部不是法人，却高于法人，这种管控模式滞后于市场风向的变化，所以，目前我们已撤销事业部建制，恢复了下面各个企业正常的法人主体地位……"

"这个我知道。本来就应该这么做，你做了一件正确的事。"汪映珍打断吉耀东的话，"也得罪了不少身边的人吧？"

老太太笑着看看我，我连忙笑着回应道："吉书记可没得罪到我。"

"还好，最终大部分同志还是理解的。"吉耀东继续说，"在融资问题上，考虑到引进单一资本风险比较大，对了，上次引进的是央企，竟然出现资金链断裂的问题，企业生产经营受到严重影响。这一次，我考虑采取更加透明的方法，公开向社会出售股份，也就是 IPO 融资方式。"

"公开透明好。"汪映珍插话说，"阳光下操作，省心、省事，可以避免发生不必要的麻烦。"

"是的。"吉耀东说，"我们的目标，是最终到香港上市，筹集更多企业发展所需要的巨额资金。这项工作难度比较大，您是老领导，情况熟、威信高、人脉广，在这方面还要请您多帮我们呼吁啊。"

真是用心良苦！我终于明白吉老头的用意了。汪映珍是新谊的老领导，老头子又是市级领导。中国是个人情社会，老头子虽然人已去世，但影响力犹存、人脉还在。所以，把汪映珍老太太抬出来，不仅可以做挡箭牌，省却说客、捎客带来的麻烦，还可以按照自己的思路设计改革路径。

果然，不久后新谊党委接到市领导批转的信件。信由汪映珍等几位新谊老领导共同署名，信中谈到了对新谊改革发展的希望，并专门强调两点：不能搞私有化、不能放弃党的领导。

市领导在批示中肯定了老同志关心企业发展、发挥自身余热的高风亮节，同时指出，新谊在混改过程中，必须加强党的领导，同时不能搞私有化。

吉耀东在党委扩大会议上，专门宣读了这封信和市领导的批示，并把信件复印，做到人手一份。

会上，吉耀东给其他人的感觉是，他对这封信很意外。

只有我知道，这是他一手策划导演的一出戏。

离开汪映珍家时，张东国从书房走出来送我们。

他趁吉耀东与汪映珍打招呼的机会，用低得几乎听不清的声音

问我:

"要换回吗?"

他明明知道这种场合,我们不方便换回彼此的项链。

他显然是故意的!

我心里突然有了一种异样的感觉。

2

这些日子,我实际上承担着两份工作:公司里的日常工作要做,筹备百年庆典的事情也不能放松。于是,上班时间,我要么在公司,要么去找公司离退休老人访谈,或到档案馆查资料。沉重的工作压力,让我既十分疲劳,又非常兴奋,以致经常失眠。

在梳理新谊成长发展历史的过程中,我意外发现了一段可圈可点的史实,关于新谊如何取回被日军扣留在白莲泾码头的货物,整个过程惊心动魄,简直比虚构的故事还精彩。

1941年12月,太平洋战争爆发。

日军占领英美租界,对上海展开了大肆的掠夺,上海的码头、机场等重要地方被日军"全盘接收",其中就包括白莲泾码头。

这是美国总统轮船公司运送货物的码头。太平洋战争爆发第二天,日军就占领了,扣押了所有进口货物。

而就在前几天,"麦迪生"号和"哈里逊"号两艘货轮从美国运来的货物,刚刚在白莲泾码头卸载。这些货物中,绝大多数是新谊从美国进口的先进机器、制药原料,也有不少其他药房、药厂的物品。

日军以战争为由,将药品器械全部列入控制物资,予以扣押,不让货主办理提货手续,继而以"征收军用"为名一律将其充公。

几名背着三八大盖的日军四处转悠，虎视眈眈，码头外沿被拉上了铁丝网，一挺机枪把着出口。对几个试图强行闯入码头提货的货主，日军不容分说就是一梭子，两位货主当场被打死，码头上一片恐怖和混乱，人们惊叫着争相逃离。

得到相关消息后，鲍永昌心急如焚，好不容易从美国引进的大量物资被扣押，意味着新谊的正常生产和运转将受到致命打击。

董事长办公室里，鲍永昌、王铭珊焦急地等待着沈恒益。

沈恒益是新药业制药业联合会总干事。太平洋战争爆发后，租界陷入日军手中，日伪政府对上海工商业全面控制，各药房、药厂屡受日军侵扰，都希望新药业同业公会出面对抗日伪控制。后经共同协商，由新药业同业会和制药业公会联合组成新药业制药业联合会，聘请沈恒益为总干事，在北京路中法药房设立办事处。

新谊物资被日军扣留后，鲍永昌自然想到请沈恒益与日军交涉。可时间过去一个多月了，仍未出现转机，不得已，鲍永昌只好请沈恒益到办公室商量对策。

沈恒益终于走进鲍永昌办公室。

"沈先生，来杯茶还是咖啡？"鲍永昌问。

"当然是咖啡。谁不知道你这里有上好的咖啡？"沈恒益笑着说。

"沈先生，这些天有劳你了。"鲍永昌让秘书放下咖啡，自己端起来递到沈恒益面前。

沈恒益面露愧色："鲍先生，兄弟我虽连日奔波，但毫无进展，有负重托，惭愧！惭愧啊！"

"一点希望也没有？"鲍永昌问。

"现在日本人恶如虎狼，其他物资还能与他们磨磨嘴皮子，但医药器械一律免谈。"

"总打听到了什么消息吧？"

"消息倒是打听到一点。"沈恒益说，"日军知道上海新药业同业公会在医药界的影响力，也希望与我们加强沟通，所以，通过他们的医官了解了一些情况。"

上海新药业同业公会的影响力，很大程度上源于几年前的阿斯匹林商标案。当时，拜耳公司宣称阿司匹林为专属商标，禁止中国药企使用该名称。上海新药业同业公会据理力争，并联合全国新药业同业公会，号召全国药房停售拜耳药品，最后迫使拜耳公司妥协，上海新药业同业公会也由此声名鹊起。

"哦？"鲍永昌似乎看到了一丝希望。

"管辖白莲泾码头的日军1629部队，军医处头目是佐藤大尉。"沈恒益说。

"那联系上了吗？"鲍永昌追问。

"抱歉！还没有。"沈恒益苦笑道，"他根本就不肯见我。"

"有什么办法能接上关系吗？"鲍永昌又问。

"难！"沈恒益放下手中的咖啡杯，"日军刚刚占领租界，他们也很小心，对医药器械这些敏感物资不敢轻易放行。"

"他们不是标榜要建立'大东亚共荣圈'吗？"鲍永昌愤愤地说。

沈恒益"哼"了一下："日军虽然对上海工商界有所忌惮，但对医药物资，他们态度强硬，坚决不肯放行。"

"总有什么办法吧？"一直没有插话的王铭珊忍不住问。

"现在看还真的没什么办法。"沈恒益一筹莫展。

"活人不能被尿憋死啊！"鲍永昌沉思片刻说，"这样，有劳恒益兄带上我们王总，再想办法接触一下日军那个那个……什么部队？"

"1629部队。"王铭珊马上回答说。

"对，找那个1629部队军医处头目佐藤大尉，一是想方设法登上码头，看看我们的货物还在不在；二是想办法找到1629部队的头目，争取能直接与这个人说上话。"

"这个……这个……"沈恒益为难地望着鲍永昌。

"王铭珊副总经理和你一起想办法。"鲍永昌从柜子里拿出一个包，拍了两下，递给沈恒益。

沈恒益会意地接过包，弯了弯腰，算是表示谢意。

鲍永昌转过身，拍了一下王铭珊的肩膀：

"铭珊老弟，我知道此事不易。"

鲍永昌知道，王铭珊头脑灵活，有悟性、有主见。正是因为这样，鲍永昌当初果断把他从万国药房挖到新谊。

王铭珊知道，解铃还须系铃人。要想拿回被扣物资，必须找日本人当面交涉。所以，他还是要先紧紧攥着沈恒益，"新药业制药业联合会"是一块招牌，以它的名义与日本人打交道，是公事公办、名正言顺，否则，战争年代去找日本人，还不知道会发生什么事。

"沈先生，请您无论如何要让上海制药企业渡过这一关。"王铭珊态度诚恳而又不容拒绝。

王铭珊之所以说"上海制药企业"而不是"新谊"，是因为此前王铭珊已了解到，中英药房、华美药房、中法药房、中西药房、兴华公司、志乐西药行、大美公司、新济药房、正威药房等多家药房、药厂都有从美国进口的药品器械被扣在白莲泾码头。

事实上，这些药房和药厂都很着急，尤其是华美药房，由于已经先和有关医院订好合同，进口了一大批药品器械，本以为可以大赚一笔，现在倒好，不但赔上了进口药品器械的钱，医院那边也嚷嚷着要赔偿。但是，面对穷凶极恶的日本兵，谁也不愿意出头交涉。

"一定尽力！一定尽力！"沈恒益满口应承。

王铭珊明白，此时的沈恒益，恐怕是心有余而力不足，但他并不道破，而是表现出信心满满的样子："沈先生一定能马到功成！"

又过去了几个星期。

这天，沈恒益兴冲冲地打电话告诉王铭珊：

"我们可以到白莲泾码头看看货了。"

"真的吗？那太好了！"

"你在码头等我。"

"好的。"王铭珊放下电话，直奔码头，等了好一会儿，才发现远远走来一队人。

去看货的不只是王铭珊和沈恒益，准确说，不是新谊一家。一名日军军官走在前面，后面跟着两名日军士兵，沈恒益紧随其后。跟在沈恒益身后的五六个人中，王铭珊认出了中英药房的经理、中法药房的副经理和志乐西药行的副经理。

"这是新谊制药公司副总经理王铭珊。"待走到身边，沈恒益向日军军官介绍后，又向王铭珊介绍："这是皇军医官白木健司。"白木健司是日军 1629 部队的药剂师。

王铭珊弯了弯腰。

白木健司旁若无人地径自走过去，忽又停下脚步，回过头问："什么公司？"

"新谊制药。"王铭珊连忙回答道。

白木健司打量一下王铭珊，又问：

"你是什么人？"

"新谊制药的副总经理。"王铭珊递上自己的名片。

让在场所有人想不到的是，白木健司接过王铭珊的名片，说：

"我知道新谊制药。"然后继续朝码头走去。

一群人急忙跟了上去。

"站住！"一行人走到码头跟前时，被端着刺刀的日本守军喝令停下。

白木健司停下了脚步，告诉站岗的日军，这些人是到码头看被扣的货物的。但哨兵似乎并不买白木健司的账，没有手令，一律不准进入码头。

"好吧。"白木健司转身对沈恒益说：

"你们就在这里看吧。"

沈恒益大概也没想到，到码头看货物竟然真的只是"看"而已。他苦笑着对大家说："各位就在此看看吧。"

于是，五六个人踮着脚，伸长脖子朝码头望去。货物被油布遮盖着，由于长时间日晒雨淋，油布已开始破损，一阵风吹来，油布随风晃动。几位经理面面相觑，不停地叹气："完了！完了！"

有两个人往前挪了两步，日军哨兵马上把刺刀对准他们：

"退后！"

两人吓得连忙后退几步。

进入码头无望，到边上的仓库就更没有希望了。

大家失望地看着沈恒益。

沈恒益无奈地摊着手。

王铭珊不想放弃，他盘算着如何与眼前的白木健司套近乎，以便日后继续沟通。他走上前，大胆地问：

"可以给张名片或联系方式吗？"

"我没有名片。"白木健司回答，但他掏出身上的本子，写下了一个电话号码递给王铭珊。

大家羡慕地望着王铭珊。

王铭珊接过纸片，不卑不亢地说：

"谢谢！"

他心里有些不解，不知道白木健司到底是什么意思。

3

甘司东路，烟杂商店。

"来包香烟。"王铭珊蹲下身系了一下鞋带，借机回头看了一下，然后起身，慢慢走进去。

这里是新四军的一个联络点，不远处那幢两层砖木结构的老式里弄石库门房，便是新四军驻上海办事处。

1941年，"皖南事变"后，新四军有很多干部和医务、后勤人员突破重围，成批涌进上海，有关方面成立了新四军驻沪办事处，负责从上海赴根据地人员的接待工作，开辟了从上海去苏北、淮南的两条地下秘密交通线。随着太平洋战争爆发，日军占领租界，上海环境愈发险恶，新四军驻沪办事处的工作人员先后撤退至根据地，办事处附近的这个烟杂店便成为新四军的一个联络点。

"要什么烟？"烟杂店伙计问。

"来包老刀吧。"王铭珊说。

"好的。"伙计拿出一包老刀牌香烟。但王铭珊并没有接香烟，而是朝里间望了望。

里面走出一位年纪大些的人，对王铭珊点点头："里面坐吧。"他叫冯敏铨，是新四军联络点负责人。

"遇上一个难题。"王铭珊走进里间，开门见山地说。

"怎么回事？"冯敏铨问。

"新谊制药的一批药品原料和器械被日军扣在白莲泾码头了。前面想了很多办法，日军始终不肯放行。"王铭珊说。

"的确是个麻烦事。"冯敏铨皱着眉头，似乎想进一步确认，"是些什么物资？"

"大部分是药品原料。"王铭珊看着冯敏铨，又说，"再就是从美国引进的先进制药设备。"他把鲍永昌和新谊制药其他高层拿出全部资金购买设备、进行药厂升级换代的情况简单讲述了一遍。

"现在的问题是，当时还借贷了部分资金，如果新谊制药全面停产，借贷还不上，那新谊制药可就要破产了。"

"那不行啊！"冯敏铨抬起手做了个制止的手势，"新谊制药千万不可停产，不仅老百姓用药要靠它，新四军在抗日战场也需要它啊！"

"对了，上次那批货还顺利吧？"王铭珊问。

"一切顺利。家里让我谢谢你啊！"冯敏铨面露笑意，"你有什么想法？"

"原指望新药业制药业联合会与日本人斡旋，但这么久过去了，几乎没有什么进展。"王铭珊摇摇头，"我看啊，他们指望不上了。"

"所以，就想到找我们帮忙？"冯敏铨问。

"是啊！"王铭珊说。

"与日本人那边斡旋有什么进展？"冯敏铨又问。

"没有什么大的进展。反反复复交涉了几个星期，前两天答应我们去码头看了一下。"王铭珊把到码头的情况作了介绍，"对了，有两个情况，一是看守白莲泾码头的日军部队代号是1629，二是有个叫白木健司的日军药剂师，好像对新谊情况比较了解。"

"你有什么具体想法？"冯敏铨问。

"前期与日本人交涉之所以没有什么大的进展，我觉得症结在于层次不够。"王铭珊分析说。"日军底层官兵不敢做主，不敢给这些敏感物资放行。要想让他们把扣押的物资还给我们，必须针对日军上层做工作。"

"嗯，有道理。"冯敏铨表示赞同，"日军没有进入法租界，主要原因在于法国维希政府实际上是德国的傀儡政权，日本人投鼠忌器，他们不敢得罪德国，也不敢进入法租界。新谊制药在法租界内，因此我们可以考虑利用公董局这层关系，挺直腰杆与日本人交涉。"

"我们要找准他们的软肋。"王铭珊点点头，"另外，我看还可以借助上海滩帮派的力量。"

"你有什么具体想法？"冯敏铨问。

"上海青帮势力很大，'一·二八'事变的时候，各国领事聚在一起商讨日军非法进入租界的问题，在日本代表村井仓松的威胁下，各国领事不敢言语，眼看就要屈服于日军无理要求之时，是杜月笙大胆站了起来，拍着桌子呵斥村井：如果日本人敢利用租界打中国人，他就在两个钟头内，把租界全毁了！"

"还有这事？"冯敏铨问。

"是啊！"王铭珊回答说，"杜月笙这人虽说是帮会头目，但在对待日本人这件事上，却是有血性的。"

"嗯嗯。"冯敏铨点点头。

"还有一个有利条件，杜月笙是公董局华董，新谊制药又是在法租界内，让他们出面有充足的理由。"王铭珊说。

"理由？"冯敏铨有点气愤，"与日本人能讲道理吗？"但他马上又恢复平静，"这层关系倒是可以利用一下。"

"新谊制药开业，杜月笙当时也到场了。"王铭珊说。

"嗯嗯，好。"冯敏铨若有所思，"那就这样。到时我们会安排配合好。"他又说，"瑾亚同志在北面都好，你放心。"

王铭珊握握冯敏铨的手，他心里有底了。

王铭珊没能登上码头察看下货物，对此，鲍永昌非常失望。

"有件事我一直没想明白，白莲泾码头的日本部队里，有个药剂师叫白木健司，他说他知道新谊制药。不知董事长您是否认识这个人？"

鲍永昌感到有点奇怪："我没与日本人打过什么交道啊。"

王铭珊描述了一下白木健司的长相，然后说："他额头左边有一道伤疤特别明显。"

鲍永昌想起了日本之行："难道是他？"

鲍永昌拍了拍脑门："当年在日本，他还是东京大学医学院的学生，不过，我并没有和他有什么实质性的接触。或许，他和张士殷比较熟悉。"

"张士殷？"王铭珊从未听说过这个名字。

"他是我妻子的表哥，在日本留学。"鲍永昌把他的日本之行和张士殷的情况给王铭珊简单讲了一遍。

"明天我联系他，问问他是不是你记得的那个白木。"

"好！"鲍永昌说。

第二天，王铭珊没有贸然前去找白木健司，而是先找沈恒益，问起白木健司的情况。但沈恒益只知道他是日本军医处的药剂师，别的什么都不知道。不得已，王铭珊只得找了个会日语的人，先按照白木健司给的电话号码与他通了个电话，特意强调新谊制药董事长鲍永昌先生约请他到新谊参观，并拐弯抹角地探听白木健司是否认识鲍永昌。

电话那头，白木健司十分冷淡，一副公事公办的语气。

五月的上海，气候宜人，马路两边的法国梧桐早已换上新叶，路边不知名的野花竞相开放——一切都昭示着春天勃勃的生机。

但是，黄浦江吹来的浑浊江风，海关大楼传来的低沉钟声，让王铭珊的心情有些沉重。

回到厂里，王铭珊把争取扣留货物的进展向鲍永昌作了汇报，然后商讨接下来的行动。王铭珊没有把全部情况告诉鲍永昌，但他告诉鲍永昌，当前首要的是码头货物的情况，几个月过去了，东西还在不在？有多少在？如果货物已全部损毁，那做再多工作也是白费劲。鲍永昌对王铭珊清晰的思路非常认同，一致认为当务之急还是摸清货物情况。

当王铭珊再次邀请沈恒益一道去白莲泾码头与日本人交涉时，沈恒益明显感到底气不足，面露难色，以自己已经尽力为由推辞。王铭珊笑笑，说："沈先生不用担心，请您一起去交涉，就是因为您是新药业制药业联合会总干事，我们以新药业制药业联合会的名义前去交涉，于情于理都是名正言顺。"几番劝导，沈恒益才答应一同前往。

王铭珊又找来一个会日语的人做翻译，备上一些礼物，去日军部队找白木健司。

"这是一件很麻烦的事，药品器械都是管控物资，想必你们也知道。"白木健司说，"所以，这个忙我很难帮。"

王铭珊微微一笑："我们找你，不是请你单方面帮忙，我们是来谈合作的。"

白木健司一怔："合作？合作什么？"

王铭珊笑着说："白木君也是出生于医药世家吧？"

"你怎么知道？"白木健司问。

"张士殷你认识吧？"王铭珊问道。

"原来是这样。"白木健司恍然大悟，"是你们新谊的董事长鲍永昌告诉你的？"

"是啊。"王铭珊见眼前的白木健司，正是鲍永昌所说的日本之行时认识的那位，心里更有几分底气了，"日本的汉方药本就是源于中国的，虽然你们进行了研究改良，有些药效更加显著，但毕竟有限。"

"汉方药本来就效果缓慢，不如西药见效快。"白木健司说。

"现在日本大量汉方药回流中国，非其药理优于中药，只是你们的加工、包装之故。"王铭珊语气平缓地说。

"问题恰恰在这里。"白木露出轻蔑的神情，"中医中药一成不变，在不断发展的时代面前，就显得落后了。"

"哦？"王铭珊没想到白木对中医药如此不屑，"那你们为什么重视汉方药？"

"汉方药只是作为西药的一种补充，而更多的是作为日常保健的调理用药。"白木健司回答。

"那么，现在日本那么多汉方药出现在中国市场，这又作何解释？"王铭珊追问。

"日本当然也想多赚钱。"白木嘴角上挂有一丝微笑，强词夺

黄浦江依然川流不息，但江面正常往来的船只寥寥无几，而挂着旭日旗的日军小汽轮却络绎不绝，不停地在江面上来回游弋。

理道。

"哈哈！原来东京大学的高才生，在医学院学到的是怎么赚钱？"王铭珊的语气明显带有嘲讽，"中医注重治本，讲究辨证治疗，其精髓是中国深邃的哲学思想，而这种思想只能根植于广袤的中华大地。"

"你们！够了！"白木明白王铭珊的弦外之音，日本乃一岛国，他立即想到中国人嘲讽日本人时经常用的"狭隘偏执"这个词，感觉受到了侮辱。

"不过，我想你们家族的翠松堂不一定这么认为吧？"王铭珊仍然语气平静，"翠松堂百余年的发展，证明汉方药不仅有效，而且深受当地民众欢迎。对吗？"

"这……"白木一时不知如何回答。其实，翠松堂作为日本一家百年老企业，一路走来并不容易。翠松堂的发展更多是依靠对中医药的发掘研究，鲍永昌到翠松堂考察后，翠松堂高层敏锐地感到，日本市场有限，企业要想有大的发展，必须依靠中国市场。

白木健司到上海，其实也是带着任务而来。

白木一反恼怒，态度变得谦卑起来："当然，当然！日中一衣带水，互相学习！期望能够早日合作！"

"中日战争不应该是常态，希望今后能在和平状态下共同发展。"见白木态度大反转，王铭珊绷着的脸也有所放松，"新谊被扣的进口物资，无非是些药品生产原料和机器器械，这些东西对你们几乎没有任何作用，但给新谊制药的生产造成严重影响，我想这不是白木先生，也不是日本方面愿意看到的，所以，还仰仗白木先生高抬贵手，早日放行。"

"是啊，我们新药业制药业联合会也恳请贵方早日放行！"沈恒益终于找到一个插话的机会。

白木终于答应帮忙，找日军头目争取到进入白莲泾码头仓库的通行函。

　　王铭珊事先作了周密安排，凭着白木的通行函和翻译的有效沟通，最终得以顺利进入仓库。一行人进入仓库之后，发现仓库内一片狼藉，货物堆放凌乱，积满灰尘，有些货物已经破损、毁坏。

　　王铭珊马上核对清点，发现从美国运来的新谊制药的物品，只有一小部分入库，其余大多堆放在露天或其他堆栈之中。清点时，王铭珊还发现有许多业内同行的货物也被扣押在这里。面对如此状况，他们当时就觉得应该尽快与日军交涉，争取早日提货。所以粗略清点后，马上返回。

　　鲍永昌坐立不安地等在新谊制药办公室，见王铭珊平安归来，他悬着的心才稍稍放下。王铭珊把在码头察看货物的情况一一向鲍永昌作了汇报。

　　鲍永昌一边听一边沉思着。待王铭珊汇报完毕，鲍永昌在办公室来回走了两圈，说："你们此去还是有收获的，至少确认了新谊的货物大部分都在，现在我们要做的就是尽最大的努力取回货物。"接着，大家一起商定了几套详细的取货方案，并作了具体分工。

　　"接下来，我们还是要攥住白木健司，否则即使到了码头，保不准还会遇到难以预测的问题。"王铭珊对鲍永昌说。

　　鲍永昌点点头："我也这么想。问题是，我们怎么才能攥住他？"

　　"既然有了一个好开头，我们就要趁热打铁。"王铭珊沉思片刻，说，"我想想办法。"

　　"嗯！嗯！"鲍永昌看看王铭珊，投以信任的目光。

　　王铭珊这次直接找到白木健司，明确要求尽早取回新谊被扣物资。白木倒也爽快，提出凭新谊托运交付的凭证，由他想办法办理取回货物的手续。

　　为确保万无一失，鲍永昌、王铭珊制订了到白莲泾码头取货的应急方案。王铭珊说：

　　"我们一切要突出一个'快'字，一是快速办理取货手续；二是快速装载货物；三是快速运回货物，以防节外生枝出现变数！"

"说得对！"鲍永昌十分欣赏王铭珊关键时刻的果断干练，又交代道，"一定要确保人和物的绝对安全！"

经过紧张的交涉和准备，日军终于同意新谊制药到码头分批取货。为避免发生意外，王铭珊与白木周旋沟通许久，白木终于答应陪同前往码头取货。

鲍永昌紧绷了几个月的神经，终于可以放松了。

4

新谊制药的混改座谈会充满了火药味。

对新谊的改革，上海市政府非常重视，专门安排各相关部门负责人参加这次座谈会。

说是座谈会，实际是上级有关部门来进行思想摸底调查。

"改革总是要牺牲一小部分人的利益。没有一小部分人利益的牺牲，怎么会有成功的改革？"张晓聪说，"当年如果没有'三个一百万'，哪里有今天上海的成功转型？"

二十世纪九十年代初，上海改革开放步伐显著加快，但伴随经济体制改革和产业结构调整，出现了城市百万职工大转岗、百万居民大动迁、百万人口大流动现象。

"时过境迁，现在的情况已不同于当年。"李小娟对以改革派自居的张晓聪说的话不以为然，"再说，百万是一小部分吗？"

张晓聪有点不满地看了李小娟一眼，"我也只是打个比方。既然上级领导想听听我们的意见，我就想坦率地表达自己的想法，总没有什么错吧？"

"那也要看是什么想法？对企业改革发展是否有益？"李小娟回撑道。

"小娟书记似乎对我很有成见。"张晓聪似笑非笑地说，"那你说说，有什么不触及任何人利益的改革方案？"

"触及与牺牲是两回事吧？"李小娟说，"我的意思，不要一讲改革，就要轰轰烈烈，好像不闹出点动静就不是改革。"

"看来小娟书记喜欢悄无声息，把振动调为静音？"张晓聪语气里带着调侃，"没有一点动静的改革，好像不太可能吧？"

李小娟听出了张晓聪的弦外之音，心里暗骂道："色鬼！"

吉耀东则和颜悦色地说："表达自己的意见没有什么错，请大家畅所欲言，大胆表达自己的意见。"

"企业如何改革，一线的同志最有发言权。今天我们过来，也是想听听大家对这一轮改革的真知灼见。"龚世平朝张晓聪扫了一眼，说，"张总刚才说得不无道理，改革不能怕得罪人。"

"就是嘛。今天既是座谈会，也是诸葛亮会。大家放开谈谈自己的意见、建议，为下一步政府部门决策提供帮助。"姚望是上级主管部门的副主任。

由于有上级部门领导参加，新谊其他班子成员显得比较拘谨，一个个低头在笔记本上比画着。

"我先说说吧。"邵伯屏是工人代表，显然有备而来。

他打开笔记本看了几眼，说："大家推选我参加今天的座谈会，想让我带几句话。第一，改革，我们拥护，我们工人从来都是听党的话、跟党走，这点觉悟大家都是有的；第二，工作，是我们工人的饭碗，现在大家活得都不容易，不要轻易把工厂卖给私人老板，也不要轻易让一个工人下岗，因为下岗可能就意味着断了他一家人的生路；第三，是我个人想说的，我邵伯屏中学毕业进厂，明年就要退休了，算起来整整四十一年，一辈子就没有挪过地方。都说工人阶级是主人翁，希望不是仅仅说说而已。新谊历史上有好的传统，工人当家做主，但也有一段时间，主人翁没有了工厂的管理、决策权，仅仅成了工作的机器。"

邵伯屏抬起头，看眼张晓聪，继续说："张总，我对你个人没有什么意见，但是你刚说到百万职工大转岗，哪是大转岗？当年就是百万职工大下岗，给个几千或万把块钱，就把为工厂干了十几年、几十年的工人给打发了，这不公平啊！"邵伯屏有点激动地敲敲桌子。

李小娟见状，赶忙接过话题说："老邵，你放心，现在不会简单搞减员增效那套做法了，也不可能再搞大下岗。"

张晓聪也跟着说："老邵你误会了，我不是说还要搞大下岗，我是说当年的那种壮士断臂精神。"

邵伯屏仍旧气呼呼地说："什么'壮士断臂'我不懂，也不想懂，更不想断工人的臂。但我知道，党的好政策是不需要做太多解释的，如果要做太多的解释，恐怕就有问题了。"

姚堃看了吉耀东一眼。

他正聚精会神地做记录，似乎根本就没有注意到自己投向他的目光。

姚堃知道，这是吉耀东以守为攻的策略。姚堃心里立即蹦出两个字：

"滑头！"

作为主管部门的领导，姚堃这个时候不能不表个态了："新谊是老企业，工人不仅人数多，而且觉悟高。接下来的混合所有制改革，不可能是简单地一卖了之，也不会轻易让工人下岗，这一点，请老邵给大家带个话，让大家把心放到肚子里。"

"姚主任这是给大家吃了一颗定心丸，老邵你回去一定要把话带到，不要有那么多不必要的担心。"吉耀东放下笔，频频点头，表示对姚堃所言的认可。又看着龚世平说："龚局长，我们新谊的改革离不开您的支持，您是不是也给我们作指示？帮助我们打开思路？"

龚世平暗自叫苦，吉耀东这不是将军吗?! 前几天专门过来沟通，难道他不明白自己的意图？

——不！龚世平立即否定了自己的疑问，他这是有意为之！

"我同意姚主任的意见。国企的这一轮混合所有制改革是一个循序渐进的过程，具体怎么改，还需要不断探索。我知道大家的顾虑比较多，特别是一线工人，既关心新谊的发展，也关心自己的饭碗。这方面，还请新谊多做稳定人心的工作，避免出现听风就是雨的问题，否则，搞得人心惶惶，甚至出现群体性上访问题，对改革不利，也容易让新谊多年的良好形象毁于一旦。"龚世平看了吉耀东一眼，又说，"吉书记，你说是不是啊？"

吉耀东在笔记本上不停地记录着，心里也在不停地琢磨龚世平的话。他明白，龚世平这是把球踢给了自己。当他听到龚世平叫自己，便抬起头，说："是的，是的。"

混改消息一出，吉耀东已记不清接了多少个电话、接待了多少人，目的只有一个：参与混改。有的讲得冠冕堂皇，"响应中央号召，积极支持新谊改革"；有的讲得推心置腹，"在位多做点好事，也是给自己留条后路"；有的干脆就赤裸裸亮出底牌，"只要我们能进来，什么都好说，你的一份我们会留着"。

古耀东很清楚，新谊是优质资产，谁参与进来都会获利。但很多社会资本偏重于短期获利，这种急功近利的心态，往往从一开始就会给企业的长期发展埋下隐患。同时，单一资本的注入，容易让企业在一棵树上吊死，一旦资金链断裂，新谊必然会遭到灭顶之灾。

引入多元资本！这个念头逐渐在吉耀东脑子里翻腾。

面对众势力对自己的围猎，吉耀东明白，这些人无非是看中自己作为新谊掌门人手中的这份权力。面对来自各种社会关系的压力，吉耀东感到自己势单力薄，有点招架不住了。但他心里更明白：此时如果顶不住，于公于私都会有难以预料的后果。

座谈会开了一上午，吉耀东最后作了表态性发言：

"非常感谢上级领导对新谊制药的关心和支持，也非常感谢各位同事的理解和参与。推进新谊制药混合所有制改革，是新谊面向新的一百年再出发的重大事项，我们在考虑充分发挥市场机制作用的同时，还要坚持因企施策，宜参则参，姚主任、龚局长今天全程参加了座谈会，相信对新谊历史和现在的情况有了更深的了解，我们也很希望在上级的指导下，顺利完成这次混改……"

"吉耀东这家伙不太好对付。"龚世平听罢吉耀东的总结发言，心里默念着合上笔记本，继而阴沉着脸起身离开座位。

5

时间逆流到 1942 年 5 月的一个清晨，黄浦江上安静得出奇。太平洋战争爆发后，昔日黄浦江上众多大小船只往来穿梭的繁忙景象不见了，原本蓬勃热闹的码头，如今也人影稀疏。

经过一番周折，在白木健司的陪同下，新谊一行数人终于登上白莲泾码头，并快速进入仓库。王铭珊专门请来的码头工人以最快的速度搬出靠近库房门口的货物，装车运走。

"太谢谢了，白木先生。"看到第一批货物顺利装车离开码头，王铭珊松了一口气，向白木健司道谢。

白木健司摆摆手，然后说："告诉你一个消息，我即将奉命回国。"

"啊?!"王铭珊吃了一惊，"怎么这么突然？"

"我也不知道。"白木健司露出无可奈何的神态。

在这个节骨眼上，突然出现白木健司"奉命回国"这样的变数，到底是什么原因？王铭珊的脑子迅速转动起来：是因为帮助新谊取回被扣物资？还是回国另有任务？抑或其他什么原因？王铭珊一时找不到答案，但他知道，到了这个关键时刻，一定要利用好白木健司这层关系，否则就要重新疏通关系。眼看战势吃紧，时间拖得越久，取回被扣物资的希望就越渺茫。

于是，王铭珊非常真诚地对白木说："非常感谢你前期的帮助，否则新谊今天也不可能取回部分物资。你知道，这批被扣物资对新谊非常重要，可以说关系到新谊的生死存亡。我想你也不希望若干年后，一个可能与你合作的药企倒闭吧？"

"那你希望我做什么？"白木苦笑着说，"我能做的都已经做了。"

"好人做到底，送佛送到西。"王铭珊拱拱手说，"干脆你帮我再介绍一下你的上司吧，能够决定交还货物的人。"

白木健司想了想，说："这样吧……"他把自己的想法告诉了王铭珊。

白木的想法正中王铭珊下怀。他心里立即拿出一个方案。

黄浦江畔，礼查饭店。

这是一座维多利亚时期哥特复兴式建筑，也是中国第一座西式旅馆。步入其中，让人产生一种置身于欧洲中世纪古堡的感觉。这里曾留下多位名人的足迹，哲学家罗素、科学家爱因斯坦、喜剧大师卓别林、作家埃德加·斯诺都曾在此下榻。

饭店的入口通向宽敞而雅致的门厅。七十二英尺长、六十英尺宽的门厅，显得空旷而又有些阴森。底楼的孔雀厅依旧华丽，透过曲线优美的拱形穹顶彩色玻璃照进来的光线五彩斑斓，有如孔雀开屏，庄严中带着几分神秘。

饭店客人很少，淞沪会战后，这家饭店转让给日本人经营，饭店已没有了往日的热闹和辉煌。

鲍永昌的脚步有点沉重。二十多米长的门厅，鲍永昌觉得仿佛走了半个世纪。虽然他曾多次来过这里，但他还是第一次觉得门厅这么长。

选择在礼查饭店宴请日军上海首领植松茂仁中佐，起初鲍永昌并不同意，他觉得这是一种屈辱，毕竟这里是日本人经营的饭店。

王铭珊再三劝说，为了拿到被扣物品，只能忍辱负重，鲍永昌这才勉强同意。

　　鲍永昌站在五楼阳台远眺。

　　右前方是苏州河。早年的"威尔斯桥"已被钢桥取代，曾是方便苏州河两岸民众通行的外白渡钢桥上已被日军在桥的两头设上哨卡，偶尔路过的行人，不得不脱帽向日本岗哨鞠躬。黄浦江依然川流不息，但江面正常往来的船只寥寥无几，而挂着旭日旗的日军小汽轮却络绎不绝，不停地在江面上来回游弋。

　　鲍永昌把目光投向对岸，这里素有"万国建筑博览群"之称。哥特式、罗马式、巴洛克式、中西合璧式……几十幢风格各异的大楼一字形矗立。他的目光一一掠过这些建筑，最终停留在自己曾经工作过的怡和洋行大楼上。这座五层楼高的大楼，外墙全由花岗石垒砌，其中一、二层建筑部分饰以粗糙而独特的花岗石品种，显得格外敦厚坚实。鲍永昌曾在那里工作了四年，每次跨上石阶，走过一楼大理石铺砌的地面，再走进细木条打蜡地板的办公室，总会为自己是"康白度"而自豪。

　　但是，随着对怡和以及中国时局了解的深入，鲍永昌渐渐感到了一种沉重的失落和屈辱。在中国的土地上，凭什么洋人趾高气扬，而中国人低人一等？由英国人创办的怡和洋行，早年对中国从事鸦片及茶叶的买卖。林则徐实行禁烟时，怡和的创办人之一的威廉·渣甸甚至亲自在伦敦游说英国政府与清政府开战，亦力主从清朝手中取得香港作为贸易据点。与其在这样的洋行仰人鼻息，倒不如自己创业，走一条实业报国的道路！于是，他毅然选择离职。

　　收购新谊制药的十年间，鲍永昌考察日本翠松堂、美国礼来、施贵宝的先进制药技术和管理经验，把西方科学理念和管理制度运用到新谊制药的生产经营中，抓住化学制药高速发展的良机，新谊制药也得到高速发展：毕业于著名大学的优秀人才，先进的生产技术和管理理念，遍布全国和东南亚的销售网络……一切都预示着鲍永昌心中的梦想正在一步一步变成现实。但令他没想到的是，随着战争的降临，新谊的前景变得一片灰暗，而他心中壮大中国制药事业的希望也变得日益渺茫。在一个个不眠之夜，鲍永昌一次次被强大的无力感与窒息感袭击，他深深地感到，在时代的滔天巨浪中，个人不过是一叶单薄的扁舟。

最近半年里，鲍永昌身心俱疲，他曾想过退却乃至放弃，但他又心有不甘。自己十年的心血、一帮志同道合的兄弟、老百姓缺医少药的惨状，无时无刻不提醒他要坚持下去。

"咣！咣！咣！"江北海关大楼上的大钟发出沉闷的声音，英国名曲《威斯敏斯特》在黄浦江上空久久回荡，宣示着"日不落帝国"的烜赫声威，在鲍永昌耳畔却有如阴魂不散的丧钟。

"你好啊，老朋友！"首先到场的是法国驻上海领事馆总领事、法租界公董局总董柯格霖。今晚的宴请借用的是法租界公董局的名义。新谊制药与公董局一步之遥，柯格霖与鲍永昌经常见面，说是老朋友倒是一点也不夸张，也正因为这样，鲍永昌通过运作，得到公董局首肯，筹备了这个不同寻常的饭局。

"战事纷乱，久未谋面。"鲍永昌上前握住柯格霖的手，"新谊的事情还要仰仗您多多帮助。"

"日本人风头正劲，不知道是否能说上话啊。"柯格霖耸耸肩。

"您的身份不一样！"鲍永昌竖了一下大拇指。

"但愿如此。"柯格霖颔首一笑。

沈恒益陪着日本人冈本一策走了进来。冈本一策的公开身份是工部局董事会副总董。

1937年上海沦陷后，工部局总董根据英、美两国政府的态度，宣布工部局持中立姿态，在中日战争中不偏袒任何一方。日本在上海的海陆军当局和领事馆便对工部局提出要求，在工部局董事会中任命一个日本秘书，并要求把日本人任命到工部局所有部门的"统治地位"上。不久又推选冈本一策担任工部局董事会副总董。

太平洋战争爆发的当天，大批日军开进公共租界，占领了英、美等国驻沪领事馆和一些重要的外资银行。军事占领不等于完全控制了对整个租界的管理，此时租界管理机构仍掌握在英、美国籍的侨民手中。接着，日方又开始了对租界管理机构的全面侵夺，在工部局决策机构工部局董事会之上，成立了协调委员会，委员会主席为日本人，工部局所属各部门的负责人也全部换成日本人，至此，工部局完全为日本人所控制。

"鲍董事长！"帮会头目顾鑫轩走进来，他对鲍永昌拱拱手。

"哎呀！顾先生，有失远迎！有失远迎啊！"鲍永昌也对顾鑫轩拱拱手，"有您来捧场，这事就好办喽！"

"顾老先生很给面子啊！"本在楼下门口迎接客人的王铭珊陪顾鑫轩一起走进来。

"哈哈哈！"顾鑫轩笑着说，"不是我有面子，是鲍先生面子大，杜先生专门从香港捎话过来，我是奉命行事啊。"

白木健司陪着驻白莲泾码头日军头目植松茂仁中佐、日军军医处头目佐藤大尉到达饭店后，各自坐下。

柯格霖站起身，清了一下嗓子，说："诸位，今天请大家到此，有两个目的：一是各位朋友互相认识一下。"柯格霖对在场客人一一作了介绍。

"这第二呢，是新谊鲍董事长对植松阁下、佐藤阁下、白木阁下表示感谢！"柯格霖停了一下，继续说，"新谊制药物资被扣已有时日，作为法租界里的制药企业，我也希望植松阁下早日发还被扣物资，以体现贵国建立大东亚共荣圈的诚意。"

"这个……"植松愣了一下，"我很欣赏总董的坦率，也理解鲍先生的心情。只是，物资繁多，发还需要有一个过程。同时，涉及管控物资，皇军必须严加甄别。"

"是啊，战争时期，一切都要谨慎。"冈本一策附和道。

"谨慎个屁！"顾鑫轩心中暗暗骂了一句，他站起身，说，"植松阁下，军事占领不等于完全控制整个租界的管理，上海滩需要大家帮忙啊！"顾鑫轩抱抱拳，话里软中带硬。

植松家族本就与日本山口组黑帮有联系，他深知上海帮会的势力与江湖地位，也知道杜月笙当年呵斥村井的事。他非常清楚，日军刚刚占领公共租界，没有必要得罪眼前这位上海最大帮会的头目。

于是，植松客气地附和道："那是！那是！"然后又说，"本人职责所在，不能不按军中规定办事，望各位能够理解。"

"本帮会总有一些不听话的家伙，到时植松君也要多理解哦。"顾鑫轩"哼"了一声，甩出一句。

王铭珊淡定地坐在那里，胸有成竹地看着他们唇枪舌剑。

他知道，这只是一个过程。

果然，明争暗斗一会儿后，柯格霖望着植松说："中国有句话，叫'城门失火，殃及池鱼'，现在新谊就是池鱼。不过，我希望你们两国开战，还是不要影响法租界的新谊制药。一切当从长计议。"说到"法租界"时，柯格霖有意无意地加重了下语气。

植松沉默不语。

柯格霖见状，举起酒杯："希望植松阁下给我个面子。为了我们在上海滩的合作，干一杯！"

酒过三巡，王铭珊对鲍永昌使了个眼色，鲍永昌马上示意新谊工作人员拿出为植松准备的礼物。

鲍永昌走到植松身边打开礼盒，说："知道阁下对中国瓷器很有研究，请阁下鉴赏。"

这是一件清乾隆年间的橄榄瓶，瓶口与瓶足内收，瓶腹饱满，略显修长的瓶颈让整个橄榄瓶更加隽秀。釉色淡黄均匀，描绘的

"蝶恋虞美人"图案栩栩如生。在餐厅明亮的灯光下，橄榄瓶泛出幽幽光泽。

植松显然是个识货的主儿。他用右手握着橄榄瓶颈，左手轻轻托着瓶底，徐徐转动瓶身，仔细察看橄榄瓶的每一个细节，似乎忘记了餐厅还有别人。过了半晌，他才轻轻放进锦盒，连声说："好！好！好！"

植松喜笑颜开，说："中国人讲'和为贵'，我们也希望大家和睦共处。"说罢，他转身吩咐佐藤，"马上发还，明天就发还。"

佐藤立即站起身回答："是！"

鲍永昌见事已办妥，举起杯："非常感谢植松阁下和在座的各位！我代表新谊全体职员感谢你们！"

王铭珊也举起酒杯，朝鲍永昌看了一眼，轻轻松了口气。

……

一切都在王铭珊预料之中，此前通过内线做的工作果然有效。

但事情进展如此顺利却出乎鲍永昌意料：

"你怎么知道植松喜欢古董瓷器？"

"功课需要提前做啊！"王铭珊笑笑说，"只是，可惜了董事长的那只橄榄瓶。"

6

新谊一行数人在鲍永昌的带领和佐藤、白木的陪同下，乘坐日军的小火轮，再次进入白莲泾码头。日军首领陪同进入，一路畅通，没有遇到任何阻拦和盘问，很快顺利地进入了仓库。

仓库堆放的药品和制药机械混乱不堪。药品原料不仅多有破损毁坏，地面上还胡乱丢弃着可以食用的糖精空罐，破损的箱子、碎纸、杂物随处可见。仓库的乱象令在场的植松皱起了眉头。

为掩饰难堪，他们找来守军的头目。小头目跑步赶到仓库，一见如此情形，吓得结结巴巴地声称："仓库前几日曾遭偷盗，为保护现场，还未来得及整理。"白木、佐藤似乎找到理由，将小头目训斥几句，挥手让他出去。

几天后，鲍永昌带领王铭珊等人与佐藤一行会合后，再次前往白莲泾码头。鲍永昌提出代上海其他制药厂和药房一并提走货物，佐藤提出，因为提货数量很大，货主情况各不相同，为确保货物安全，经新谊当时查核、圈定的货物，由佐藤出具通行证，日军直接发还给新谊药厂统一收下，然后由新谊药厂根据各个货主的托运取货凭证，将货物分发各货主。如果无人认领，或有人认领时，无凭证的，应由新谊负责交还日军，日军出收条给新谊，以便日军司令部核查。

"同行的货，我们既然已找到，就是不幸中之大幸，所以必须帮助取出，以免遭敌人的毒手，新谊有责任，将同胞的货物归还原主。新谊是讲诚信的，要尽一切力量，把这事办好。"鲍永昌吩咐王铭珊。

"我也这么考虑。毕竟都是中国人。"王铭珊赞同鲍永昌的想法。

新谊不仅取出自家的物资，中英药房、华美药房、中法药房、中西药房、兴华公司、志乐西药行、大美公司、新济药房、正威药房等几十家药厂和药房的货物，也都拉到了自家药厂。

为确保货物安全、应付日军日后盘查，新谊各经办人员将运回货物登记造册后逐一入库，并分头通知各货主，凭取货凭证来新谊药厂取货。

有关制药厂和药房本来对日军扣留物资已不抱希望，接到新谊领取物资的通知，顿时喜出望外。

"永昌老兄，真有你的！"兴华公司总经理杨晓松抑制不住内心的激动，对鲍永昌连连作揖，含着泪说，"要不是你，这次兴华要完了。"

"晓松兄，我们也和你一样啊。"鲍永昌握住他的手，说，"这批货物不仅关系到我们新谊药厂的兴衰荣辱，也关系到中国百姓的疾苦与健康啊！"

王铭珊正在忙碌着招呼前来提货的人。

"能堪重用。"

鲍永昌满意地看着他。

第七章　天下熙熙

1

浦东万豪酒店边上，开着一家名为"九间房"的酒楼。

从旁边的万豪酒店往下看，这栋毫不起眼的小楼几乎是趴在地面上。走近酒楼才发现，这实际上是一座架空的平房，房子离地面三四米，需要爬上一段旋转楼梯才能进去。这家坐落于黄浦江边的酒楼，朝江的一面全部是玻璃，显得十分通透。

傍晚时分，江面波光粼粼，偶尔有船只从江面轻轻漂过，两道涟漪徐徐向岸边扩散，不久便与荡漾的微波融为一体。黄浦江两岸四五十公里长的步道早已贯通，不时有晚练的人从下面走过。

王东阴沉着脸，坐在茶桌泡茶的位置，右手端着茶壶，给两个工夫茶杯添上茶。左手盘着串珠，时快时慢，显得心神不定。

龚世平拉上了窗帘，坐到王东对面，端起茶杯，啜了一口。

茶色橙黄透亮，香气馥郁若兰，正宗的武夷山大红袍。

若在平时，龚世平肯定会忍不住赞叹一句：好茶！但今天他无心品茶，生津提神的武夷岩茶，此时却让他感到一种淡淡的苦涩。

"知道了？"龚世平的声音很低。

"嗯。"王东点点头。

"上次张东国露了一嘴，只当是谣言，没想到一语成谶，谣言成为遥远的预言。"龚世平叹了一口气。

"这小子，上次说半句留半句，如果直说了，我们也不至于……"王东愤懑地说。

"也怪我没太留意，事后应该深入了解一下。"龚世平既是在对王东说，也是在对自己说。

"龚哥您也别太自责，谁知道打虎会打到我们身边？"王东安慰道。

"唉！"龚世平叹了一口气，说，"新谊的事是泡汤了。"

"一点希望也没有了？"王东问。

"一点也没有。"龚世平骂道，"吉耀东真他妈是个老狐狸，不声不响，以为给他点甜头就搞定了，谁知道他来那么一出！"

"怎么回事？"王东不解地问，"他还敢跟您造次？"

"他是不敢硬顶，但他会玩阴的。"龚世平把他挑动老干部给市里写信，以及市里领导批示的事一五一十地给王东讲了一遍。

"真他妈玩得绝！"王东也骂道。

"你知道是谁牵头写的信吗？"龚世平问。

"谁？"王东好奇地看着龚世平。

"张东国他奶奶！"龚世平愤愤地说。

"张东国他奶奶？关她什么事？"王东问。

"她是新谊药厂的老厂长。"龚世平说，"吉耀东就是利用这层关系，鼓动老干部给市里写信。"

"他奶奶的！"王东快速盘着串珠，问，"新谊现在是哪家投资公司进入的？"

"他们是通过境外上市获取融资的。"龚世平说，"平心而论，吉耀东他们这一举措，倒是非常专业，而且，世界级的上市资源组织与运作本身就是大手笔。"

"看来龚局长很欣赏吉耀东啊！"王东带着嘲讽的口吻说。

"你还别说，当初我真没看出他有这么一手。"龚世平说，"他们在八十多场投资会谈中，接受了机构投资者订单三百多个，完成了亚洲有史以来医疗健康行业最大规模的 IPO 融资，不佩服不行啊！"

"嗯。"王东若有所思地点点头。

"当初我们不贪多贪大，参与进去，也是不错的选择。"龚世平说。

"事后诸葛亮。"王东不满地说，"那不也是你的主意吗？"

"谁知道他们会这么大刀阔斧？"龚世平说，"还好这事没什么把柄落到他们手上。"

"你可别太乐观了。"王东慢慢盘着手中的串珠，说，"大哥进去了，以前的事会不会扯上我们？"

"这就是我今天约你的原因。"龚世平心事重重地说，"恐怕一点不牵扯也不可能，我们一起想想办法，尽量撇清关系。"

"你的意思？"王东看了龚世平一眼，说，"怎么撇清？"

"大哥待我们不薄，他进去了，有些还没有到他名下的房产和股份，还是让它们继续留在远东名下。"龚世平盯着王东说。

王东点了一下头。

"有些已到他名下，或到他亲属名下的，要想个好的说辞。"龚世平说，"千万设法减轻他的问题。"

"龚哥你想得太简单了吧？"王东忧心忡忡地说，"纪委那帮人可不是吃素的。"

"办法总比困难多嘛！"龚世平给王东打气道，"他们确实不是吃素的，但你也别太高估他们。"

"我总觉得不踏实。"王东说，"这些年我们一起做了不少事情，虽然面上看勉强说得过去，但如果纪委介入，怕是经不起细细推敲。"

其实龚世平心里更清楚这一点。大哥自然是问题缠身，既然已经进去，出来就不大可能了。这个时候，他需要王东能顶住，否则，如果纪委从王东身上找到突破口，自己也就危险了。

但龚世平不想让王东看出他的心思，相反，他必须让王东感到有信心。

"大哥进去只是配合调查，涉及我们这边的情况，我们要处理好。"龚世平软中带硬地说，"现在，我们是一根绳子上的三个蚂蚱，大家都不容易。对过去的应该珍惜，对将来应该求平安。"

"先生，点菜吗？"服务员推门进来问。

"怎么不敲门就进来了？"王东气呼呼地对服务员吼道。

"对不起！"服务员低声道歉。

龚世平知道王东心里不快，他向王东使了个眼色，提醒他控制住自己的情绪。

王东也感觉到自己失态了。他放低嗓门，对服务员说："我们就两位。给我们上小火锅吧。一份雪花牛肉，一份羊肉，半斤虾，一条东星斑，再配些有机蔬菜。"

"好的。"服务员记下后，问，"喝酒吗？"

"拿两个白酒杯和分酒器吧。"王东朝料理台努了努嘴，对服务员说，"我们自己带酒了。"

"好的。"服务员弯了一下腰，带上门出去了。

"这里安全吧？"龚世平忽然警觉地问。

"别神经过敏了，龚哥担心这里有纪委的耳目？"王东笑笑。

然而，让龚世平始料未及的是，王东今天是有备而来的。

早在龚世平进来之前，王东就开启了针孔摄像机。

多年前，王东曾在收藏家朋友处看到一款美国产的 Photoret 怀表式相机，据说是已知的怀表相机中，生产年代最久远的间谍相机，1894 年至 1901 年间的售价约为二点五美元。在今天看来，或许二点五美元太微不足道了，但要知道当年美国的牛肉也就十几美分一公斤，二点五美元已经相当昂贵了。这种间谍相机的木质包装盒上，印有"You See It as I saw IT"（汝见即吾见），意思是你看到的一切与我相机拍出来的照片是一样的，足见制造商对此相机质量的自信。当时，王东出于好奇，曾想出价五十万元购买，但朋友始终不为所动，王东只得作罢。

那次虽然买卖不成，却让王东产生了在关键时候秘密保留证据的想法。

此后，王东看到过各种手表式、钢笔式、纽扣式伪装巧妙的间谍相机，进入电子时代后，间谍工具层出不穷，而智能手机更是成为防不胜防的大众化间谍工具。

王东心里很清楚，有关方面不可能轻率抓人，特别是大哥作为老虎级人物，进去了就意味着问题比较严重。龚世平在这个关键节点约自己，王东已猜到他的用意。刚才龚世平说要"撇清"，无非是想让他龚世平安全脱身，让自己背锅。如果数目小就罢了，罚个十万八万也认栽，但王东心里很清楚这些年与他们干的勾当，也意识到问题的严重性，如果自己不争取主动，等到牢底坐穿就后悔莫及了。

必须做最坏打算！通过刚才与龚世平的交谈，王东更坚信自己的"留一手"是做对了。

2

美国进口的设备经过安装调试，终于顺利投入生产了。

太平洋战争爆发后，消炎药的需求迅速上升。鲍永昌对市场有一种天生的敏感：此时研制开发抗菌消炎药，既能供战场急救之需，又能供百姓治病之用。他注意到，当时国际上最新且有显见疗效的抗菌消炎药是磺胺类药物，就立即授意侯之康研究所进行相关研究开发。

鲍永昌的想法与侯之康一拍即合。药科专业出身的侯之康同样意识到，战场急救不同于平日创伤，残酷的战场没有时间养伤，必须依靠疗效快的药才能救命。他立即带宁世瑾与药师们天天泡在马斯南路的新谊制药厂实验室，经过精心研究和试验，成功投产磺胺噻唑的针剂、片剂。同时，以消治龙为主打产品，新谊制药形成食母生、好力生、维他新、西他新、新惜花散、消发灭定、新力弗肝、高力皇、一天霖等几十个产品。

这天，新谊药厂厂部会议室里，高级部长会议开得热火朝天。会议一反原来各部信息交流、鲍永昌最后拍板、各部部长按指示领任务然后散会的常态，在会议一开始就出现了各部高级管理者纷纷争相发言、群情激昂的热烈场面。鲍永昌则时而询问时而记录，不时还做个别点评。

"我们研制成功的这种三棱形棒状结晶药品，是一种苯类化合物，对治疗肺炎球菌、脑膜炎双球菌、淋球菌和溶血性链球菌的感染效果明显。"药物研究所所长宁世瑾首先介绍。

"那么，这种药取个什么样的名字好呢？"鲍永昌问大家。

"专业的消炎药应该取一个专业的名字，以显示我们新谊制药的专业性。"宁世瑾说，"根据药品的化学成分和分子结构，我认为可以叫磺胺噻唑。"

"药品必须专业，但药名可以通俗一点，因为我们的药是面向大众的。"广告策划部主任黄逸曼不同意宁世瑾的意见，"'磺胺噻唑'，光是这几个字，一般百姓不要说不认识，就是认识，读起来也很拗口。"

宁世瑾笑了："幸亏我没说用全名'二对氨基苯磺酰胺噻唑'，否则你们更觉得拗口了。"

"刚才你说的什么二对？"鲍永昌也笑了，"我听了不光是拗口，而且不花一番功夫，恐怕这几个字都很难完整念出来。"

"所以啊，我建议就用磺胺噻唑四个字。"宁世瑾认真地说。

"药的化学成分可以在说明书上标注，名字可以取得通俗一点，读起来上口，听起来好记。"侯之康说，"我们能在这么短的时间里，研制成功市场急需的消炎药，真是仰仗上帝神助，我看就叫耶舒吧。"侯之康解释了两个字的写法。他想起了研制此药中的种种巧合，觉得此药乃上帝赐予人类的神奇药物，"服用此药后人就舒服了，耶舒两个字也朗朗上口。"

"信其他教的人会不会产生抵触心理？"鲍永昌摇摇头，"这个名字基督教色彩太浓，不太适宜。"

"就叫消治龙吧？"王铭珊建议说，"消炎治疗，再加个龙字，我们都是龙的传人。"

"这个名字好，一目了然。"黄逸曼马上表示同意，"这个名字做起广告来也方便。"

"不能只图广告方便啊。"鲍永昌说，"大家觉得怎么样？"他把目光投向侯之康。

"嗯——"侯之康想了一下，"这个名字可以的，一般人一听就能记住。"他又看看宁世瑾，"你觉得呢？"

"我负责生孩子，孩子取名的事，就听你们大家的。"宁世瑾笑笑说，"反正就是一个符号，消费者能听得懂、记得住才是王道。"

"宁所长很大度啊！"鲍永昌也笑了起来，"给你的孩子取名，我们得尊重你。"

见大家没有意见，鲍永昌说：

"那就这么定了，这种药就叫消治龙。"

3

鲍永昌站在一张地图前，用红色铅笔一一标注目前的销售点。

一年前，一个考虑很久的想法，开始在脑海里逐渐形成实施方案：公司核心层全部高级管理人员在做好分管工作的同时，兼管划定区域的销售工作。他让人事部部长管燕飞制订相应的考核方案，发到每一个高层管理人员手中。今天，他要检验一年来的战绩。

会议一开始，公司高层就纷纷汇报自己所负责区域的销售情况。

副经理陈启明发言说："日前，新谊本埠销售情况良好，像消治龙、好力生都已脱销，各大西药行催货电话不断，我分管的外埠办事处，南京、广州销售也已创新高。"

管燕飞接着说："是的，我负责的区域，不仅销售创了新高，制定了资金回笼程序后，收款方面到账也很及时。"

鲍永昌插话问道："几天到账？"

"基本三天之内，最晚一周也到账了。"张芝祥回答。

"好的。"鲍永昌脸上露出欣喜的微笑。他知道，企业发展越迅速，控制好资金流越重要。

接着，鲍永昌转向办公室主任章伯平，问道："伯平主任情况如何？"

"我处本埠尚有几家有存货，外埠则十天前就需要增货了，可惜库房已无存货。"章伯平答道，"目前有点供不应求啊！"

"我们得抓紧从国外采购原料，制造部对缺货产品加班加点赶制生产的同时，质量也要确保啊。"鲍永昌很是兴奋，又问，"各地销售网络布局如何？"

"通过大家的努力，目前在全国和东南亚布局基本到位。国内的武汉、重庆、汉口、杭州、无锡、香港、台湾和东南亚的马来西亚等地办事处接二连三成立，新谊新颖独特的广告，也出现在京广、京沪铁路及全国各大城市主要建筑物上，在杭州西湖饭店顶端、上海大世界的正面、香港九龙、本埠外埠的火车站等地都有闪烁的霓虹灯广告牌，可以说，新谊制药已家喻户晓。"王铭珊把面上的情况作了介绍。

在鲍永昌的统一调度与指挥下，新谊高层各自兼管划定区域的营销管理模式开展得有声有色，同时各高层之间在确保本职工作完成的同时，也就此暗暗展开了销售兼管领域的竞赛，形成了你追我赶、谁也不甘落后的态势。

由于高层们深入销售一线，开展着各自独特的管理，新谊形成了一系列有效的销售管理制度，大营销机制日趋完善。新谊产品，由于质量的过硬，各地广告的深入，人员服务的到位，信誉度直线上升，深深地扎根在中国乃至东南亚民众的心中。

"人员调动的事，也已在实施中，各办事处主任聘书、考评和工资晋级方案都已下发，南京、广州业务员也都作了调整，都是业务尖子。下个月就可按新方案操作。"行政部部长张芝祥接着说。

"你们各自负责的区域，各办事处主任须直接向你们汇报工作，在职责范围内你们有权决定处理相关事宜。销售考评方面要全程跟踪，铭珊总要通知会计一起参与。如果紧急也可以电报联系。"鲍永昌交代道。

"另外，新开办事处，要先进行房地产考查，考查完毕直接向我汇报。"鲍永昌接连嘱咐着各项工作。

他想起之前交代的有关广告事项："上次我们大家讨论的，把科学知识和健康观念写进广告之中，把'治未病'的理念宣传出去，这件事情去做了没有？"

"已经照办，我们用广告传授药品知识，让百姓懂得科学用药。"黄逸曼介绍了在普及用药方面的做法。

王铭珊补充说："我们都在践行董事长的理念：生产药品不是单纯为了赢利，更重要的是为了百姓健康。让百姓尽量少用药、治好病，才能得到百姓的认可，这也是新谊赢得长久发展的根本。"

"我们拉开架势，大做广告，有些同行出于不同目的，嘲讽、排挤我们。"黄逸曼说。

"当你不够强大的时候，任何赞美都是嘲讽，当你足够强大的时候，任何嘲讽都是赞美！"鲍永昌站起身说：

"各位同仁，我们新谊正在起步阶段，我们要有信心，要有充分的自信！"鲍永昌又谈起今后的发展思路：

"各位千万记住，我们要中西并重。虽然我们近期全力发展西药，但是在中药方面也不能放松。大家想想，神农尝百草我们姑且可以当作一个神话，但是，扁鹊、华佗、张仲景、皇甫谧、叶桂、孙思邈、薛生白、李时珍，这些都是历史上实实在在的名医，《扁鹊内经》《外经》《濒湖脉学》《奇经八脉考》《本草纲目》《湿热条辨》这些都是存世并且至今还管用的著作。西医也就几百年的历史，但中医理论早在春秋战国时期就已基本形成。况且，中国药物资源丰富，但如麻黄、桔梗、当归、龙胆、肉桂、朱砂等各种植物、矿物药材大量输出国外，为外人所用，利权外溢；而舶来西药每年输入量却以百万、千万美元计，这不仅仅是一个巨大市场的问题，还直接关系到中国民族药业的生存。

"各位同仁，制药企业是一个特殊行业，它既要赚钱，不赚钱企业就不能发展；但是，又不能只为了赚钱，制药企业一旦掉到钱眼里，把赚钱当成唯一追求，那就会变得贪婪、血腥，甚至不择手段。真的到了那一步，国人健康就会完全被外人所掌握，他们不仅会要你的钱，还会要你的命！"

鲍永昌的情绪有些激动起来，继续说道：

"新谊生产良药，其目的除服务社会外，还要为国家争回一部分权利，为国家保持几分元气，进而谋求人民的健康。各位同仁应当共同承担起历史使命！"

会场一阵沉默，继而响起热烈掌声。

4

1943 年，日军侵华派遣军总部命令 13 军加紧"清乡"。伪"清乡委员会"选定与上海隔江相望、临江濒海、易于分割封锁而又盛产棉粮鱼盐的南通、如皋、海安、海门、启东地区，作为"苏北第一期清乡实验区"。

由此，新四军"联抗"部队面临的斗争更加残酷了。

这天，天翔洋行的曹达悄悄找到王铭珊，告诉他江北带来消息——部队伤员久治不愈，他们购买的消治龙疑为假药。接着曹达又补充说，那边购药还有其他渠道，并不确定就是从王铭珊手中购买。

王铭珊大吃一惊，他仔细回忆了每一个细节，确信他在交付时不会有假，但心里疑窦丛生，想不出哪个环节出了问题。

事有凑巧。过了几天，鲍永昌把王铭珊叫到办公室。原来，前一天晚上，苏州刑警队打电话到新谊药厂值班室，声称日前该刑警队钱队长接到密报，称在该区域内，发现较有规模的伪造西药的机构。

钱队长安排警力侦缉了一段时间，稍有线索后，派刑警多人，卸下制服，佯装单帮生意人，于天色渐渐昏暗时，与专门兜售赝品西药的掮客胡鸿祥接近，并向其购得伪药消治龙数盒，要求新谊药厂立即派人员前往苏州核实相关情况。

王铭珊恍然大悟，立即明白了曹达所说的假消治龙是怎么回事。

由于消治龙疗效显著，得到各需求方的青睐，销量迅速上升。它的走红，也带来了多方的竞争和挤压，新谊制药为保护消治龙，注册了十五个不同中英文的类似商标。但没想到竟然有人直接制售假消治龙。

王铭珊的眼前仿佛出现了痛苦的伤员，他自告奋勇带人前去苏州处理此事。一到警队，就看到办公桌上放着许多眼熟的新谊消治龙产品。

警队找新谊的目的，是鉴别这些消治龙的真伪。王铭珊和药物研究所的同事，马上辨识其破绽，确定为赝品。为了取得确凿的证据，王铭珊立即让药物研究所的同事带着样品，赶回新谊药物研究所进行鉴别。化验结果显示，不法分子竟然用菱粉、奶粉、钙粉等粉剂，加少量"消发地亚净粉"合制成假药。

鲍永昌非常愤怒，把假药样品狠狠摔在地上。

"除了好药，还有创新和友谊。"这是鲍永昌苦苦追求的企业经营理念。眼看着这一目标正在成为现实，而市面上出现的假药，彻底败坏了新谊好药的声誉，更败坏了新谊多年来好不容易取得的用户的信任。

"不惜一切代价，协助警方彻查此事！"鲍永昌让王铭珊叫来王秀生、唐次达，一同研究打假事宜。

王秀生是当年鲍永昌亲自面试并担保的职员。他的文化程度虽然不高，但对机械有天生的敏感与灵性。新谊药厂从德国进口的制药设备，他跟在德国工程师后面看着他们安装调试后，竟然就能熟练操作，并能根据新谊自身需要对设备进行调试改进。新谊从美国购买了废旧军舰，目的是拆卸军舰上的海水净化设备，以生产医用高纯度蒸馏水，王秀生无师自通，捣鼓几次后，竟然顺利拆解并安装到新谊制药厂投入生产。为此，鲍永昌专门奖励了他一辆最新款哈雷摩托车。更重要的是，王秀生练得一身好功夫，平时对付三五人根本不在话下。

唐次达本职工作就是负责苏州方向的销售工作，他熟谙药品外观及性能，也熟悉苏州市场和风土人情。

王秀生与唐次达两人身材高大、头脑灵活、风流倜傥、派头十足。王秀生本想骑着他的哈雷摩托车去苏州，鲍永昌却特意交代，虽然骑摩托车出行方便，但此行他们二人的身份是外埠西药巨商，还是专程坐火车去苏州更妥帖。

苏州刑警队警员早就在天然居饭店等候。王秀生、唐次达与他们见面后，每人赠送一盒消治龙，只说是样品，请各位认真辨别，以防搞错。抗日战争胜利后，国统区通货膨胀加剧，法币进入崩溃阶段，消治龙则传递给人们坚挺的使用价值和经济价值，人们一度以黄金购买消治龙以作保值增值之用。对此警员们一个个心知肚明，千恩万谢。

第二天中午，王秀生和唐次达的门铃响起，双方以暗语接应，王秀生确认无误，放心开门，迎进来客林彬，此人系刑警队的眼线。三人低声商议片刻后，一起前往苏州市郊一茶馆。

在苏州，茶馆是有层次的生意人必去之处。江南山川秀美，气候温暖，水域众多。人们在长期征服江河海洋的过程中，养成刚毅的品性，形成旷放的心胸，社会普遍崇尚文教，人性灵秀颖慧。故而，江南商人多羞于直言利益，往往以文会商，即便谈生意，也要到装饰得书卷气十足的茶馆，一边饮茶，一边闲谈沧桑。伴着缕缕的茶香，人们不仅淡化了彼此的利益瓜葛，室内还多了几分纸墨书香。一些茶馆干脆备有文房四宝，任由茶客兴之所至，挥毫泼墨。

"思雨轩"是位于苏州市郊的一处别有小园林气息的茶馆。

踏进古色古香的大门，曲径通幽处，忽闻流水声声，抬头一看，水从假山上倾泻而下，跌落池中，溅出串串水珠，生出阵阵水雾。茶室包厢里摆放着几把竹藤椅和一张紫檀桌，墙上挂着几幅仿古字画。正近晌午，光线明亮，风从水面吹来，清新而微凉。

包厢一角，一个掮客模样的男士正在喝茶，他见林彬到来，便起身相迎，而后与林彬耳语一番。

林彬指着王秀生与唐次达二人，对他说："给你带来好生意喽！"原来此人叫胡鸿祥，与林彬早有交情。林彬将王秀生与唐次达介绍给胡鸿祥。

王秀生斜着眼看了一下胡鸿祥，并不言语，而是从皮包里的保湿盒中拿出一支雪茄，再掏出雪茄剪刀，右手拇指和食指分别伸进剪刀两头的圆孔，左手捏着雪茄，把雪茄头肩部插入剪刀中间的圆孔，右手略一使劲，"咔嚓"一声剪下了茄头。然后再点上，抽了一口后，才开始问了一些药品价格、品种、进货渠道之类的问题。

胡鸿祥不敢怠慢，赶忙一一作答，生怕失去这笔生意。

接下来，王秀生和唐次达两个人你一言、我一语，不一会儿便谈妥两笔大生意。胡鸿祥心花怒放，盘算着这下可以大赚一笔，王秀生一再示意再加一些消治龙，胡鸿祥得意地应允，正欲辞行，却不料从隔壁茶室突然冲进三个人，当场把胡鸿祥捕获。原来是刑警队的科长和两位警探，他们早已埋伏在隔壁茶室。

此后可谓波澜不惊。

胡鸿祥被带到了警局讯问，很快交代出赝品源头王文白、王汉永父子。

刑警队周密安排，出其不意，迅速擒得王氏父子，并当场缴获制假器具。王氏父子又供出主犯韩文德等三人。当晚十时，警队乘胜追击，韩文德等三人被抓获归案。第二日凌晨，韩文德又供出几名同犯。刑警队马不停蹄，连捕数名嫌疑犯。如此不到一日，此案基本告破，共抓捕制造赝品犯十余人，器具、原料、包装印刷品等二十几种。

鲍永昌认真地倾听着王秀生绘声绘色的报告，心里为新谊消除了一个影响企业声誉和危害大众健康的隐患而高兴。但旋即又被另一种担心所困扰：

在利益的诱惑下，生产假药从此会成为社会的一个顽疾吗？

5

新谊在香港上市前夕，上级委派了董事长。

让许多人都没想到的是，新任董事长竟然是上级主管部门的姚堃。

姚堃也没有想到，自己有一天会到新谊任职。

他对新谊上市的过程非常清楚，更清楚围绕新谊的改革所展开的一系列博弈。

就在上任前一天，他参加了全市党风廉政建设大会。会上通报了龚世平插手国企改革、为个人捞取好处的问题。让姚堃非常吃惊的是，其数额之大，竟然名列近几年全市腐败案件之首。

新谊领导班子见面会由吉耀东主持。他开门见山地说道：

"根据上级安排，姚堃同志任新谊董事长。姚堃同志的情况我就不多介绍了，以前是我们的上级领导，现在是我们的直接领导，希望大家服从上级安排，主动配合姚堃同志的工作。"

继而，吉耀东宣读了上级的任命通知，简单对大家提出要求后，继续说，"我们请姚堃同志为我们说几句。"

吉耀东语气平缓，没有特别的热情，也没有任何冷落。

姚堃已经领教过吉耀东的厉害。此前的座谈会上，吉耀东不动声色，姚堃只当他是在耍滑头，直到市里通报龚世平的问题，他才知道事出有因。他打心眼儿里佩服吉耀东的沉着冷静，特别是在面临重大敏感问题时所表现出的智慧，让他觉得这位未来的同事小瞧不得。

"各位同事，非常高兴到新谊工作。从今天开始，我们就是同事、同志，也是朋友了。虽然我长期分管企业改革工作，对企业的运作、经营并不陌生，早年也在两家企业任过职、一家企业挂过职，但说心里话，我对医药企业还是不太熟悉，所以，非常希望在以后的工作中，得到大家的支持与帮助。"

姚堃停了一下，朝每一位班子成员看了看，继续说：

"在市委市政府的领导下，前期大家做了大量卓有成效的工作，公司不久就要上市，现在，我们需要做好'临门一脚'的工作。接下来，随着我们融资成功，整体上市的新谊制药将要上演全国并购、资本动作的大戏，这将会让上海的新谊成为全国的新谊。同时，这也对我们在优化工业和分销结构、提升自主研发与生产能力、发展模式上提出更高的要求。总之，新谊 IPO 融资成功，既为我们在座的各位提供了更大的舞台，也给我们今后的工作带来更大的压力。但我相信，大家心往一处想、劲往一处使，我们一定能够借上市的东风，让新谊获得新生。"

姚堃在市政府机关工作多年，他知道自己现在说的每一句话，明天——不，会后就将传到每个员工耳朵里。前一天晚上，他对今天讲什么、讲到什么程度反复斟酌，甚至还准备了详细的讲话稿。但他知道，在这样的见面会上，如果照本宣科，效果肯定会打折扣。同时，话不宜太多，因为言多必失。因此，讲到这里，姚堃就此打住，朝吉耀东点了点头，表示自己讲话结束了。

吉耀东带头鼓掌，大家也跟着热烈鼓掌。他故意等了一会儿，让鼓掌时间尽量长一点，表示对新来董事长的尊重。等大家都放下手，他才开腔道："大家也说说吧。"意思是让大家表表态。

李小娟抢先发言："董事长位置空了好长时间，大家都很期待。姚堃同志下沉到基层任职，首先，我坚决赞同上级决定，同时表示欢迎。其次，也希望姚堃同志在今后工作中，对新谊的党建工作多支持、多关心。"

班子成员纷纷表态，中心意思只有一个：坚决拥护上级决定。只有张晓聪显得心事重重，欲言又止，吉耀东不得不指名道姓让他发言。

他这才挺直身子，清了清嗓子，说："和大家一样，我也非常拥护和赞成上级的决定。公司同时在内地和香港上市，今后的摊子更大，任务也更加艰巨，作为总经理，我深知肩膀上的担子更重了。今后，希望董事长，包括吉书记，以及在座各位多支持配合，共同做好工作……"

姚垫看了张晓聪一眼，感觉他的举动有点奇怪。姚垫知道这种场合不便多问。等到见面会结束，才走到吉耀东办公室。

"吉书记，刚才看张晓聪表情有点奇怪，他是不是有什么想法？"姚垫的意思是张晓聪是不是不欢迎他的到来。

"哦？董事长您很敏锐啊！"吉耀东本想说"你很敏感"，但话到嘴边，还是把"敏感"一词换成了"敏锐"。他看看姚垫，说："本想后面再向您汇报，既然您问起来了，正好现在给您作个汇报吧。"

"真是有什么想法？"姚垫问。

"主要不是有什么想法，是思想上有负担。"吉耀东说，"新谊混改的消息传出之后，各方面想参与的人很多，打招呼的也很多，有的领导甚至亲自上阵。龚世平私下多次找过张晓聪。"

"是这样啊！"姚垫开始以为，张晓聪是不是因为自己来新谊任职抢了他的位置而不悦，"他有什么问题吗？"

"应该没有什么大问题吧？"吉耀东模棱两可地说，"前些时候有关部门找他谈过几次话，他如实作了汇报。新谊这次融资的整个过程我很清楚，特别是龚世平推荐的远东投资最后并没有入场。因此，在这件事上，他应该不会有什么问题。"

"一点问题也没有吗？"姚垫追问。

"别的是不是有什么问题，我不好说。"吉耀东看了姚垫一眼，感觉他好像希望张晓聪有点什么事似的。所以，吉耀东笑笑说："凭我对他的了解，这位同志虽然平时工作有点简单粗暴，但本质还是好的，而且作为总经理，工作大胆泼辣一点是好事。至于当时龚世平游说时，是不是给过他什么承诺，或是有过吃吃喝喝的问题，这

　　在鲍永昌的统一调度与指挥下，新疆高层各自竟管划定区域
的营销管理模式开展得有声有色。同时各高层之间在确保本职工
作完成的同时，也就此暗暗展开了销售竟管领域的竞赛，形成了
你追我赶，谁也不甘落后的态势。

个我们不好猜测，一切要听有关部门的调查结果。"

　　其实吉耀东知道，龚世平曾经许诺张晓聪董事长的位置，也正是这个原因，张晓聪对龚世平引进远东投资非常上心。不过，张晓聪并没有参与到龚世平的团伙中，而且他也没有从他们身上拿什么好处。

　　"没问题就好。公司上市前后，总经理不能出什么事情。那样就被动了。"姚堃背着手，踱着方步，若有所思地说。

　　"我相信应该不会有什么大问题。"吉耀东回到座位坐下，说，"后面，我们可以在适当的时候开个民主生活会，有些问题可以在民主生活会上说说清楚。"

　　"也好。"姚堃感觉到，到企业工作，似乎并没有自己想象的那么轻松。

第八章　见缝插针

1

"筱韵，我们不能一直错下去吧？"张东国打来电话，约我换回那条项链。

我心里有某种顾虑，却又似乎有某种期待。穿过广场，我老远就看到张东国在咖啡店靠窗的位置坐着。

他也看到了我，朝我挥手。

"我们坐外面吧？"我提议说。

"好啊，外面空气好。"张东国端着两杯咖啡，和我一起走到外面坐下。

他眼光瞅向我脖子上的项链，我同样瞅了瞅他。

他还戴着那条项链。但他并没有提换回的事，只是默默地看着我。

当我与他的目光交织在一起时，我感觉到他眼神里透出的异样。

"天真热！"张东国没话找话，涨红的额上沁出几滴细小的汗珠。

我也感觉到一阵燥热，而现在是冬末春初，正是乍暖还寒的时节。

这里是年轻人的地盘，有的在玩滑板，有的在跳街舞，还有一个高个头小伙子，戴着一顶黑色礼帽，正在模仿迈克尔·杰克逊标志性的太空舞步，只是动作略显僵硬，全无杰克逊行云流水般的畅快。

"除了礼帽有点像迈克尔·杰克逊戴的那顶，别的都不像。"张东国终于找到话题。

"太刻薄了吧？"我忍不住笑了。

其实我认可他的判断。

"你知道迈克尔·杰克逊死了以后，全世界有多少人为他自杀了吗？"张东国饶有兴趣地问我。

"这个我还真不知道。"我想，这样八卦的问题，他竟然也能有答案？

张东国说："据说有很多人，多到准确数字根本无法统计。"

"哈哈！你上次是'大概'，这次引用数据是'据说'，这样做学问怕是不行吧？"我想起上次跟他和多尔一起聚餐时，他讲起某个"老虎"时模棱两可的表述。

"我讨厌记数字。"张东国说，然后问我，"你知道杰克逊曾经来过中国吗？"

"这我不知道。"我看他一眼说，"你还挺八卦呀。"

"这不是八卦，是花絮。"张东国一本正经地说，"1987 年，杰克逊到过广东中山市农村。"

"是吗？"我用狐疑的眼光看着他，问，"编故事吧？"

"还真不是编故事。"张东国很认真地说，"当年杰克逊以游客身份来中国，他乘大巴车来到中山市农村后，对周边的一切都感到好奇，见到水牛也觉得很有趣，还问导游可不可以停下来拍照。"

"真的？"我还是不太相信。

"真的！我骗你干吗？"张东国有点急了，说，"当时，杰克逊还好奇地走进了一户村民家，年过七旬的女主人热情地接待了他，带他参观了简陋的客厅和后堂，他则不断地用手势或者通过翻译和老人交流。杰克逊在和老人家合影时，专门让老人坐在自己前面，临走时还特意让助理留下了两千港币以示感谢。"

"我还真的是第一次听说。"我一直觉得杰克逊是遥远国度的明星，从未想过这样一位巨星竟然以游客身份到中国农村参观过。

"在村里时，有许多村民和小孩子觉得好奇，他走到哪里就跟到哪里。杰克逊非但不反感，还主动和所有人打招呼。"张东国津津有味地介绍说，"其间，只要有人找他签名或者合影，他都会停下脚步，微笑着满足大家的要求。他回国后还将这些合影都邮寄给了村民，一些照片还刊发在了他的自传中。他在自传中说，'看到这些中国的孩子，难以抗拒他们对我的吸引力'。"

"那我下次去买本他的自传看看。"在张东国的介绍下，我产生了一丝好奇。

"我正好有一本，下次带给你？"

原来如此！张东国绕了一个大弯子介绍杰克逊，原来另有目的。

这家伙还颇有心计，我心里想。

但嘴上还是说："好啊！先谢谢了。"

"九十年代后，杰克逊本想来中国大陆开演唱会，还曾承诺捐款五百万美元在中国建希望小学，可惜因为种种原因计划没有实现，这也成为杰克逊歌唱生涯的一个遗憾。"张东国面露失望，似乎是在讲自己的憾事。

"我们去江边走走吧？"张东国提议道。

"好吧。"我不由自主地同意了。

晚上的气温明显降了许多，徐徐吹来的江风，让我忍不住打了个寒战。

"有点冷吧？"张东国脱下风衣，从身后披到我身上，我本想拒绝，却本能地左右手交叉，很自然地拉住了风衣的衣领。

"筱韵，你听说过一句话吗？——回首过往，最后悔的不是曾经爱过谁，而是想爱却从没有表白过……"张东国的话飘进我耳中。

我知道这就是表白，心跳不由得开始加快。

张东国的身体从我背后慢慢靠近，双手轻轻搭到我腰上，慢慢前移，再十指相扣紧紧拥住我。我明显地感觉到他的喘气声越来越近，嘴唇慢慢贴近我的脖子，又移到我的耳垂，先是用舌尖拨弄着我的耳垂，又用牙齿轻轻地咬住。

我感到头晕目眩，四肢无力，身体瘫了下去。

"别……东国……别这样！"我急促地喊着，可声音只是在嗓子眼打着转。

张东国不无柔情，又不由分说，一双有力的手把我的身体扭转向他。接着，热烈的双唇向我袭来……

2

1944 年，抗日战争接近尾声，日本帝国主义在中国战场上的溃败已成定局。日本商人敏感地嗅到失败的气味，他们不甘心将来灰溜溜地逃回日本，而是想在最后的日子里，赶紧从中国掠夺走更多的财富。

于是，日本商人开始出售名下的房产。

鲍永梁开着车，一大早赶到弟弟鲍永昌家，一进门就大声嚷嚷，急切而兴奋地说：

"好消息！好消息啊！永昌，日本人想卖掉四川路上的德鄰公寓！"

德鄰公寓的房主是著名地产大亨协成房产银团，此地产银团实际控制者为日本掌控的大陆银行。

鲍永昌还没有起床，闻听此言不禁从床上一跃而起："真的吗？房价多少？"

"开价四千万中储券，价格还可以再商量。"鲍永梁说。

"好啊，据我了解，这幢洋房在四川路可是数一数二的，不仅面积大，而且装修考究，我们可不能错过机会。"鲍永昌欣喜地说。

德邻公寓是三十年代上海著名的外籍精英公寓，与它能相提并论、同样面向外籍精英的，只有诺曼底公寓了。德邻公寓建筑面积两万多平方米。分为东西两幢建筑，东侧建筑较普通，西侧主楼为西班牙风格。

鲍永昌有点将信将疑："你这个消息可靠吗？"

"这个消息是我的结拜兄弟、大西地产公司的经理杨树圣告诉我的，绝对可靠。"杨树圣是上海滩颇有名望的房地产经纪人。

"不过，这么好的房产，他们怎么会出售呢？"鲍永昌仍然有点不敢相信。

"太平洋战争爆发后，美国人参战，日本怎么可能支撑得住？"鲍永梁说。

"你是说，他们这是在为失败做准备？"鲍永昌说，"如果这样，倒是正好可以解决我们当下的困难。"

随着新谊生产规模不断扩大，场地受限的矛盾日益凸显，严重制约了新谊的发展，特别是半成品在马斯南路、思园路、泰州路等各车间转运，不仅增加了运输成本，还给生产和质量安全造成极大隐患。

鲍永昌当年在怡和洋行就是做房地产生意的，他获得的创业资本的第一桶金，也与房地产紧密相关。他正式进入新谊成为董事长后，实际上是通过他哥哥鲍永梁的帮助，用房产生意为新谊获得源源不断的资金。

他对房地产行业很熟悉，而且很有市场敏锐度。随着新谊股票的发行、新谊产品的畅销、新谊资本的逐渐雄厚，新谊必须尽快寻找新的生产基地，更新更先进的制药设备，从而扩大生产。同时，他知道，日本人被打败后，上海必将迎来新的发展，届时房地产市场必然首屈一指，如果抢在现在这个时候购买房产，不仅满足了生产需要，还会因此省下一大笔钱。

其实，鲍永梁此前就曾委托杨树圣寻找面积大、房产质量好、适合做厂房的地产，因为当时房产十分红火。杨树圣曾半开玩笑地对鲍永梁开玩笑说："永梁兄，你要的房子现在是没有，还是让你弟弟自己造吧。"

鲍永梁问："老兄，何出此言？"

杨树圣说："你这么高的要求，房子到哪儿去找？再说，即便有也是天价。"话虽这么说，但杨树圣却一直帮忙关注着上海滩房地产市场。

所以，当杨树圣得知协成房产银团有意出售德鄰公寓的消息后，第一时间就告知了鲍永梁。

简单商量之后，兄弟两人马上驱车赶往大西地产公司。

杨树圣早早等候在大西地产公司的贵宾室里。

一见面，鲍永梁就迫不及待地问杨树圣："德鄰公寓真的要卖吗？"

"是的，千真万确。"杨树圣肯定地说。

"那价格呢，真的开价四千万中储券？"鲍永昌问。

"看来你对价格很在意啊。"杨树圣笑道。

鲍永昌有点尴尬地笑了笑，说："不瞒老兄，兄弟我现在是囊中羞涩，恨不得一个子儿掰成两半花呀！"

"哈哈！"杨树圣仰头大笑，说，"我与永梁兄是多年的拜把子兄弟，所以永昌兄你可别在我这里叹苦经，也不要担心我乱收中介费。"

"那是！那是！"鲍永昌见他如此坦率，反倒有点不好意思了。

"日本人败局已定，协成房产银团是大陆银行的组织机构之一，眼见大势已去，他们很想在最后的日子里再捞一笔，所以开价四千万。"杨树圣说。

鲍永昌赶紧问："价格还可以商量吗？四千万恐怕一时拿不出。"

杨树圣回答："可以商量的，四千万是开价，业主急于脱手，价格可以再谈，估计松动在四五百万之间。只要兄弟诚心想要，我出面去和业主商谈。"

鲍永昌马上表态："我们诚心想要，麻烦杨兄帮我们压压价。价格合适，我们可以马上交易。"

就在鲍永昌志在必得之时，忽然从卖方协成房产银团传来消息，此房产在虹口区域，日本人当时规定不准中国人在虹口"日租界"设置厂房，如以新谊药厂的名义购置此房产，则将不能交易。

所谓的上海"日租界"，实际上是中国方面对于上海虹口日本人聚居区的一种习惯称呼。

1870年，日本人开始侨居上海虹口地区。同年，上海公共租界当局开始在虹口区内越界筑路，虹口地区被非正式地纳入公共租界管辖范围。后英、美公共租界改称"上海国际公共租界"，日本等国开始参与租界管理工作，日本人在虹口组织上海义勇团日本队。到1910年，日本在虹口地区的侨民人数超过其他各国，位居第一。"五卅惨案"爆发后，日本借口保护侨民，派遣海军陆战队抵沪，入驻虹口地区。

日本人不准中国人在虹口设置厂房，实际上是为了防备中国人聚集。随着日军在战场节节败退，日本人明显感到了不安。

闻此消息，鲍永昌马上召开董事会，将此事向董事会作了详细汇报，最后说：

"各位都知道，德邻公寓地理位置好，房产价值高，更重要的是，德邻公寓经过简单装修改造，非常适合作为新谊的生产与办公场地。在现在这个特殊时期，对新谊而言，如能买下德邻公寓，实乃发展之良机！"

"这个我们都明白。现在的关键问题是，怎样才能拿下德邻公寓？"常务董事瞿虎臣问。

"是啊！别的就不要讲太多了，大家要一起想个办法，力争拿下德鄰公寓。"另一位董事陈为千说。

"我们的目的，是扩大新谊生产，拿下房产就是为了当厂房。现在日本人不允许在虹口设置厂房，拿下德鄰公寓又有什么意义呢？"董事刘盛世感到是在讨论一个不可能做的事。"是啊，即使买下德鄰公寓，不让当厂房，又不能交易，如果只做办公用，那么大的地方，太奢侈了。"陈为千说。

"我们目前也没有这么大的实力，也没有必要用这么大的办公楼。"刘盛世附和道。

买德鄰公寓是为了扩大生产，而日本人规定不能把德鄰公寓改造成厂房，那购买的意义何在？这个问题成了大家讨论的焦点。争论半天，也没有一个结果。

这时，鲍永昌看到王铭珊锁着眉头，一直没有开口，便朝王铭珊点头示意他发表意见。

王铭珊轻轻咳嗽了一声，清了清嗓子，然后不慌不忙地说："各位同仁，我不是董事，只是列席会议，本来没有发言权。既然董事长让我发言，那我就说说自己的看法。"他看看各位董事，然后继续说：

"我是这么看的：第一，买与不买，我们要先取得一致意见；第二，如果买，我们要想买到手的办法；第三，至于现在不能设置为厂房的规定……我们可以因时而动。"

"你详细谈谈。"鲍永昌赞许地点点头说。

"对，说得详细一点。"其他董事也附和说。

"目前，盟军加大了对德国的攻势，日前出动飞机对柏林进行了饱和轰炸，德国战败指日可待。而日本人在中国战场、东南亚战场也已露败相。中国军队正在加大攻势，日本战败只是时间问题。抗战胜利后，上海会迎来新的发展，房地产价格升高是必然的。同时，协成房产银团之所以此时出卖德鄰公寓，也是因为日本人已经看到失败的结局，所以只能低价出售。所以，此时抢先拿下德邻公寓，可谓是具有前瞻性的举措。所以，对第一个问题，我觉得不要迟疑，应当立即下决心购买。"

董事们相互看看，点点头表示认同。

"第二个问题，怎么买到手？我觉得目前如果以新谊的名义购买德邻公寓，会涉及不能设置厂房、不能交易等一系列问题。不过……"王铭珊接着说，"我看我们可以考虑设法规避这些问题。"

"这是日本人的硬杠杠，无法回避啊。"一位董事说。

"办法倒是有的。"王铭珊接着说。

"什么办法？"另一位董事问。

"是啊，什么办法？快说说。"鲍永昌也催促道。

"房地产方面，董事长是行家。我们现在讨论这个问题，是为了买到德邻公寓，否则讨论半天，无异于兄弟争雁。"王铭珊说，"因此，我们可以先不以新谊名义购房，而以个人，比如董事长的名义购买，这样就省去了很多麻烦。"

"这倒是个好主意！"瞿虎臣称赞说。

"对！不管用什么方法，先买到手再说。"刘盛世也表示赞同。

鲍永昌暗自吃惊，他没想到王铭珊竟然对房地产也如此在行，不由得点头赞赏。

"现在形势发展很快。先确保房子到我们手里，至于以后做什么用，到时恐怕就不是日本人能管的了，大家说是不是啊？"王铭珊笑着说。

"对对对！"大家都会意地笑起来。

经过讨论，董事们一致同意王铭珊的提议，整个交易，都以鲍永昌个人名义代表新谊药厂进行。

大家都十分清楚，眼前先以个人名义代替厂方签订买卖合同和商谈价格，一旦抗战胜利，一切就可以顺理成章了。

新谊董事会全票通过购买提议。

3

征得董事会同意之后，德鄰公寓购置谈判继续进行，最终以中储券三千六百万元的价格成交。

然而，好事多磨。眼看着就要签订购买合同，谁知又节外生枝。大陆银行突然发出通知：凡虹口区房产要进行过户交易，必须得到日本海军特别陆战队司令部的同意，否则，一切交易无效。

位于虹口东江湾路 1 号的日本海军特别陆战队司令部，实际上就是日本侵略军在上海的大本营。1932 年的"一·二八"事变、1937 年的"八一三"事变，均由此司令部发动、挑起。

这个司令部无异于半路杀出的程咬金，拦住了德鄰公寓过户交易的通路。到底出了什么问题？鲍永昌眼看着煮熟的鸭子有可能飞走，不禁心生疑窦。经过一番调查，才知道事情原委。

上海滩房地产界高手林立。早期在上海发家的人，无论是中国本地买办，还是外国冒险家，几乎都是由房地产发家的。特别是外国冒险家，在上海开埠之初主要从事鸦片贸易，比如沙逊家族就是当年上海滩最著名的鸦片贩子，后来都成了大地产商，在上海拥有大小建筑近两千幢，每年租金就有三百五十万两白银，建起了七十七米高的"远东第一楼"沙逊大厦，也就是当年远东地区最奢华的华懋饭店。

就连曾在沙逊洋行打工的哈同，后来也自立门户，做起了房地产生意。他准确预见了南京路的崛起，于是大量收购南京路两边的土地，斥资从国外进口四百万块硬质铁藜木铺设南京路，使南京路成为远东最平整、最豪华、最方便的现代马路。这番操作后，果然带动地价飞涨，哈同开始出租南京路两边的土地，使南京路成为上海城市的中心，哈同也完成了从"洋装瘪三"到"远东首富"

的转变。

出售德鄰公寓的消息传出后，上海滩的房产商马上嗅到了商机，尽管鲍永昌捷足先登，但毕竟还没有签订合同，所以其他地产商仍然想插一杠子，争取从中获取利益。

鲍永昌不知道这新通知背后究竟是专门针对新谊交易而来的，还是另有企图。

"铭珊，事情至此，本以为已胜券在握，可不承想又出了岔子，你也一起想想办法吧？"鲍永昌有意全面培养王铭珊。

"董事长，前面我也了解了一下情况。目前问题的症结，表面看是大家都要从中获利，借德鄰公寓房产交易分一杯羹。包括日军司令部的头目，也想捞一笔。"王铭珊分析说。

"是啊，对我们而言，要紧的是如何早日把德鄰公寓拿到手。"鲍永昌有点急。

"在目前的情况下，我们更要分析原因，找出背后的深层原因。"王铭珊不慌不忙地说，"我找过中通地产公司总经理伍荣龙商量对策，他是我一位熟悉的朋友。他给我出了个主意，让我找申通地产公司总经理孙鸿德，据说此人与日本人关系极好，与武官府关系也非同一般，由他出面与日军武官府沟通，或许可以取得德鄰公寓房产交易过户的许可证。"

"哦？"鲍永昌仿佛看到了希望，"那你找他了吗？"

"找到他了。"王铭珊说。

"他怎么说？"鲍永昌急切地问。

"孙鸿德表示愿意帮这忙，但提出事成之后，新谊须付给他佣金三百万，并解释这三百万并非他一人所得，日本人那里需要打点。"

鲍永昌更加证实了自己的猜想，这一切其实就是利益博弈，谁都想从德鄰公寓的交易中分得一分利益。

"那你有什么考虑？"鲍永昌问。

"我分析，虽然各方都想分一杯羹，但背后的原因不一样。中国的房地产商人，是想从正常的交易中获利。但日本人不一样，他们更清楚日本战败已成定局，惶惶不可终日，只想趁早再捞一笔。而协成房产银团如不出手，日本投降后可能就会作为敌产被没收，那协成房产银团就颗粒无收了。"王铭珊说。

"那你的意思是？"鲍永昌问。

"在当前的局势下，据我所知，目前上海滩没有哪个企业愿意购买房产，更不用说购买像德邻公寓这样的大宗房产。"王铭珊胸有成竹地说。

"你的意思是，继续压价？"鲍永昌问。

"三千六百万这个价格已经够低了，何况还有一些搅局者从中作梗。我的意思是，我们要抓住日本人希望尽快出手这一心理，坚持底线交易价三千六百万，如超出此价新谊不能承受，只能退出购置。"王铭珊说。

"那总价就得三千九百万元了。"鲍永昌想想说，"与原先报价差了一百万。"

"不！"王铭珊笑笑，说，"我们一定要坚持三百万佣金，必须在新谊所付的三千六百万房款之中。"

"这不等于压了德邻公寓三百万吗？"鲍永昌有点不放心。他忽然感到，房地产出身的他，有点不如眼前的王铭珊了，"有把握吗？"

"应该可以。"王铭珊很有信心地说。

果然不出王铭珊所料，协成房产银团怕夜长梦多，希望尽快脱手，很快就接受了新谊的要求，德邻公寓的交易有了初步意向并签订了意向书。

在多方见证下，新谊在大陆银行办理德邻公寓房产交易过户手续。德邻公寓的房屋产权，正式归属于新谊药厂。

原本以为一切都已尘埃落定，谁知后来出现的波折，却让鲍永昌差点付出生命的代价。

4

上海的八月底，夏天已经过去，但"秋老虎"仍肆虐，白天依旧炎热。

我把厚厚一沓资料塞到文件柜，"嘭"地关上柜门。

"筱韵，发生什么事了？最近情绪有点不对劲嘛。"办公室同事老李抬起头，好心地看着我。

我发现自己有点失态了。

项链的事，让我与张东国似乎有了不解之缘，我却难以接受自己背叛多尔。可是，越是想忘掉张东国，却越是想见他。这种矛盾的心理深深折磨着我。

我很想找个人聊聊，可到这时才发现，身边似乎找不到可以倾诉的人。

桌上的手机突然响了起来。

我的心跳开始加速。应该是张东国的电话吧？

可当我拿起手机一看，却是一个陌生的电话。

我犹豫了一下，有点失望地摁下接听键："哪位？"

"筱韵，你好！是我啊，你忘记了？"对方语速挺快。

"对不起，我这里挺吵，听不太清楚。你是哪位？"我觉得声音有点熟悉，却想不出对方是谁。

"我是李悦。"对方自报家门。

我这才想起，就是之前一起吃过饭的女画家。前些日子她举办画展，邀请我出席，可那几天忙，竟然忘记了。

"李悦你好呀！不好意思，上次你的画展我临时有事没去成，对不起啊。"我编了个借口。

"哦，没关系。"李悦并没有在意，问，"你最近忙吗？有没有时间出去走走？”

"出去走走？"我顿时来了精神。这些天心烦意乱，我正想逃离上海，找个地方安静几天。

"到哪里去走走？"我问。

"去腾格里沙漠徒步，你有兴趣吗？"

"你说什么？到腾格里沙漠徒步？"我怕自己听错了。

"是啊。"她又重复一遍，说，"很好玩的。"

"开什么玩笑？"跑去那么远的地方徒步，我感觉简直是天方夜谭。

"我在网上还约了几位外地驴友，想找个上海熟悉的朋友一起去。打了一圈电话，都说忙。"李悦急切地问，"你能不能一起去？"

"我从来没有徒步过，更不要说走那么远了。"我为难地说。

可李悦似乎认准了要与我同行，在电话里大声嚷嚷道：

"真的很好玩，一点也不难，也没有危险。"

在她的不断劝说下，我竟然鬼使神差地请了几天年假，和她一起踏上了远在千里之外的腾格里沙漠。

在飞机上我才知道，李悦还是一个资深的驴友。

"以前经常出去采风，跑了一些地方。一次偶然的机会，我参加驴友组织的野外徒步，发现真正好的风景，恰恰在人烟稀少的地方。"李悦这样告诉我。

天公似乎不作美，空中灰蒙蒙一片，完全没有想象中蓝色的天空、金色的黄沙，以及"大漠孤烟直，长河落日圆"的景象。走在沙丘上，一脚踩下去，很快陷入沙中，这个时候才真正体会到什么是"深一脚，浅一脚"。更难受的是，细细的沙粒借助一阵阵迎面吹来的大风，直往口鼻里钻，让人不得不把头包裹得严严实实。但高强度的行走本已让人气喘吁吁、上气不接下气，包裹严实的头巾更是加大了呼吸的困难，甚至在大风吹过时有一种瞬间窒息的感觉。

野外徒步与报旅游团完全是两种感觉。野外徒步是一种高强度的运动，连续几天途中吃的食品、饮用水，带的帐篷、防潮垫等装备，加之防寒衣、睡袋全都装在一个背包里，才走了一上午，我便气喘吁吁，腰酸背痛。

十几个人来自全国各地，相互之间互不相识，彼此都用网名，路上大家都默默地走着。我很担心自己能否走完三天的行程。一屁股坐在沙子上，大口喘着气，有些后悔又有点生气地对李悦说："我真不该来！"

"你别说话。你知道大家为什么走路都不说话吗？为了保存体力。"李悦把她喝过的半瓶水递给我。

我口渴难忍，喉咙就像着了火，拿起她递过来的水仰起脖子就喝。

谁知才喝了两口，她就抢过瓶子，说："喝两口就行了，不能多喝。"

"为什么？"我还想再喝几口。

"徒步要适当补充水分，不能一下子喝太多水，否则容易引起身体不适。"李悦把瓶盖拧上，说，"当然也有一个原因，这几天就这点水，要省着喝。"

天哪！我没想到，自己糊里糊涂听信李悦的话跑到这里，竟然连喝水也成了问题。

"不用急，尽量匀速前进，不要忽快忽慢。"李悦很有经验地告诉我，"你的体力没有问题，放心！"

下午，天空中下起了淅淅沥沥的小雨。本以为沙漠难得遇到雨天，考虑到减轻负重，所以没有按照领队要求带上雨衣，谁料到傍晚时分雨竟越下越大。幸运的是我们也正好赶到了当天的落脚点天鹅湖畔。

每年三四月份和九十月份，各种候鸟会在这里停留。这其中最引人注目的，便是白天鹅，天鹅湖也由此得名。

德邻公寓是三十年代上海著名的外籍精英公寓，与它能相提并论、同样面向外籍精英的，只有诺曼底公寓。

　　为了躲雨，我和李悦走进了天鹅湖边唯一的牧民家。主人非常热情，招呼我们到屋里坐，还兴致勃勃地和我们聊起天。

　　正在这时，雨中嬉戏的两个孩子浑身湿漉漉地走进屋里。

　　"怎么让孩子淋雨啊？秋天淋雨，容易生病的。"我担心地说。

　　"哈哈！"女主人笑了起来，说，"这里的娃不比你们大上海的孩子，没那么娇气。"

　　她望着外面的雨，又说："贵客进门多风雨。这是今年的第二场雨，也是今年的第一场大雨。"

　　"是这样啊！"早就知道沙漠少雨，但没想到雨这么少。

　　"晚上你们住我家的蒙古包吧？"女主人热情地邀请我们，说，"这样洗漱也方便。"

　　其他几位驴友正在雨中搭自己携带的帐篷，李悦和我正好怕麻烦，便说：

　　"谢谢啦！给你添麻烦多不好意思。"

　　"不是白住啊。"女主人说，"住我们的蒙古包每人三十块钱，用我们的垫子二十块钱……"

　　"那当然不能白住。"李悦打断女主人的话，说，"我们用自己的睡袋。另外，你再帮我们烧点热水，我们另外付费。"

　　"好的！好的！"女主人高兴地说，"你们还有什么要求尽管说。"

　　"牧民们接待偶尔来的驴友，这也是他们收入的来源之一。"李悦告诉我。

　　"你帮我们做点好吃的吧？"李悦看到外面散养的鸡，问，"可以帮我们杀两只老母鸡吗？"

　　"两只老母鸡？当然可以。"女主人非常高兴，"可都下着蛋呢，价钱比较贵啊。"

　　她和李悦谈好价钱后，跑到外面抓鸡去了。

　　李悦把炖好的鸡留下一大碗，其余都送给了其他驴友后，又回到女主人家里。

正聊着，刚好到了晚上七点，我们建议主人把电视调到中央一台观看《新闻联播》。

今天是抗战胜利纪念日，也是中国政府第一次在非国庆节举行阅兵活动。卫星电视画面很清晰。迎面走来的徒步方队、滚滚而来的铁流，以及空中呼啸而过的机群，让我们感到了无比的震撼和自豪。

很难想象，在大漠深处，我们竟能看到白天阅兵的盛况。

"终于可以睡觉了。"我累得浑身酸疼，只想早点躺下。

"别急着睡觉啊，我们还有事呢。"李悦说。

"还有事？"我躺下身子，问，"还有什么事？"

"我是带着任务来的。"她诡秘地一笑。

"任务？"我一头雾水地问，"你带什么任务？"

"有人交代我任务了。"她边打开睡袋，边神秘兮兮地说。

"谁交代你任务？与我有什么关系？"我问。

"真不知道？"李悦也钻进了睡袋，然后转过身子问。

我和李悦此前就见过一面，之间并无交集，甚至都说不上彼此熟悉。

"难道……"我突然想到张东国，但我不敢贸然问她，只是说，"你有什么事快说吧，我累死了。"

"你是不是有一条很神奇的项链，和张东国的一模一样？"李悦问。

果然是这样！

"谈不上神奇吧，我的项链是我奶奶留给我的。"我说。

"是啊！他的项链是他爷爷留给他的。"李悦笑着说，"这是不是很神奇？"

我不知道她要说什么，也不知道张东国和她说了什么。所以，我支支吾吾地说："是有点巧。"

"岂止是一般的巧，是非常神奇！"李悦的语气有些兴奋，甚至有点夸张，"缘分啊！"

"这……"我不知道该怎么和她说。

"张东国告诉我你们的事了。"李悦说。

"我们之间可没有什么事。"我赶紧申辩道。

"你别紧张。"她笑着说，"就是有什么事也正常。"

"真的没有什么事。"我有点急了，"我和多尔是多年的同学、朋友……"

"我知道。"李悦把手伸到睡袋外面，拍拍手说，"没想到你果真是个仗义的人。"

"不是仗义，是因为……"我不知道该如何说清楚自己矛盾的心情。

"其实我和多尔、东国都是多年的朋友。"李悦说，"东国也很矛盾，他找到我，让我做做你的工作。"

"做我的工作？"我有点不解。

"东国其实见你第一面就很有好感，看到项链之后更觉得是命中注定的缘分……"李悦说。

"可他与多尔……"我说。

"他们之间的关系，其实我最清楚。张东国有一次当着多尔和我的面曾说：他和多尔更像是兄弟。"李悦说，"不过，对多尔是有点不公平，毕竟多尔喜欢张东国多年。"

"我不想失去多尔这个朋友。"我说的是心里话，多年的同学加朋友，也许这辈子也就只有多尔了。

"是啊，二选一，一件很痛苦的事。"李悦说，"我听了东国的介绍，也觉得你们的事真的很神奇。不过，我也不想失去多尔这个朋友，所以，东国托我做你的工作，我也觉得很矛盾。"

"……"我无言地望着李悦。

"我觉得吧，你们三个人都有选择的权利，但首先是张东国个人的选择。总不能让张东国娶你和多尔俩人吧？"李悦笑道，"你就告诉我，你目前的心理障碍，主要是与多尔的关系处理问题，是不是这样？"

"这……"我不知如何回答，只好说，"也是也不是。"

"这就说明是呗。"李悦说，"如何选择是你们的事。我只是想说，佳缘天注定，不要给自己留有什么遗憾就行。"

"让我想想吧。"我说，"那张东国为什么不直接和我说？"

"你小心眼了不是？"李悦带一丝嘲讽，笑道，"你放心，张东国怕你不好意思，有心理负担，才找我帮忙当说客。正好我这次徒步没有上海驴友，就两件事并成一件事了。"

第二天一早醒来，雨早就停了，浑身酸痛的身体也得到了很好的恢复。

我赶忙穿好衣服，爬到附近一个最高的沙丘，想拍摄几张日出的照片。

这时，我才发现，在金色的沙海中，若干个宁静清幽的湖泊连成一片，形成闻名遐迩的天鹅湖。湖心的上空，一些不知名的小鸟展翅飞翔，湖边白色的羊群悠闲地啃着牧草。随着太阳慢慢升起，远处的沙丘轮廓线愈加清晰，被霞光照射的一面呈现出迷人的金红色。

天气好了，心情也舒畅了。由于第一天的大雨，沙漠表面板结的沙子让我们不再"深一脚，浅一脚"，走起来轻松了许多。而此时的空气中，竟有一种淡淡的甜味。所谓的"四喜"之一"久旱逢甘霖"中的"甘"，原本以为只是诗人夸张的描述，不承想，久旱的沙漠之雨，竟真的会有一股甜味。由于沙漠地区十分干燥，沙漠深处有蓝天，但很少见白云。但今天不一样，第一天的大雨，让我们见到了平时难得一见的蓝天白云。

金色的沙丘，天空湛蓝湛蓝，朵朵白云或悠闲地悬在空中，或如草原上的羊群缓缓前行，远处的沙丘上，风扬起沙尖上金黄色的细沙，形成一道漂亮的抛物线。

几位同行的女驴友换上了红色长裙，走到高高的沙丘上。于是，金沙、蓝天、白云、迎风飞舞的红色长裙、披在头上的绚丽纱巾，形成了一幅只有在大漠深处才可以一见的完美画面。

当天晚上的宿营地荒无人烟，我和李悦与其他驴友一起搭好帐篷。随着晚霞散去，天上出现了在上海难得一见的星星。一个、两个、三个……不一会儿，点点繁星已变成了璀璨的星河。

群星密密麻麻，银河横亘天际，星空在我们头上形成了偌大的穹顶。此时此刻，置身于这样的情景中，突然觉得自己是如此渺小，顿生出莫名的孤独与恐惧。

"啊！流星！"随着一声惊叫，我抬头望去，一颗流星正划破天空，发出耀眼的光亮。

"看流星在夜空静静滑落，所有寂寞都被打破；风在对你轻轻诉说什么，能不能告诉我；泪水在我脸庞轻轻滑落，请原谅我这样懦弱；我知道你只想让我快乐，请你拥抱着我……"同行的女驴友轻轻哼着雪村真琴的《最终幻想》，让人不觉有了几分浪漫与遐思。

"回去找多尔谈谈。"我拿定了主意。

第九章　夜色阑珊

1

外白渡桥以北，苏州河与黄浦江交界处，矗立着一座古铜色外墙的大型建筑——上海大厦。二十世纪三十年代，上海大厦与峻岭公寓、国际饭店共同构成了上海的三座最高建筑。

不过，就知名度而言，上海大厦要远远高于其他两座建筑。

上海大厦原名百老汇大厦，1934 年建成后专供英国侨民当作公寓使用，同时也兼作旅馆。由于服务外宾的设计定位，大厦装饰与整体造型都体现出早期现代派风格，简洁明朗，大气磅礴。

百老汇大厦在外形上呈双八字形，整栋建筑高二十二层，纵面从十一层开始向内收缩，再于顶端汇聚成水平线。这种简约的几何组合造型，显得线条流畅优雅，楼层外墙向上延展的古铜色面砖，尽显凝重大气。

在许多电影电视作品中，百老汇大厦是一个灯红酒绿、各路帮派明争暗斗、情报人员频繁出入的地方。或许，那个年代的百老汇，就是这样一个众生云集、风起云涌的场所。

今天是李悦约的饭局。

当我赶到上海大厦时，多尔、张东国、李悦他们已经等在十八楼露台了。

从腾格里沙漠徒步回来后，我本想找多尔聊聊，可下了无数次决心，最终还是觉得无法开口。

张东国给我打了很多个电话，我也一直未接。

我不想把自己陷于不仁不义的境地。

"你这家伙，怎么老是迟到？"多尔老远就嚷嚷开了。

张东国表情有些僵硬地看看我。

"怎么样？体力都恢复了吧？"李悦问我。她是说腾格里沙漠之行后我的状态。

"哈哈！过去这么长时间，早就恢复了。"我说。

"你们瞒着我干什么去了？"多尔问。

"什么瞒着你，可是先征求你意见的啊。你个娇小姐，哪会到野外吃那种苦？"李悦说。

"筱韵你真的去了？"多尔上前给我一拳，说，"你行啊，看不出你还能到野外徒步！"

"我是贫下中农出身，出去走几步还行啊。"都说是做贼心虚，多尔上来给我一拳，吓得我本能地一个躲闪。

多尔并没有打我的意思，我也为自己如此敏感和慌张失笑。

正是华灯初上之时。

上海大厦十八楼露台是绝佳的观景平台。东面一路之隔的是俄罗斯领事馆，再往前是黄浦江。对岸便是东外滩、东方明珠、金茂大厦、上海中心大厦高耸入云，"三件套"之一的上海环球金融中心，在金茂大厦背后探出半个脑袋。高大的建筑倒映在黄浦江，江面微风吹拂，波光粼粼。

顺着外白渡桥延伸过去，便是黄浦公园和老外滩。黄浦公园建成于 1868 年 8 月，东临黄浦江，北依苏州河，是上海最早建造的公园，也是上海乃至中国时代变迁的见证。黄浦公园留给国人最痛苦的记忆，莫过于当年"华人与狗不得入内"的告示。后来有专家考证说，告示牌上并没有侮辱性地写"华人与狗不得入内"，而是罗列了不得入园游览的对象，其中第一条是中国人，然后是衣冠不整者、醉酒者，最后一条是宠物。难怪有人说这是"砖家"的考证。

紧邻黄浦公园的江边上，矗立着造型宛如三把枪架在一起的锥形上海人民英雄纪念碑。碑身经红色的灯光照射，像一团火焰直冲天际。游客三三两两漫步在外滩江堤上，中国人百年前的屈辱早已荡然无存。

一轮明月高悬空中。

沿江而建的中山路蜿蜒曲折，像一条金色巨龙伸向远方。老外滩上灯光映照下的一幢幢高大的建筑，分明就是一座座熠熠生辉的金色宫殿。

好一幅魔都静夜图！

"李悦，你真会找地方，这么漂亮的观景点。"多尔称赞说。

"你这位大记者没来过吗？"李悦问。

"还真没到这上面来过。"多尔回答道。

"那你真得感谢我。"李悦有几分得意，说，"这个露台特别适合俯瞰外滩景色。你们知道吗，解放后，就这个露台，仅国家元首、政府首脑就接待过一百五十多批。"

"真的？"多尔有点夸张地问。看得出，多尔似乎并不知道今天的"饭"是个"局"。

"当然是真的。"李悦看看张东国。

张东国在一旁默不作声。

2

1945 年，深秋。上海的大街小巷都沉浸在喜悦之中。抗日战争的胜利，一扫上海上空的阴霾，人们压抑多年的心情终于得到放松。

> 每条大街小巷
> 每个人的嘴里
> 见面第一句话
> 就是恭喜恭喜

姚敏、姚莉兄妹的歌声在每一条小巷回荡。

这首歌的创作者陈歌辛有"歌仙"的美誉，创作了《蔷薇蔷薇处处开》《夜上海》等大量脍炙人口的歌曲，而他一生则颇具悲剧色彩。曾任中法剧专音乐教授的他因谱写了不少抗战歌曲，被日本当局逮捕，并被关进臭名昭著的极司菲尔路 76 号备受酷刑折磨。后进入汪精卫汉奸政府直属的"华影"音乐部工作，日本战败投降后则又被国民党政府逮捕……名字与命运似乎确有某种神秘的关联，"歌辛"，他把自己的几多欢喜几多愁融入歌声，而"歌"声深情地道出了他"辛"苦遭逢、悲欣交集的人生感悟：

> 经过多少困难
> 历经多少磨炼
> 多少心儿盼望
> 盼望春的消息

此时的黄浦江江面上，日本人的小火轮早已不见踪影，偶尔从眼前漂过的船只也不再"行色匆匆"。几只海鸥从水面掠过，发出欢快的叫声。秋高气爽，江风习习，不远处江北海关大楼传来的钟声，显得格外悠扬。

鲍永昌入神地盯着流向外白渡桥方向的江水，心情也随着滔滔江水翻滚。这些年，新谊艰难的发展，让他感受到成功的喜悦，更品尝到创业的艰辛。他为自己当初选择实业报国感到自豪，也为中国民族工业发展之艰难深感焦虑。

抗战胜利赶走了日本人，但又来了美国人，一时间美制西药倾销国内，上海的制药业备受打击。虽然新谊制药厂的消治龙和维他赐保命两大产品，因为适合国内民众消费需要，非但不受影响，因原料药供应充足反而销售额激增，达到历史空前水平，但他知道，民族制药企业的发展，受限于研制和生产技术、销售网络和国际资本的影响，将会面临更大的压力。

远处传来的歌声，让鲍永昌无限感慨。他转身看着不远处的怡和洋行大楼，问杨玉菁：

"你说，我如果不离开那里，现在会怎么样？"他用手指指怡和洋行大楼方向。

"你说能怎么样？那就不认识我了呗。"杨玉菁娇嗔地说。

"哈哈！那倒是。"鲍永昌有点被逗乐了，"可现在没有假如了。"他轻轻把杨玉菁拥在怀里。

鲍永昌永远记得，在他白莲泾码头物资被扣、事业遭遇滑铁卢时，杨玉菁对他说的话："我不是奔着你的成功、你的光芒而来的，是看到风雨中，你在泥地里艰难前行的时候想帮你一把。"张洁茹去世后，鲍永昌失去妻子的痛苦、创业路上的艰辛交织在一起，特别是白莲泾码头物资被扣时，鲍永昌几近崩溃。杨玉菁周到体贴的关心，加之同事的再三劝说，才让他同意开始新的生活。

今天鲍永昌带杨玉菁到外滩，并不是回忆那段情感历程，而是想让自己忐忑不安的心情能有稍许平静。

3

就在前一天上午，南京国民政府卫生署与新谊制药进行了一项特别的谈判。

抗战胜利前后，南京政府卫生署担负着全国制药企业的监管任务，掌握着全国制药企业药物产品的检验核定审批权。通过对药物成品或原料的检测、分析以确定其优劣真假的问题，也就摆上了卫生署的议事日程，但由于财力、人力、场地管理，特别是技术等诸多因素纷繁复杂，这项工作一时间实在无法开展。

就在此时，新谊声誉日盛，在卫生署几次大的药品招标中，药品都以其优良的品质、确切的疗效而屡屡中标，加之新谊在海内外被誉为"远东第一"药企的名声，引起了卫生署的关注。

在一些专家同行和医院的推荐下，卫生署署长金宝善亲自带领专家团，专程到上海新谊考察，他们被新谊独特的科学管理、优秀人才、先进设备所折服。

金宝善是中国公共卫生学家、近代卫生事业的奠基人。他神情严肃地对鲍永昌说：

"鲍先生，经过考察和研究，卫生署决定，请新谊代表对制药企业送交审定的药物进行定性、定量和生物的分析检测。"

"谢谢您的信任！我们一定不负期望，做好全国制药企业的新品及原料的检测。"鲍永昌非常激动，他知道，这不仅不是一项简单的工作，还是一份极高的荣誉。他问："具体怎么操作？"

"我们初步考虑是这样，特殊委托项目，分定性、定量、生物三项，定性、定量，每项每月不少于二十个，生物不少于十个。"

金宝善说。

"这个从技术和工作量来说，新谊完全可以完成，您放心。"鲍永昌信心满满。

"当然，费用上我们也有考虑，拟按项目支付定性和定量每个两千元、生物每个项目三千元的检测费。"金宝善掰着手指说，"费用不算很高，但这个金额是比较合理的。同时，新谊必须确保每个检测项目准确无误。"

"我们会珍惜这份荣誉的。"鲍永昌表示对费用没有异议，问，"送检药物采取匿名方式吗？"

"当然要采取匿名方式进行。"金宝善笑笑，说，"为保证客观公正，我们将撕去每个送检药物的包装，只标记号，置于特制的密封罐中，盖上特殊密封印，并且规定检测内容。"

"送检药物需要我们去南京取吗？"王铭珊问。

"这个不需要。送交的检测药物由卫生署派专车专人送达新谊。"金宝善说，"这也省去你们来回奔波的麻烦。但检测数据，必须由你们的检测分析人员准确无误地填入由卫生署制定的检测特制表格内，不得涂改。"

"这个没问题。"宁世瑾问，"时间上有什么具休要求？"

"定性、定量检测十日内，生物检测二十日内。你们必须在规定的时间内，将完成的检测结果连同药物，以及填制检测结果数据的表格密封后，交给卫生署派来的专人专车带回。"金宝善又特别吩咐道，"不得延误哦。"

"假如遇到特殊情况，时间上是否可以适当延长？"宁世瑾问。

"正常情况下必须遵守上面的时间要求。当然，遇到特殊药品，或有特殊检测需要延长时日，新谊必须在规定日期前，向卫生署另行提出申请，经卫生署同意，可以适当延长。"金宝善表情严肃地说，"丑话说在前面，除遇不可抗力事件，比如水电煤不能正常供给等，其他无故延误，将视为违约，你要承担违约责任。"

"我们会按时完成检测任务的。"宁世瑾表态说。

"这个请您放心！"鲍永昌也表示没问题。

"不过……"宁世瑾犹豫着，想说却又不知道是否合适。

"什么问题？"金宝善问，"有问题现在可以提，过了今天就不算数了。"

"检测工作有时会需要一些特殊的仪器……"宁世瑾说。

"哦。我明白你的意思。"金宝善笑着对鲍永昌说，"你看你们新谊的技术人员门槛很精啊。"然后转过脸对宁世瑾说，"在担任此项特殊委托期间，如果涉及检测确实需要、目前又没有的特殊仪器，你们可以向卫生署提出购置申请，经卫生署确认之后，再另行拨款给你们添购。"

"谢谢署长体恤。"鲍永昌露出一丝笑意。这样一来，一些特殊仪器的购置费用可以省下了。

"还有一个问题。请你们新谊担任检测工作，是对你们的肯定与信任，但对其他企业或研究机构而言，未必认为是公平、公正的，因为严格讲，这项工作是政府部门的事。所以，新谊与卫生署对外都负有绝对保密的责任。新谊检测所有药物的检测结果单据、表格，都必须加盖卫生署制作的特别印章，以示郑重。"金宝善接着说，"届时印章交给你们，这可是权力和责任的象征啊！"

这份委托协议，是中国制药业有史以来，政府部门与一个制药企业签订的第一份特殊委托。把政府部门的职能委托给一个企业，实际上也反映出当时国民政府的窘境。

作为国家药监部门，理应担起药品、医疗器械安全监督管理的职责，现在把这项工作交给新谊，自然是对新谊的高度信任。但是，一旦出现任何差错，那就是人命关天的事，所以说，责任也同样落在新谊身上。

鲍永昌心里有一种沉甸甸的感觉。

新谊药物研究所灯火通明。

研究所所长宁世瑾博士正带领着研究所骨干人员，紧张地忙碌在各种药物分析仪器前，他们时而烧制提炼记录，时而称重报数核对，忙得不亦乐乎。

就在这天下午，卫生署第一批样品送到了新谊药物研究所药物实验室。

鲍永昌知道，这批样品就是为了考察新谊的检测水平。

宁世瑾一边察看，一边不时低声嘱咐着操作人员：

"三号定性分析再核对一遍。"

"四号的定量分析数字填在这张表上，不能涂改。"

"你把六号的分析测定过程记下来，以后生物分析就按此操作。"

……

如果是日常工作，新谊药物研究所各自课题小组接到项目后，独立实施研究试制，宁世瑾只需予以总体指导工作。但是，今天不同于往日，宁世瑾亲自与大家一起工作，并对每个环节亲自把关、核查。所有参加这项工作的分析操作人员，都打起了百分之百的精神，认真做好每一项检测，记好每一个数据。

又是一个通宵。

分析人员将最后一个药物分析测定做完，宁世瑾又做了最后复核。

全部准确无误！宁世瑾终于松了一口气。

大家分头将每一种药物连同填制好分析结果的特制表格，依原样装入密封罐中，盖上专门印章，一一封存。

此时，东方露白。分析实验室里，清洗器皿、仪器的结束工作仍继续进行着。

宁世瑾严肃的神情稍稍有所缓和，他告诉大家："此次分析结果如何，现在还不好说。要等相关部门确认之后，才算通过。"

宁世瑾回到他的办公室，沏上一杯咖啡。正拿起杯子时，桌上的电话铃声响了，他只得又将杯子放下。

电话是鲍永昌打来的，响亮而亲切的声音，在电话那头响起：

"宁所长，辛苦啦！情况怎么样？今天是交验的日子，有问题吗？"

宁世瑾手持电话，信心满满地回答道：

"董事长，放心吧，我全程在场，进行得很顺利，今天可以交验，没问题！"

鲍永昌接着问："我们的仪器设备怎么样？"

"完全可以完成当前任务，目前二十个品种，完全够了。"宁世瑾回答说。

"好，如果缺少什么，你可以提出来，可以申请添置。但这项工作一定要做好，千万不能出差池，这可是彰显新谊实力的最好机会。"鲍永昌语气坚定。

"你放心，我一定抓住机会，为新谊争光！"宁世瑾回答的语气亦十分坚定。

从此以后，卫生署的专车定期定时出现在新谊厂区，将需要新谊分析检测的药品带来，又将检测完毕的药品带走。

新谊药物研究所正式担负起卫生署交付的这项特殊重任。

卫生署几次派专家技术人员亲临现场复核检测，还将一些药品带往国外复检，最后结果证实，经新谊检测、分析测定的药物产品精密准确，无一差错。新谊的检测手段、方法、准确的检测结果，得到了卫生署及国内外同行的一致肯定。

此后在很长一段时间里，新谊凭着此项用自己实力获得的特殊委托，在贷款、进出口贸易、水电煤的供给等方面，获得政府有关部门的诸多特殊关照。

4

夜幕渐渐降临，大家在上海大厦十八楼露台上聊得意犹未尽。

"各位，进去吃饭吧。"李悦招呼道。

四个人坐在一个偌大的包间，显得空荡荡的。

身着旗袍的服务员身材高挑，笑容可掬，训练有素，服务标准到位。这里是市政府的接待基地，每年都会接待来自世界各地的客人，包括国家元首。

"我们今天享受国宾待遇了。"多尔把餐巾布从葡萄酒杯里抽出，压到餐盘下面，说，"李悦，你可别安排得太腐败了。"

"想得美！别指望标准有多高啊。"李悦笑着说，"不过，标准也不低，跟国宾标准差不了多少。"

"其实国宾用餐，品尝的是中国菜的特色。上海大厦作为接待基地，他们的菜点以淮扬为主，兼有广、川、本帮菜肴。"张东国很在行地介绍说，"当然，西菜也不错，以法菜为主。"

"哟！你很懂嘛。"多尔略显沉醉与骄傲地看了张东国一眼。

"你还真别说，平时这里是不对外的，今天开了个后门，才订上这里的包间。"李悦说，"我帮他们客房画了一些画，老总说请我吃饭，所以……"

"怪不得！"多尔转过头对服务员说，"帮我倒杯矿泉水吧，渴死我了。"

正在这时，饭店经理走了过来。他客气地跟我们打过招呼后，对李悦说："前段时间辛苦你了！今天这顿饭是我请你的，都已经安排好了。今天请大家品尝我们这里的招牌菜'三头一尾'，待会儿请服务员给你们详细介绍，其他有什么需要，也尽管和服务员说。"

"谢谢王总！"李悦表示谢意后，说，"我带了两瓶红酒，您让

《新蜀报》对国民党的接收这样评论：国军一到达上海，
所有歌坛舞榭无不灯火通明，歌女舞女个个赚得盆满钵满，
乐得花枝招展。可悲！可悲啊！

服务员再帮我们上点饮料吧。"

我看看张东国，又看看多尔，想说点什么，却不知道如何开口。

张东国看我一眼，也默不作声。

晚餐是分餐制。

凉菜用完后，便开始上主菜。

第一道是清炖狮子头。

服务员熟练地介绍道："清炖狮子头看似普通，其实用料非常讲究，必须选用上等五花猪肉，而且肥瘦比例要随季节变化而变化。"

"嗯？还有这讲究？"多尔问。

"是啊，冬季是六分肥四分精，夏季是五分肥五分精。同时，处理食材也很讲究，必须由厨师用刀细切粗剁，然后用手打匀上劲、成形的狮子头放入清汤内用小火炖四个小时。清汤必须是用文火慢熬而成的老母鸡汤。对了，特别说明一下，平时家里用绞肉机绞成的肉糜，是不可能做出这种味道的。"

"这么复杂！"我摇了摇头。老家也有这道菜，但谁有这么多时间折腾。

"太费时间了。"多尔也附和说。

"淮扬菜的一个特点，就是用看似普通的食材，做成精品菜。"服务员介绍说，"比如一会儿上来的大煮干丝，食材是普通的豆腐干，但特别讲究刀工、火候。"

"服务员，你干脆把后面几个菜一起给我们简单介绍一下吧。"李悦给服务员使了个眼色。

服务员立即心领神会，知道这是让她到外面等候，便说："各位对淮扬菜都比较熟悉，后面还有拆烩鱼头、扒猪头和炝虎尾，我就不多介绍了。另外还有一个炸虾球和蔬菜，一道甜点。"

"炝虎尾是什么？"我和多尔不约而同地问。

"其实就是鳝鱼尾部约六寸长的净肉，经开水稍汆，再加浓汁调味烹制而成。"服务员简单介绍后，又说："各位请慢用，我在门口，有什么需要随时叫我。"服务员礼貌地朝我们笑着点点头，退出门外并带上门。

待菜都上完，酒过三巡，张东国站起来，对多尔说：

"我敬你一杯，谢谢你这几年对我的关心。"

多尔身体不方便，一杯酒还未喝完，见张东国敬自己酒，感到莫名其妙，瞪了张东国一眼，说："发什么神经啊，搞这么客气干什么？"

李悦与我对视了一眼，也不作声。

张东国不自然地笑笑，坐了下去。然后拿起水杯喝了一大口，说："今天我们品尝的是淮扬菜，所以，我讲个与淮扬有关的故事。"

接着，张东国把两条项链的故事，动情而又绘声绘色地讲了一遍，只是，他没有说现在项链的主人是我和他。

张东国讲得声情并茂，我的眼眶噙满泪水。

多尔拿起餐巾纸擦拭着眼睛，疑惑地问："怎么想起来讲这个故事？"

"多尔……"我解下脖子上的项链。张东国也摘下项链放到桌上。

多尔明白了。但她不相信这是真的，拿起两条项链端详良久，然后说："怎么可能？这不是天方夜谭嘛！"

"对不起，多尔！"我很尴尬地说。

多尔突然情绪失控，大哭起来，说："为什么？为什么会是这样？"

服务员听到哭声，赶紧推门进来，问："没什么事吧？"

李悦朝她摆摆手。服务员见状又退了回去。

这时，李悦开腔了："多尔，我第一次听说此事，也觉得不可思议……"

"你们都商量好了，让我来吃饭，就是为了告诉我这个！"多尔非常气愤地说。

李悦有点不知所措，说："多尔，你听我解释……"

"你们这几个朋友，我白交了！"多尔抽泣着站起身，推门走向外面的露台。

张东国起身一把拉住多尔。

"放开！"多尔一甩手，挣脱后走上露台。

张东国也跟到外面，再次抓住她的手，说："对不起，多尔！"

"放开！"多尔的声音近乎咆哮。

我和李悦也赶紧跑到露台，李悦抓住了她的另一只手。

多尔突然大笑起来："你们干什么？怕我跳楼？可笑！"笑了几声，又大哭起来。

"东国，你还是回到多尔身边吧。"我轻声地对东国说。

"你什么意思?！可怜我？同情我？筱韵，我们同学、朋友一场，我真是认错人了。怪不得都说防火防盗防闺蜜，怎么这种事也会轮到我头上？"多尔说完，又放声大哭起来。

李悦拉住多尔，说："我们回房间吧。外面太凉了。"

多尔停住抽泣，说："你们回去吧，让我一个人静一会儿。"

"我陪你站会儿。"我朝他们摆摆手，说，"多尔，真的对不起，我也没想到。我听你的，你说怎么办？"

多尔抬起头盯着我，仿佛要看穿我的一切。

我一阵哆嗦，难过地抓住她的手。我知道，我从此要失去最好的朋友了。

"东国说的一切都是真的？"多尔仍然不相信张东国说的一切。

"是真的，多尔。"我说。

"你们什么时候开始……"

"上次在上海中心朵云书院，他看到了我戴的项链。那时我奶奶刚去世不久……"

"我知道。然后呢？"

"他看到我戴的项链与他爷爷留给他的项链非常像，就找我……结果竟然就是当年我奶奶送给他爷爷的那条项链……"

多尔靠着栏杆，低头沉默着。半晌，她抬起头，说：

"这是天意吧？"

"……"我无言地看着多尔。

"我就是一傻瓜。"多尔对我说完，默默转身回到房间，走进了卫生间。

她又在里面伤心地大哭起来。

又过了一会儿，多尔像没事了似的走出来，坐到自己的位置上，用命令的口吻对张东国说：

"给我倒杯酒！"

张东国迟疑着。

李悦拿起酒瓶，准备帮她倒酒。

"你给我倒啊！"她指着酒杯对张东国说。

张东国只得拿起酒瓶站起来，给多尔倒了一点酒。

"多倒点！"多尔又命令道。

张东国听话地又倒了一点。

如此反复，多尔面前的葡萄酒杯盛了满满一杯。

多尔站起来，拿起酒杯一仰脖了，一杯酒下去大半。

她端着酒杯摇摇晃晃地朝我走过来，我赶紧端起酒杯站起来。

多尔盯着我，仿佛是在看一个陌生人，眼光恐怖得让我发怵。她抬起酒杯，犹豫了一下，又放下，端起李悦面前倒满矿泉水的杯子，说："郑筱韵，你记着：你欠我的！"

说罢，一扬手将水泼到我脸上，又重重放下杯子：

"我们两清了！"

她又端起葡萄酒杯，把酒狠狠泼到张东国脸上，冷笑着说：

"你也是！"

5

抢在抗战胜利前夕购买德鄴公寓，原本就是带有投机性质的一步险棋。在当时的情况下，新谊获得德鄴公寓的产权，实际上拿到的只是一纸产权证书，并没有真正拿到德鄴公寓的实际使用权。德鄴公寓被日本人强行占据，居住其中的既有日军，也有日军家属。凭新谊的力量，根本无法赶走强占者。

好在抗战胜利在望。新谊人此时急切地盼望在抗战胜利之后，真正获得德鄴公寓的实际使用权，早日在属于自己的厂房里生产制造药品。

愿望很美好，现实很残酷。

鲍永昌为此急得像热锅上的蚂蚁。

"怎么会这样？怎么会这样？"鲍永昌在办公室来回走动，说，"现在冒出个国民党军事委员会委员长侍从室，说是奉蒋介石之命，任命周佛海为军事委员会上海行动总队总指挥。他是大汉奸，怎么就成了接收大员？"

"董事长还不知道吧？周佛海现在已经是行动总队司令了。"王铭珊说。

"这不是更牛了吗？"鲍永昌问。

"是啊。据说蒋介石是应周佛海的请求，让他当上了行动总队司令。这样，周佛海摇身一变，从臭名昭著的大汉奸，变成了抗战的有功之臣、国民党的接收大员了。"王铭珊说。

"你看看，现在的上海混乱到什么程度了?！抗日时见不到一个人，现在胜利了，摘果子的人到处都是。"鲍永昌叹了口气，坐了下来。

　　国民党对沦陷区敌伪产业的接收，是争夺抗战胜利果实的一个重要部分。国民党接收上海时，仅合法接收的部门就多达近百个，打着国民党旗号招摇撞骗的接收部门更是不计其数。国民党官员在接收时疯狂掠夺和贪污，让"接收"变成了"劫收"。

　　在周佛海后来被查封的财产中，仅房产就有十六栋，其中最大的一栋占地二十一亩。此外还有大量的美金、法币、金条以及名贵的古玩字画等。

　　1945年9月上旬，国民党用美国的运输机把大批部队运到上海，结束了周佛海临时管理上海的阶段，汤恩伯成为上海负责军事受降的最高长官。

　　汤恩伯也不含糊。他以买房子办学校的名义把日侨管理处的全部房屋划归到自己名下。派军医官接收了一家日侨开办的医院，改成了私人经营的光沪医院；同时还以各种名义私吞了日侨手中许多名贵文物、金银珠宝等。

　　上海民营工业在战争中遭到了严重的破坏，国民政府曾经承诺，战后重工业归国营、轻工业归民营，并把接收的日本工厂里的一部分设备无偿划给民营企业，以弥补战时的损失。但是国民党在接收的过程中却出尔反尔，重工业归国营的政策没有变，却把中小民营企业全部估价出售，用以补充国库收入。

　　德邻公寓同样难逃厄运。

　　由于德邻公寓面积大，社会知名度又高，国民党政府各类接收大员无法将其收进自己囊中，于是，德邻公寓被国民党警备司令部冠以"敌产"之名，接收并征为军用，成为国民党警备司令部所在地。

　　新谊上下原以为抗战胜利了，可以搬入新厂房，迎来新的发展，不料花钱买的房子成了"敌产"，并成为国民党警备司令部办公地，原本喜悦的心情，一下子坠落到了谷底。

　　万般无奈的情况下，鲍永昌召集新谊董事会成员和高层管理人员开会商量对策。原本想大家一起出主意拿出对策，不料悲观、愤怒的情绪笼罩着会场。

"秀才遇到兵，有理说不清。现在房产被部队占用，怎么可能拿回来！"董事刘盛世对收回德邻公寓不抱一点希望。

"什么接收，其实就是抢劫，昨天大达码头三家接收单位为争抢一个仓库货物大打出手，还开了枪，当场打死三人，打伤八人。"另一位董事商景方说。

瞿虎臣也气愤地说："汤恩伯主持成立了接收日军军品委员会，由第三方面军副司令张絮宗担任主任；又成立了上海市党政接收委员会，由上海市市长钱大钧担任主任。两个接收机关分别按照军用品和非军用品两个方向接收敌伪的资产，并规定在查封财产和房屋时，必须统一领取第三方面军的封条，违者严办。这个接收办法表面上看是分工明确，实际操作上却毫无作用。上海地方的接收部门根本不愿意受到第三方面军的指挥，第三方面军本身也不愿意受到条条框框的束缚，他们早就盘算着来上海，趁着接收的机会发一笔横财。这样接收，不乱才怪。"

"大官发大财，小官发小财。有些存放接收物资的仓库，保管人员利用职务之便，晚上把物资偷出来，第二天假报失窃，有的甚至白天就公然用卡车装运物资拿去贩卖。更有甚者，因为偷盗过多，无法向上级交代，干脆一把火烧掉整个仓库。前几天上海北站一个存有大量日伪物资的仓库燃起了大火，大量物资化为灰烬。明眼人都知道其中的原因。"

王铭珊拿着一张报纸，指着上面的报道说："你们看看，《新蜀报》对国民党的接收这样评论：国军一到达上海，所有歌坛舞榭无不灯火通明，歌女舞女个个赚得盆满钵满、乐得花枝招展。可悲！可悲啊！"

鲍永昌本想请大家共同出出主意，见大家都在表达不满，连忙制止说："请各位来，是要大家一起出主意、想办法，不是请大家来开批判会的。"

大家你看看我，我看看你，一筹莫展。

鲍永昌见状，只得起身分析说："现在我们面临两个问题：一是要让有关方面承认德鄰公寓产权属于新谊；二是要争取尽快拿回本该属于我们的德鄰公寓。"

王铭珊说道："这两个问题都是难题。第一个问题，我们要找接收部门申诉，现在这么多接收部门，谁说了管用都不知道。要想让有关方面承认新谊对德鄰公寓的产权，必须想办法从上面找路子，让上面发话才有可能。同样，要想最终拿回德鄰公寓，就必须找到能把警备司令部搬出德鄰公寓的权力部门或权威人士。"

"思路是对的。"鲍永昌觉得王铭珊分析到位。

大家一起就这两个问题七嘴八舌讨论起来，最终虽然没拿出什么具体的主意，但下一步的思路比较清晰了，鲍永昌觉得这个会开得还是有收获。

此后，新谊组织力量，不断写信向国民党政府及军队各部门申诉，并四处奔走，通过各方疏通协调。最终，苏浙皖敌伪产业处理局在各方压力下，终于受理了新谊的申诉材料，敌伪产业处理局根据新谊提供的书面证件和材料，派专人进行全面调查和取证，最后得出结论，德鄰公寓房屋确系新谊药厂产权，并向新谊发出公函批示：准予将德鄰公寓发还新谊药厂处理。同时另函发文给国民党警备司令部，让他们迁出德鄰公寓，把房屋全部归还新谊。

谁知，警备司令部根本就不理会苏浙皖敌伪产业处理局，新谊派人多次极力交涉无果。鲍永昌一度失去信心，自责当初作出购买德鄰公寓的决定，不但让新谊资金链出现问题，也让全体股东利益受损。幸好董事会成员对此表示理解，并劝鲍永昌无须自责，因为决定是大家共同作出的，责任自然大家共担。

鲍永昌并不甘心。他找到帮会头目杜月笙帮忙，无奈枪杆子掌握在别人手里，地头蛇虽然厉害，终究斗不过枪杆子。想当初，皖系军阀卢永祥的独生子卢小嘉绑架黄金荣，杜月笙也只能拿着金条去求情，其原因还不是因为枪在别人手上？

鲍永昌也尝试贿赂接收大员，但是冤枉钱花了不少，一个个却只收钱不办事。折腾了几个月，鲍永昌精疲力尽，精神恍惚，感觉自己快撑不住了，便找来王铭珊商量对策：

"该想的主意都想过了，该用的办法都用过了，德邻公寓怕是永远要不回来了。"

王铭珊有些哀怜地看着消瘦的鲍永昌，他难以想象一个风度翩翩、气宇轩昂的上海滩著名企业家，是如何放下身段，甚至卑躬屈膝地乞求那些当兵的。

王铭珊直截了当地对鲍永昌说："这件事在上海肯定办不成。你想想，汤恩伯自己如此贪腐，还能指望他出于公心，把德邻公寓还给新谊？"

"那你的意思？"鲍永昌问。

"通过共产党的关系，想办法打通一下南京的关节吧？"王铭珊也想不出更好的办法，只是模棱两可地说。

鲍永昌想到取回白莲泾被日军扣留货物时共产党暗中予以的帮助，顿时精神一振，点点头，说：

"这事你去办吧！"

尽管鲍永昌让王铭珊去活动索回德邻公寓的事，但他并不甘心，辗转找到第三方面军副司令张絮宗的副官。

开始，副官很客气地接待了鲍永昌。鲍永昌讲了一番客套话后，从包中取出两百大洋，递给副官，请他转交张絮宗。

副官面露喜色，他接过大洋放在茶几上，眼睛紧紧盯着鲍永昌的皮包。

谁知鲍永昌合上皮包，说："一点小意思，请笑纳。"

副官见状，心想：你他妈的打发叫花子呢？他瞬间变脸，大声吼道："你这是干什么！明目张胆贿赂国军军官？"

鲍永昌刚才见副官还客客气气，这时见他满脸怒气，一时不知所措，又重复说道："一点小意思。"

谁知对方竟然说："你这是给司令买糖吃的吧？"

鲍永昌明白了，原来是嫌给的钱少了。鲍永昌为难地说："兄弟，现在我们也不容易。"

"他妈的，我们容易吗？日本人占领上海，你们在这里酒绿灯红、歌舞升平，现在抗战胜利了，你们又趾高气扬、目无官长，什么玩意儿！"

鲍永昌也是上海滩有头有脸的人，他见对方如此无理，顿觉火冒三丈：

"我是上海滩著名的企业家，岂能由你随意羞辱？"

谁知副官根本就不把鲍永昌放在眼里，说："你是什么东西，见你一面就是对你客气了！"

鲍永昌气得浑身发抖，说："我不和你一般见识，我要见你的长官张絮宗。"

副官并不买账，说："你有几个臭钱就了不起了？长官岂是你想见就见的！"

鲍永昌没想到眼前的副官这么一副流氓腔，气愤地说："你这副德行，与草莽强盗何异？"

他的这句话惹得副官暴怒，抓起银元摔到鲍永昌脸上。银元砸到鲍永昌眼角，顿时鼓起一个包。

"你怎么打人？"鲍永昌没想到对方下如此狠手。

"别以为有几个钱就了不起，你这叫富而不贵，差得远呢！"副官放低嗓门，轻蔑地一笑，说，"就凭你这出手，上海滩也是你混的？德邻公寓岂是你想要便要？做你的梦去吧！"

说罢，指着门口，说："滚！"

鲍永昌气得直哆嗦，拎起包就离开了。

事情到此还没有结束。

鲍永昌出门不久，一辆军用吉普车从前面斜插过来，"哐啷"一声撞到了鲍永昌的车子。司机一头磕在挡风玻璃上，满脸是血。鲍永昌只听得腿部"嘎巴"一声，顿时失去知觉，迷迷糊糊中听到有人在耳边吼道：

"他妈的！死不了，让他长点记性！"

第十章　主人

1

上午十一点二十分左右，工人代表陆续走进小餐厅。

祁立元打开已经摆好的盒饭，失望地说："以为来好好吃一顿，原来没比我们平时吃的好到哪去嘛！"

陈连华马上笑道："瞧你那点出息，今天来参加的是午餐沟通会，是公司领导听取我们的意见建议，又不是参加宴会。"

"以为公司领导平时伙食比我们吃得好。"祁立元说，"原来就是比我们省去了排队打饭的时间。"

"现在谁还会那么在乎吃什么吗？"陈连华说，"今天能参加午餐沟通，当面与公司领导交流，是一种政治待遇，知不知道？"

"别上纲上线。我是抽签过来的，不是组织安排。"祁立元不屑地说。

"对呀，用抽签方式，避免刻意安排，这才体现了民主。"陈连华不认同他的看法。

"是啊，随机抽取参加午餐沟通会人员，这样就不会像以前有的同志反映，参加座谈会的人，都是领导安排的'托儿'。"刚刚走进小餐厅的吉耀东接过话题。张晓聪、孙力钧等几位公司领导一同走了进来。

"同志们，首先，我代表公司党委欢迎大家参加今天的午餐沟通会。这是公司的第二十七场午餐沟通会。"吉耀东先来了一段开场白。

"吉书记，今天是第二十八场。前天我和李总在江苏分厂还举办了一场。"张晓聪插话道。

"哦，第二十八场。"吉耀东继续说，"举办午餐沟通会的初衷，是想通过轻松一点的方式，听听大家的愁心事、烦心事、揪心事，听听一线同志对企业发展的意见建议。接下来，大家边吃边聊。"

"对了，在座的同志有的认识，有的不认识，大家发言时先说一下自己的班组、部门和姓名。"孙力钧提醒说。

"我是陈连华，来自一分厂成品车间。"陈连华第一个站了起来。

"大家都坐着说。"吉耀东朝他摆了摆手。

陈连华坐了下去，继续说："我先提个问题，最近因为扩产，新进员工压力都比较大，特别是新设备上来后工序复杂，工作中易出错。针对新进员工，建议公司组织有经验的师傅带教，同时，对他们多一些理解和包容，帮他们树立工作信心，避免他们因为出错被批评而离职。"

"陈连华同志这个建议好。"张晓聪说，"前几天我们已经研究过，接下来班组的重要岗位，都会安排三年以上的老员工带培，一般岗位安排一年以上员工带培，以后我们还会继续探索符合新员工特点的带培模式和体系。另外，以后将通过组织新员工座谈会、文体活动等方式，加强与新员工的沟通交流。"

"我是二分厂一车间工人蒲小东，我也有个问题。"蒲小东放下筷子，说，"希望公司能建立员工通勤班车制度，安排班车方便员工通勤，能够让广大职工安心安全地上下班。"

"现在的轨道交通很发达也很方便，还有不少同志自己开车，还需要通勤班车吗？"人事部部长沈骏杰问。

"轨交是方便，开车的也不少，但毕竟不是谁家都能住上离轨交近的好地段，也不是谁都能买得起车而且有停车位。"蒲小东说，"而且我们三班倒，夜间回家非常不便。"

"交通问题是一个很实际的问题。前些年市里考虑到交通比较拥堵，要求尽量减少通勤班车，看来我们也不能一刀切。"吉耀东说，"接下来，我们要进一步利用好集体宿舍，目前约有二百三十个床位，明年计划新增一百五十到二百个床位，进一步满足新员工过渡住宿的需求，并安排大巴车负责上下班的接送。另外，我们还想进一步利用好公共资源，正在与市政府相关部门协调，新增公交车至公司门口，增设新谊制药公交站。"

"现在房价太高，我们买不起房子，能不能让我们都住上过渡性住房？"冯海浪站起来问。

"对不起，目前临时宿舍和过渡性住房，主要保障对象是外地的新员工，本市的同志只能请大家辛苦点，住到自己家里。"张晓聪说，"房价问题公司无能为力，只能请大家好好工作、多挣钱，争取早日买房了。"

"张总说得对，我们主要是讨论我们公司内部的一些问题。"吉耀东朝冯海浪笑笑。冯海浪有点失望地坐了下去。

"后面你了解一下这位同志的具体情况，做好他的思想工作。"吉耀东低声对沈骏杰交代说。

"嗯，好的。"沈骏杰点点头。

"我是成品车间的副主任沈亚飞。目前公司有一部分员工已成家，其中有些非沪籍员工家里遇到紧急情况需要请假时，希望能够简化程序，以更加人性化的管理方式执行请假制度。同时，与这些员工沟通的过程中，希望能够换位思考，平等、友好。"

"以前为了确保生产线的人力安排，我们把要求离沪人员分成前中后三批回家欢度春节。"沈骏杰说，"今年，公司一方面将积极征求广大职工的意见建议，制定令职工群众满意的留沪方案；另一方面将进一步引导管理人员提高宗旨意识，对请假申请分类处理，对急、难请假事项，认真核实后予以通过。”

“我是二分厂包装车间班组长张梦旭。我的问题比较小而且很具体，就是希望尽快解决二分厂工程楼五六楼饮水机经常断热水的问题。工程楼五六楼员工较多，冬季热水需求量大，一旦发生断水情况，会导致大量员工聚集在饮水机附近。”

行政部马佑儒马上接过话题说：“这个问题我要先作个检讨。会后我马上采取措施，以后每天上午八点至九点半在工程楼五六楼的茶水间，放置热水瓶供员工使用。同时，请保洁阿姨到其他楼层打热水，确保热水不断供。”

动力部部长帅斌说：“我们会考虑一个长期解决方案，争取早日完成大容量饮水机的更换。”

吉耀东看了一下表，说：“时间过得很快，一个半小时很快就过去了。大家知道，午餐沟通会是公司前年开展‘我与群众面对面’活动后，保留下来的一个做法，主要是想通过这样的方式，让大家边吃边聊，说说遇到的实际困难。能现场解决的问题现场解决，不能现场解决的问题，我们回去后会在最短时间内拿出解决方案，对公司无法解决的问题，也一定要给大家说明情况。平时大家有什么问题，也欢迎直接跟我，或者跟公司其他领导联系。”

“吉书记，我想加您的微信，可以吗？”离开小餐厅时，蒲小东拿出自己的手机问。

“当然可以。”吉耀东打开微信的二维码名片，说，“想加我微信的，可以扫一下啊。”

2

1946 年 8 月，林森路上海新村 19 号。

林森路其实就是当年的霞飞路。1943年更名泰山路，1945年又更名林森路，以纪念原国民政府主席林森。

上海新村建于1939年，属新式里弄住宅，共有混合结构的楼房五十六幢，成行排列，每幢楼均有小阳台和小园地。建筑风格统一，均为三层，坡顶，素混凝土墙面，局部有简单的竖向几何形装饰图案，但整体简洁，基本无装饰。由于几十幢房屋外形一样，不熟悉的人走进来，常常晕头转向，这倒便于地下工作。

这天，上海新村19号王铭珊家里，来了一位不速之客。来人三十岁上下，身着一件蓝色改良旗袍，脚穿一双黑色平底布鞋，打扮不算时髦却也十分得体，黝黑的脸庞，齐耳的短发，显得十分干练。

王铭珊细细打量她，当他认出眼前这位有点眼熟的女士，竟然是分别八九年的妹妹王瑾亚时，简直惊呆了。

"当初你怎么不辞而别啊？这些年怎么样？"王铭珊出门朝两边看了看，回来后急切地问。

"哥，我还没吃饭呢，先让我吃饭再说好不好嘛！"王瑾亚在哥哥面前撒着娇。

"对！对！对！"王铭珊拍拍脑袋，"我都忘记问了。"

王铭珊赶紧吩咐妻子做饭，妻子是第一次见到王瑾亚。她问："铭珊，没有准备，家里也没什么好吃的，我出去买点吧？"

"不用的，嫂子，随便吃点就行，都是一家人，不用客气。"

王铭珊也跟着说："都是一家人，不用客气，今天晚上就将就一下吧。"然后围着王瑾亚身边转了一圈，说："哎呀！长高了，比以前胖些了，也比以前黑了不少。"然后说，"这件旗袍挺合你身啊，料子也很不错！"

"那当然！"王瑾亚有点得意地说，"这是我回上海前，上面专门给我做的，用的是紫石县当地产的绸缎面料。"

"哦？苏北那里也产上好的绸缎？"王铭珊知道湖州一带盛产丝绸，却并不了解紫石县。

"哥，你有所不知，从地理位置上讲呢，那里属于苏中地区，不但产丝绸，而且也很出名的。"她接着询问王铭珊，"宋美龄在美国国会发表演说时穿的那件精致端庄的黑色旗袍，你知道那绸缎面料是哪里生产的吗？"

王铭珊笑道："不会也产于紫石县吧？"

"还真是产于紫石县！"王瑾亚说。

兄妹俩边聊着天的工夫，王瑾亚就吃完饭了，她抹抹嘴巴说："还是嫂子做的饭好吃。平时我哪能吃到这样的饭菜！"

见妹妹已吃完饭，王铭珊招呼她来到书房，然后问：

"那年你怎么连招呼都不打一个就跑了？"

"我怎么和你说啊？说了你也不会同意！"王瑾亚回答说。

"1937年日本人轰炸萧山，我把妈妈和你接到上海，还指望你照顾妈妈呢，你倒好，突然跑了，连招呼也不打一个就没影儿了……"王铭珊看着妈妈的照片，两眼含泪。

王瑾亚也是潸然泪下，妈妈的消息，她是一年多后才从交通员口中得知的。"我也是没办法，日本人打到家门口了，我必须参加抗日！"她坚定地说。

"当时考虑到你有文化，安排你到新闸路红十字会医院的分院做护士，并专门请院长朋友关照你。你倒好，走的时候谁也不说，院长只和我说你不辞而别，不知道到什么地方去了。我和妈妈急坏了。"王铭珊仿佛回到八九年前，有些心酸地回忆道。

"是啊，当时我们几个姐妹先是去了温州，再从温州辗转去苏北参加抗日。"王瑾亚接过哥哥的话，"你看我现在不是挺好吗？"

"是挺好。只是妈妈走之前一直念叨你。"王铭珊背过身，忍不住又要落泪。

王瑾亚心里也是难过，拿着母亲的照片擦了擦，然后转移话题问：

"哥，你怎么没问我回来干什么呀？"

王铭珊转过身，看看妹妹说："你想说，我不问你也会告诉我；你不想说，我问了你也不会告诉我，对吧？"

王瑾亚呵呵一笑。

王铭珊哈哈一笑。

1945年8月，世界反法西斯战争进入尾声。苏联宣布对日作战、美国向日本投掷原子弹，加速了日本战败。

按照盟国规定，中国战区受降的范围是：中国大陆、台湾地区，越南北纬16°以北地区。抗战胜利如此之快，出乎蒋介石的意料，以致对抢摘"桃子"准备不足。甚至罗斯福想把琉球群岛交与中国时，蒋介石竟然拒绝了。

8月14日，蒋介石用极端"善良"的菩萨心肠，以《以德报怨》为题，发表了对日政府的广播，要求中国人民"不要以暴行答复敌人从前的暴行"。

然而，蒋介石对外软弱，对内却从不手软。重庆谈判国共达成《双十协定》不久，蒋介石自恃拥有强大的军事力量和经济力量，撕毁协定，以围攻中原解放区为起点，发动全面内战。

苏中人民和全国亿万人民一样，企盼尽早恢复往日和平安定的生活，然而，随着国民党假和平、真内战的狰狞面目日渐显露，这片美丽富饶的土地再次卷入战争。

"我们得知国民党军队企图渡江北进进攻苏中解放区，华中司令部首长决定拿李默庵的嫡系83师开刀。国军处于进攻准备阶段，根本想不到我们会先发制人，结果……"王瑾亚把嘴巴凑到哥哥耳边，轻轻说道，"结果首战告捷！"

"是这样啊！"王铭珊从书柜里翻出一张《文汇报》，用手指关节弹弹说，"你看看，当时把我吓坏了。"

王瑾亚接过报纸，看到头版头条上醒目的标题："苏北战事全面展开国军昨晨收复泰兴"，王瑾亚饶有兴趣地轻声念道：

【本报镇江十六日下午十一时专电】国军于今晨收复泰兴与泰州宣家堡，共军撤退，前被共军破坏之公路，国军正加紧抢修中，确保口岸公路通畅。

【本报南京十六日下午十时专电】近日中共代表乘专机来南京，双方将于日内提出备忘录制止战争。

据军方消息，战事已波及苏北各地。战斗波及地区包括邵北附近，及徐东、徐西近郊。（一）江北共军已于昨日下午进入，同时，亦在激战中。（二）宣家堡，国军于13日突袭，伤亡近万，失踪情况不明。昨日共军分三路，一路约五百人，攻击西北郊之望旬；一路约千余人，由邵伯南下；另一路六百人，攻击泰兴。

"先别念了，回头慢慢看吧。"王铭珊说，"快说吧，回来找我有事吗？"

"当然有！"王瑾亚说，"现在才打了两仗，估计后面国民党军队不会罢休，还要继续进攻苏中解放区。我们要提早多备一些药品器械。"

"哦，我就知道是这样。"王铭珊说。

"听说有一种药叫'盘尼西林'，消炎效果极佳，想买些这种药。"王瑾亚注视着哥哥。

"这是一种新药，目前新谊还没有生产。市面上都是进口的，管制药，不好买啊！"王铭珊摇摇头。

"所以，才要我回来找哥哥你呀！"王瑾亚以不容抗拒的口吻说。

"这样吧，我先准备一点消治龙，盘尼西林我再想办法。"王铭珊想了想说。

"消治龙当然要,这个药很受伤员欢迎。"王瑾亚告诉哥哥。

"除了这个,别的还有什么事吗?"王铭珊问。

王瑾亚抿着嘴再次呵呵一笑。

王铭珊也再次哈哈一笑,不再问了。

3

沈志远在车站来回走了两趟,当他再次走到车站时,正好一辆电车靠站。就在车门快要关上的时候,他从前门一跃而上,然后转过身,朝车外看了看。

没有被跟踪!沈志远松了一口气。

1946年1月,受中央指派,沈志远告别延安,绕道南京,再到上海。这是他第二次到上海开展地下工作。此前,他从上海去苏联学习,结束后直接到延安,在《新华日报》工作一段时间后,由高层直接安排到上海。临行前,中共中央情报部负责人李克农风趣地对他说:

"你看我管的这个'商店'里,'货架'上空空的。让你去上海,就是要你弄点东西,把我的货架装满。记住喽,不光上海,还有南京、杭州,你都可以进货。"

沈志远知道自己肩上的重任。中央让自己赤手空拳到国统区,而且是敌人的心脏地区,这是中央对自己的信任,但也是重大考验。

到上海后,按照事先约定,沈志远来到静安区愚园路81号,一幢沿街砖木结构的三层楼底楼的咖啡馆,与中共上海地下组织领导人、上海局副书记刘长胜取得联系。

这幢小楼是中共中央上海局和中共上海市委的秘密机关之一。

刘长胜家在二楼，当时的地下市委书记张承宗住三楼。刘长胜有着丰富的地下斗争经验，地下市委每次在刘长胜家中活动，刘长胜的妻子和孩子就在屋外放哨，一有动静，便将麻将搓得哗哗响。有的联络人离开他家时，还边走边嘀咕牌经："他那个三番没和成，太可惜了，本来早就听张了，还有三张五饼，总不出来……"时间一久，周围人都以为这位矮胖的老板爱搓麻将，虽然人来客往，却从未引起怀疑。

沈志远汇报了从延安到重庆、南京，再到上海的一路经历，听刘长胜介绍了上海的相关情况，然后领取活动经费，到常德路恒德里租下一幢底楼的房屋安顿下来。有了落脚点，他又马上安排开通电台，"出货"渠道不畅通，再多的"货"也出不去，那李克农那边的"货架"就只能永远空着了。

沈志远首先找到外滩中央银行专员齐乐涛，他的岳父是南京国民政府司法院院长居正。正是凭着这层关系，当初他从重庆到上海"接收"时，未花分文便把四川北路一幢三层洋房"接收"到手。齐乐涛原本是一名新四军战士，"皖南事变"后当了逃兵，后来到重庆，他主动向党组织坦白了那段历史，并表示要用实际行动改正自己的错误。

党组织在重庆向沈志远介绍这层关系时，沈志远曾担心此人不可靠。组织让他放心，即使有什么问题，仗着他岳父的势力，也能蹚得过去。果然，在征求齐乐涛意见时，他爽快地答应在他家三楼安装了一部电台。

此后，沈志远又在狄思威路和另一处分别安装了一部电台。三部电台布置妥当后，沈志远开始了"进货"工作。

沈志远的工作有条不紊，"好货"连连，甚至蒋介石在中常会上讲到党、政、军、特的一些关键问题时，示意速记员不要记录的内容，也都被及时弄到手，并及时发往中央。

电车到了外滩站。沈志远跳下电车，走到滇池路东海咖啡馆。

1843 年上海开埠后，西方生活方式被带到上海，于是咖啡在上海出现。咖啡初入中国时，因其特别的颜色与口味，一度被称为"咳嗽药水"，仅有少数国人品尝饮用。上海最早的独立咖啡馆出现在 1880 年，位于虹口，据说这是一家专为水手服务的咖啡馆。到了二十世纪二十年代，越来越多的咖啡馆出现在上海街头，咖啡开始在国人中流行。霞飞路及其延伸段，开设了如特卡琴科、赛维那、DOMINO CAFE、立德尔、伟达、君士坦丁、远东、伟多利、客瑞宫、希腊咖啡馆、SALENTINE CAFE 等多家咖啡馆。

1933 年起，上海接纳了大量犹太难民。东海咖啡馆就是一家犹太人从三十年代开始经营的咖啡馆。作为上海滩早期的咖啡馆，东海咖啡馆见证了三十年代繁华的上海滩，也陪伴了不少摩登男女。

沈志远走进咖啡馆，看到一位女士临窗而坐，面前摆着一本最新一期《良友》画报，画报上放着一枚蝴蝶形发夹，便走过去问："这里有客人吗？"

这位女士正是王瑾亚。她莞尔一笑："没有，先生。"

沈志远谢过后，在王瑾亚对面坐下。

王瑾亚整理了一下头发，拿起蝴蝶形发夹戴上。

沈志远见状，确认眼前坐的就是新四军派来的情报员，笑着说："真会找地方。"

"这地方人来人往，闹中取静，出入方便。"

王瑾亚代表华中司令部首长向沈志远表示感谢："你们及时提供的情报，帮助首长下定了决心，准备利用苏中各种有利条件，先在内线打几仗，再转到外线作战。"

接着，王瑾亚简单汇报了苏中的战斗情况，说："报纸上报道国军收复宣家堡，实际是我军为了后面的战斗，主动放弃了。"

"这是他们的一贯做法。"沈志远笑道。

她告诉沈志远，根据首长的作战决心，后面还会再打几仗，希望他继续提供情报，并帮助购买药品器械。然后，王瑾亚从包里取出一个信封放在桌上，再推到沈志远面前，轻声地说：

"提篮桥监狱关了许多共产党人，他们生存环境恶劣，生病后缺药治疗。上面希望你们能千方百计送药到监狱。可以联系顾春涛，此人公开身份是国民党高参，里面是他的照片。"王瑾亚又交代了接头方式和地点。

角落里有一个着深色西装的男子，不时朝他们这边张望，沈志远装作没看到，依旧微笑着，用低沉的声音对王瑾亚说："听着，不要回头，你先走，出门左转。"说罢，使了个眼色。

王瑾亚警觉地抬起头，依然微笑着，不紧不慢地拿起包。

沈志远站起身，走到王瑾亚一边，借与她拥抱之际，顺势让她转了个一百八十度，贴着她的耳边说：

"左前方角落里，那个穿深色西装的人，认识吗？"

"不认识。"王瑾亚瞟了一眼，轻声回答。

"好，你走吧。"沈志远说。

沈志远重新回到座位。装作无意间向左前方看了一眼，那个西装男正站起身，招呼服务生买单。

沈志远掏钱放在桌角，对一旁的服务生说："不用找零了。"转身出门，右转，快速离开了东海咖啡馆。

4

随着"新谊百年庆"时间临近，我们的准备工作也进入最后的冲刺阶段。

"今天我们研究一下百年司庆相关工作，大家把前期准备工作和需要研究讨论的问题说一说。"吉老头开门见山。

几位领导小组成员七嘴八舌地汇报了前期工作。

我把近十个月来所做的主要工作简单汇报后，说："我在梳理新谊历史的过程中，有一个很有趣的发现，就是新谊的红色历史超乎我的想象。"

"你具体说说。"副书记李小娟说。

"从三十年代民族资本入主新谊开始，也就是鲍永昌担任新谊董事长开始，新谊的成长过程中，很多事竟然都受到地下党组织的暗中支持帮助。"我以索取白莲泾被日军扣留物资为例，介绍了中共地下党在幕后的努力，又说：

"更有意思的是，当年新谊的主要领导，都与党组织有关系，有的就一直在暗中帮助共产党。比如，我们在采访汪映珍老厂长时，她说当年新谊员工、中共地下党员杨仲恺，也就是七十年代任上海市副市长的杨仲恺，还有个特殊身份。当时汪映珍卖了个关子，没有告诉我们他有什么特殊身份。后来我们才知道，杨仲恺其实就是鲍永昌的第二个夫人、也就是杨玉菁的弟弟。"

吉老头笑了笑，说："这个情况我们老一点的同志都知道。"

"还有，解放后担任新谊厂长的王铭珊，他妹妹在抗日战争时从上海到苏北参加了新四军。对了，大家都看过《51号兵站》这部电影吧，当年苏北新四军在上海筹集药品，很多情况下，就是王铭珊、鲍永昌他们暗中帮助，甚至亲自出面。"我介绍说，"但是，有一点很遗憾，我在市里查阅档案时，他们并没有让我调阅全部资料。"

"为什么？"吉老头问。

"说是有些情况我们不能调阅。"我说。

"这么多年过去了，还没有解密？"吉老头又说。

"是啊。"我接着说，"他们的关系也很奇怪，似乎彼此之间不知道与共产党的联系，但又配合很默契，知道对方在干什么。"

"这可能就是地下工作的特殊性吧？"李小娟说。

"当年还有一个很神秘的人物，叫沈志远，这是一个颇具传奇色彩的人。当年他曾在上海加入周恩来直接领导下的中央特科，负责保护我党在上海建立的第一个秘密电台，从苏联学习回国后，曾出任周恩来随身副官。解放战争中，他一直是中共华东情报系统负责人，一些著名的情报人员，都在他领导的系统里工作。"

"他与新谊有什么关系？"李小娟问。

"早年他的掩护身份是万国药房账房，王铭珊的跟班。解放前夕，他是新谊制药的董事会秘书。当然，这也是他的掩护身份。"

"这倒很有意思。"李小娟说，"他后来与王铭珊一直有联系吗？"

"有，而且很密切。"我肯定地说。

"可王铭珊的身份并不是共产党员，他后来是民建中央领导。"李小娟说。

"这大概就是让他留在党外，可以更好地为党工作吧？这些情况都非常重要。"吉老头说，"郑副主任，你们的工作很有成效，掌握了一些我们过去不太清楚的信息。当然，我们主要是梳理新谊百年发展历史，不完全是新谊的红色历史，所以，搜集、梳理资料还是要更全面一些。"

吉老头停了一下，又说："今天我们也一起研究一下庆典系列活动的具体安排，特别是当天的议程，这样可以有针对性地先准备起来。"

"目前我们搜集到大量的历史资料，包括文字、图片、实物，还有部分视频资料，都非常珍贵。我有个想法，是不是可以把这些资料编辑成册作为留存，届时也可以作为百年司庆的纪念资料发给来宾和员工，让大家更好地了解新谊。"

"郑副主任这个主意好。我看书名就叫《百年新谊》。"吉老头说，"还可以考虑拍摄微电影，在百年司庆当天的大会上播放，并通过新媒体推介。大家还有什么别的好想法，都一起说说。"

……

5

华懋饭店一直是上海滩最负盛名的酒店。黄浦江畔独特的地理位置、酒店自身的奢华瑰丽，吸引着世界众多名人，这些名人不乏政要、明星、作家，他们或是身份高贵，或是腰缠万贯。不过也有例外，当年鲁迅来华懋饭店拜访史沫特莱，由于鲁迅习惯身着传统长衫，看门人上下打量后，让他走后门，后门开电梯的伙计见他如此寒酸，又让他走楼梯，最后鲁迅不得不自己爬楼梯找到史沫特莱房间。

沈志远自然不能穿长衫。地下工作者最忌讳被人关注，在一个浮华的世界上，唯有泯然众人，方可大隐于市。他一身白色西装，蓝色碎花领带，脚蹬一双棕红色皮鞋，得体大方而又不失风度。

酒店大厅穹顶处镶嵌着华美的八角形彩色玻璃，每天从早到晚不同时间的光线，随着玻璃天顶倾泻在酒店内，变幻出不同的光彩。由黑色金属框架与半透明玻璃制成的八角形大吊灯，由旋涡状的圆圈和交叉的"V"字形组成精巧的镂空图案，柔和的自然光线间或从图案的镂空缝隙中透出，亦梦亦幻。

沈志远今天是以参加朋友生日派对的名义来与顾春涛接头的。他从电梯出来，走到九楼的华懋阁露台，一眼便看到顾春涛。

沈志远拿起一杯葡萄酒，走到顾春涛对面，与他碰了一下杯说："这酒香气不错，给人一种沁人心脾的愉悦感。"对方上下打量了一下沈志远，说："是啊，单宁味道锐利，完整复杂，是一款好酒。"

"你不觉得有点酸吗？"

"先生，没有了这种酸味，就不是葡萄酒了。"

两人会意一笑。

沈志远说："翔宇先生让我来看你。"翔宇是周恩来用过的一个化名，很少人知道。

"周先生事务繁忙，日理万机，不知身体可好？"

"很好。"沈志远言归正传，"国民党离彻底失败不远了，上海正处于黎明前最黑暗的时期。国民党大肆捕杀爱国人士和中共党员，提篮桥监狱里关满了被国民党抓来的各种人士，其中很大一部分人是我党的地下工作者。"

"这个情况我知道。"顾春涛说。

"狱中环境恶劣，缺吃少穿，再加上敌人的严刑拷打，整个监狱犹如人间地狱。更可怕的是，狱中人满为患，卫生条件极差，很多人生病得不到医治，就这样死去了。"沈志远心情很沉重，"这么多爱国人士和党员同志没有倒在敌人的酷刑下，却倒在了疾病中……"

"那就赶紧想办法开展营救吧。"顾春涛急切地说。

"营救出狱需要一个长时间的过程，帮助狱中同志渡过眼前难关，是当务之急。"沈志远说。

"组织上有什么考虑？"顾春涛问。

"当前最佳的救助，莫过于能及时提供救命的药品。"沈志远说，"问题是，怎么才能把药品送进监狱，并能真正用到关押的同志身上。"

顾春涛想了想，说："你看这样行不行，我把杨虎介绍给你，通过他或许可以做到这一点。"

杨虎时任淞沪警备司令部司令，早年拥蒋反共，在"四一二反革命政变"中，杨虎的手上沾满了共产党人和革命群众的鲜血。后因与蒋介石产生矛盾，同时为共产党领导人的才智胆略和人格魅力所折服，表示愿为共产党工作，这才成为共产党布下的一枚闲棋。

沈志远想了一下，感到对杨虎目前的思想状况并不了解，同时，作为高层布下的一枚闲棋，起用宜从长计议，于是，沈志远说："此时不宜动用杨虎，你可利用现在的身份去监狱视察，提出让他们向社会求助药品。"

随着苏中七战七捷、刘邓大军千里跃进大别山，国共军事布局和战场态势正在发生变化。隐蔽战线的斗争也更加激烈。

沈志远情报系统的任务也更加艰巨。

这天，一个穿着似乞丐的人敲开位于上海新村的王铭珊家的门，待人走进来，王铭珊才发现是沈志远。

沈志远不作解释，只是说："帮我倒杯水，谢谢！"

王铭珊因为妹妹的缘故，早就与新四军有联系，并经常根据交通员的要求，为苏北新四军提供药品。共产党利用各种关系，也为王铭珊提供工作上的方便，从收回白莲泾被日军所扣物资到围绕德邻公寓展开的一系列周旋，让王铭珊越来越佩服共产党的神通广大。

现在，上海新村19号俨然成了共产党地下工作者的庇护所。三十年代上海的标准里弄房子是北向入口，南向楼层有阳台，地面层有花园和通里弄的花园前门。这为人员进出、摆脱跟踪提供了方便。

王铭珊并不多问，倒了一杯水递给沈志远。

沈志远喝了几口水，放下杯子，说：

"我的身份证已办好，为便于活动，我还要一个工作身份。"

"哦，"王铭珊看看沈志远，问道，"什么身份合适呢？新谊的职员？"

"普通职员不行。"沈志远笑笑说，"得有个稍微可以唬人的身份。"

"那……副总经理？但高级管理人员都要分管具体工作啊。"王铭珊为难地说，"副总经理的聘用，需要董事会讨论，手续比较麻烦。"

"董事会秘书吧。"沈志远说，"到时由鲍永昌在会上提出，你马上表态同意即可。"

"谁和鲍永昌说呢？"王铭珊不解地问。

"会有人和他说。"沈志远笑笑。

"哦。"听罢，王铭珊便不再追问。这些年，妹妹那边交代的事情，他已习惯于只去做，从不多问一句话。他心里很清楚，妹妹的选择自有她的道理。以前，恨日本人，能为抗日做点事天经地义；现在，通过国民党"劫收"，特别是围绕德邻公寓，那些贪官污吏暴露出的丑恶嘴脸，让他对国民党彻底失望了。

"麻烦你开车送我一下。"沈志远说，"对了，先找件衣服给我换一下。"

王铭珊给沈志远找了一套西装换上。刚才那个乞丐，马上变成一名风度翩翩的绅士。

他们对视了下一下，竟然同时说：

"佛靠金装，人靠衣装。"

二人哈哈笑了起来。

6

经过不懈努力，新谊终于如愿以偿，拿回了本就该属于自己的德邻公寓。

鲍永昌问王铭珊怎么办成此事的，王铭珊笑着告诉他，说来也简单，多方托人，最后找到扬子公司的孔令侃，正好孔令侃要还那位朋友一个人情，于是便顺水推舟把这事办了。

"蒋经国都拿他没办法，上海的这些接收大员又能怎么样？"王铭珊笑笑。

鲍永昌拍了一下右腿。那次让他"长点记性"的车祸，让鲍永昌的右腿留下了永远的印记。他愤愤地说："这世道！这个政府没啥可指望的了。"

"总有天亮的时候。"王铭珊看看鲍永昌，想说点什么，可话到嘴边还是咽回去了。

拿到德鄰公寓后，新谊立即实施全面改造。从厂房外墙的颜色、油漆品牌的选择，到内部卫厕位置、管道排向、各部门面积的确定，甚至桌椅等的安置；从大小资金的测算，到具体项目负责人员、大楼保洁人员等的安排，都一一作了详尽的规划和要求。

1947 年 6 月，德鄰公寓改造装修完毕，新谊药厂整体搬入德鄰公寓，新谊从此告别了生产基地四处分散、依赖租赁厂房的历史，这也为新谊后来逐步引进国外先进制药设备提供了发展空间。

新谊制药公司，鲍永昌办公室。

鲍永昌对王铭珊说："王总，有个事想和你商量一下，我考虑聘用一名董事会秘书。"

"从现在的工作实际看，我们确实需要补充下得力的人手，董事会秘书这个位置空缺很长时间了。"王铭珊不动声色地问，"有合适的人选吗？"

"倒是有一位，妻弟推荐。"鲍永昌笑着说，"这件事有点特殊，夫人之命，不得不服从。"

"举贤不避亲，合适就好。"王铭珊也笑笑说，"那过几天高管会上宣布一下？"

"对，宣布一下。"鲍永昌说。

新谊制药厂会议室里，高级管理人员会正在进行。

鲍永昌首先介绍了沈志远，并宣布其担任董事会秘书。然后说：

"今天请大家过来，有件事商量讨论一下。"他朝办公室主任章伯平看了一眼，章伯平马上从文件夹里抽出一份公函，把主要内容给大家作了通报。

这是提篮桥监狱来函。大致意思是，监狱关押囚徒甚多，最近疾病流行，由于经费所限，监狱缺医少药，一些患病囚徒由于得不到医治死亡，因此，希望新谊捐助一些药品。

鲍永昌征求大家意见，大家七嘴八舌，有的认为监狱关押犯人情况复杂，不值得去蹚浑水，免得惹麻烦；有的认为囚徒的命也是命，况且国民党军警乱抓人，有些人本来就是冤枉的，应该伸出救助之手。

鲍永昌看着章伯平，示意他继续说下去。章伯平站起来说："此前我了解了一下，提篮桥监狱关押的人确实很多，里面也关押了许多无辜的人。今年6月份，上海人民和平请愿团乘坐的列车抵达南京下关车站下车后，即遭到伪称苏北难民的国民党特务、暴徒的辱骂和殴打。马叙伦、雷洁琼、陈震中等代表被打伤，《文汇报》《大公报》前往采访的记者也遭毒打，目前提篮桥关押的犯人中，就有从南京押回的这些人。其实这些人犯了什么罪？许多就是可怜的学生。既然地方法院看守所发函求援，我看不如顺水推舟。"

"王总意见如何？"鲍永昌问。"此事敏感，非平时之慈善。"王铭珊未置可否。

他拿起公函，似乎在仔细阅读，实际上在思考如何表态。他隐约感到，新谊制药有不少共产党地下党员在活动，并且鲍永昌的妻弟就是新四军，更巧的是，鲍永昌的岳母还与王铭珊同住一幢楼的三楼。鲍永昌是不是共产党地下党员不得而知，但肯定与苏北新四军有联系。但章伯平是何许人，什么真实身份，王铭珊并不清楚。

更让他谨慎的是，国民党把新谊作为一个重点监视对象，在泰兴路玻璃厂和崇明路灌装厂设立了两个国民党区分部。公开的国民党分子和爪牙容易对付，隐藏的国民党特务就不得不防了。

于是，王铭珊模棱两可地说："生产药品就是为了救死扶伤，政府有要求嘛，我看可以考虑。"

"是应政府之要求捐赠药品，本身没什么问题，同时，我们也有这个能力。但现在的问题是，药品捐赠过去，能否给狱中最需要治疗的人使用，这需要我们提前拿出对策。"鲍永昌说。

"这确实是个问题。"王铭珊接过话题，说，"按照国民党现在的情况，挪作他用甚至占为己有不是不可能。"

"是啊，对他们要有制约的措施。"鲍永昌说。

"既然是他们向新谊求援，我看可以在捐赠时，明确要求必须知道新谊捐赠药品的用途和使用数量。"高层一致通过对监狱捐助一批药品的方案，同时决定派专人负责与监狱联系。并且向监狱方言明，新谊必须知道药品的用途和使用数量，还表示可以从外围帮助狱中患病的人们实施紧急救治，以渡难关。

现任典狱长王慕曾是南京军统的一名特务，此人虽一直在国民党党政、警界任职，因家境一般，在官场中没有过硬的靠山，故而升迁慢、怨气多。

在前期对王慕曾做了一些思想工作后，沈志远直接找到他，并告诉他自己是共产党派来的。

王慕曾惊讶地听着沈志远讲述了自己的家庭情况、官场经历，以及思想倾向，问：

"你们从哪里弄到我的这么多情况？"

"我们还掌握你更多的情况，就不一一说了。"沈志远说，"现在南京、苏州已是共产党的天下，解放军已牢牢控制上海外围，解放上海指日可待。国民党的所谓达官贵人早就远走高飞，跑得不知去向了，你何必还在这里死守牢笼？莫不是想等有一天把你自己关进去？"

王慕曾见共产党直接找到自己，本就吓得心惊肉跳。不过，他毕竟是军统出身，知道自己此时手上还有几张牌可打，所以不动声色地问："你找我到底什么事？"

沈志远知道眼前的王慕曾是个军统老油条，与这种人不必拐弯

上海新村建于1939年，属新式里弄住宅，共有混合结构的
楼房五十六幢……由于几十幢房屋外形一样，不熟悉的人走进来，
常常摸头转向，这倒便于地下工作。

抹角，直接指明利害关系，可以准确打击他的嚣张气焰。沈志远板着脸说：

"难道你不知道我来找你干什么吗？"沈志远两眼紧紧地盯着王慕曾，说，"现在监狱还关着五十多名政治犯，保证他们的绝对安全，就是你现在的价值，也算是给人民立了大功。否则，过几天上海解放了，你的下场自己应该很清楚。"

王慕曾被沈志远盯得发怵，心里直打鼓，但他表面还是装得很平静地说："很清楚！很清楚！"

"你不为自己考虑，你也得为自己六个未成年的子女考虑考虑吧？别人千方百计与我们联系谈合作，现在我们主动找你，是给你机会。希望王先生认清形势，给自己留条后路。"

"沈先生，你需要我做什么，尽管吩咐。"王慕曾长期混迹于官场，知道此时表什么态很重要，至于以后自己具体做什么、怎么做，可以相机行事。

"王先生，你千万不要抱什么幻想。"沈志远仿佛看穿了王慕曾的心思，说，"脚踩两只船、首鼠两端，只能两面不讨好，最后都没有好下场。"

"是的！是的！"王慕曾像被当众掀开了遮羞布，心情忐忑地连忙附和道。

"首先，你要保证这些人的安全，然后有机会争取放他们出去。"沈志远说。

"马上放人，这现在恐怕难以办到。你也知道，这里面情况复杂，我身边的人并不一定都可靠，说不定你今天找我，晚上就有人偷偷把情况报告出去了。"王慕曾面露难色。

"不是一定要你马上放人，是要你想方设法保证这些人的安全。"沈志远走到窗口，朝下面看了看，又转过身笑笑说，"我们也会多方面了解掌握情况。"

王慕曾一怔，感到后背一阵发麻，他苦笑着表示，愿意与共产

党合作，尽力保证那些人的安全

沈志远又向王慕曾交代了一些捐助的具体安排。

新谊捐助的药品，在对狱中地下党重要人士的施救中产生了很好的疗效。

提篮桥监狱对新谊的善举也作出回应，给新谊写来了一封措辞微妙的致谢信：

> 贵药厂嘉惠囚徒，毋任感荷。余已伤科登册备忘并
> 应用处，相应备函以道谢。

沈志远终于松了口气。

不过，他很清楚，随着国民党离彻底失败的日子越来越近，他们会越来越疯狂，斗争会越来越残酷。

第十一章　新生

1

这是新谊历史上重要的一页。

金秋季节，新谊终于在香港成功上市。至此，经过三年多的整合，新谊的发展翻开了新的一页。

当天晚上，公司举办了一场简朴而又隆重的庆祝酒会。上海市政府有关部门、多家投资机构领导悉数到场。

姚堃董事长容光焕发，在致辞中用带有磁性的声音，感谢上海市委市政府的大力支持和帮助，感谢投资机构的高度信任，给来宾描绘了一幅新谊未来发展的广阔前景。不到十分钟的致辞，赢得多次掌声。

吉耀东的致辞简单了许多，他在感谢上级领导机关支持的同时，专门感谢广大员工对新谊付出的辛勤劳动和做出的贡献。

与姚堃情绪高亢不同的是，吉耀东似乎并未表现出有多兴奋，甚至还有点情绪低落。

外面有消息说，新谊即将进行人事改革，董事长、党委书记一肩挑，这意味着吉耀东将会卸任党委书记职务。

姚堃显然看出了吉耀东的情绪变化。他端着酒杯，走过来，说："耀东，今天是我们共同的大喜日子，应该高兴啊！"

吉耀东也举起酒杯，笑着说："当然应该高兴，这是大家努力了三年多的结果，不容易啊！"

张晓聪也走了过来，与他们二人碰过杯后，说："成为中国首家A+H上市公司，值得高兴，我们应该好好庆贺一下！"

姚堃踌躇满志地用左手拍了一下张晓聪的肩膀，说："回去好好喝两口。"又对吉耀东说："外面现在有些传说，不管怎么样，组织上会安排好的，我也会与组织做好沟通，耀东放心！"

吉耀东朝姚堃笑笑，说："我的安排没关系，我相信组织肯定会安排好。只是在这个特别的日子，刚才想到被纪委带走的龚世平，我有点为他感到难过。"

"他是咎由自取。你知道吗？远东投资的王东交给纪委一些视频，他的问题可以说是铁证如山。"姚堃笑着问，"你怎么对他产生同情了？"

"那倒不是，再说他的问题也不是出在新谊，或者说与我们没有任何关系。我只是觉得，培养一个干部不容易，每次倒下一个干部，我心里总会咯噔一下，我真替他们感到惋惜。"吉耀东看着姚堃，似乎在提醒他说，"你放心，我这不是兔死狐悲。"

"哎！你这是什么话？我也不是这个意思。我的意思是，中央加大反腐力度，铲除腐败分子是好事，我们应该坚决拥护。晓聪你说是不是啊？"

张晓聪有点不自然地笑笑，说："那自然。我也要吸取教训，加强廉政建设。"

"张总，祝贺啊！"一位投资机构负责人举着杯招呼张晓聪。张晓聪朝吉耀东、姚堃举了一下杯离开了。

"透露一个非正式消息，下一步你可能到市政府任职。"姚堃故作神秘地说。

吉耀东轻轻一笑，说："今天上午市委组织部已经开过会，现在算是正式消息了。"

姚堃露出一丝不易察觉的失落，但他马上放声笑了起来，说："那应该祝贺一下！以后你是分管领导，你要多指导新谊的工作。"

"我这是接替你之前的工作，你可得多指导。"吉耀东哈哈一笑，说，"别急着赶我走啊，据说暂时还要在新谊协助你工作一段时间哩。"

"那敢情好。我也需要你帮助我多熟悉情况。有些什么需要交代的工作和具体事项，回去我们好好碰一下。"姚堃说，"我们招呼其他客人吧。"

"是啊，百年司庆有很多工作我们要对接。"吉耀东轻轻摇了一下酒杯。

姚堃与吉耀东碰了一下杯，说："我有一瓶茅台，放很多年了，回去放开喝两杯。"

2

1948 年，注定是一个不寻常的年头。

新谊制药素以高薪金闻名上海滩，正常情况下每个工人的薪金就可以养活两家人。但到了 1948 年，物价一天翻几番，早上一百元的购买力，到了下午可能就只剩下三分之一。

飞涨的物价，让曾经具有优越感的新谊职工，开始感到从未有过的生活压力。工人提出为了维持基本的购买力，把月工资改为周工资，也就是从一个月发一次改成一个星期一次。

工会也开始向资方施压，如不满足条件，将举行罢工。

新谊制药管理层同样感到从未有过的压力。由于物价飞涨，药品原料价格一日几变，不仅生产成本增加，资金链也开始出现问题。

这一切，表面看，是由于法币的严重贬值，而根本原因则是内战，国民党的军费开支疯狂增加，财政赤字直线上升，以致国民党政权的官方货币"法币"挺不住了。

"法币"是国民党政府在 1935 年开始推行的国内流通货币，由于一开始发行量不大且稳定，对中国经济的发展确实起到了一定的作用。但是，由于连年抗战，财政吃紧，只能靠大量印制法币来填补财政窟窿。到了抗战结束时，法币的发行总额已经到了五千五百六十九亿元，比抗战前夕增长了约四百倍，而到 1948 年，法币发行额已经达到令人瞠目结舌的抗战前的四十七万倍。

新谊制药高层管理人员开会。

鲍永昌神态疲惫，眼睛充满血丝，看得出，昨天没有休息好。

"新谊遇到了从未有过的困难，希望大家贡献智慧，共克时艰。"鲍永昌少了往日的沉着，开门见山说。

"难哪。"生产部部长首先说，"现在原材料价格涨得离谱，再这样下去，我们只能停工了。"

"停工肯定不行！"鲍永昌着急地说。

"现在问题的根本原因，不是简单的原料涨价，也不是工人与资方矛盾，而是……"王铭珊停了停，本想说"政府太腐败了"，但话到嘴边，他改口说，"是钱不值钱了。"

"这我知道。同甘容易共苦难，好日子大家都能太太平平，现在遇到困难了，各种矛盾就出现了。"鲍永昌说。

"政府一再误判形势，打内战，岂不就是烧钱嘛！"人事部部长愤愤地说。

"首先是蒋介石误判形势。现在他像一个赌输家产的赌徒，企图扳回一局，可不幸的是，每一次，都以失败告终。赌杜威赢得美国大选，结果杜鲁门当选总统；赌军事上挽回败局，结果国军失败消息不断。"董事会秘书沈志远接着人事部部长的话说。

"我昨天一夜没睡，一直在想，新谊目前面临的困难，究竟是为什么？"鲍永昌站起身，继续说，"是我们的技术落后了？好像不是，和全国同行比，我们有先进的设备和技术；是我们的人才平庸吗？好像也不是，我们有一批引以为自豪的优秀人才；是我们管理制度的问题？好像更不是，我们在上海滩最早引进硬性泰罗制，这种绩效管理制度先进又管用……"

鲍永昌身体挪到椅子后面，两手撑着椅子靠背继续说："当初，我在怡和洋行当买办，虽然也混得人模狗样，拿着高薪，过着优渥的生活，但那时我很清楚，在外国洋行工作，表面看风光无限，其实不是充当洋人的走狗嘛！因为经常看到我们被洋人欺负，想争口气，所以下决心离开洋行自己办实业，而且选择了民族制药。新谊发展到今天，成为远东第一大制药厂，本是一件让人自豪的事，谁料到，从自豪到自嘲，也就短短一两年时间……痛心！痛心哪！"鲍永昌情绪激动，眼里流露着无奈。

"董事长，我们先具体研究一下工人和工会提出的要求吧。"王铭珊见状，赶紧转移话题。

"企业困难，是不是考虑适当裁员？"人事部部长管燕飞提出建议。

"是啊，现在企业面临困难，要想想办法，看如何减轻负担。"

"我认为此举不妥，困难时期把职工赶走，职工怎么生活？"

"企业不是慈善机构，我们首先要考虑企业的生存，否则企业被拖垮了，不是大家都完蛋了吗？"

"企业如果在这个敏感时期裁员，不仅伤害了职工，也会对新谊这么多年的信誉产生负面影响。"

"不裁员，那是否可以考虑减薪？"

"减薪？怎么减？随着法币不断贬值，单纯从面额看，工资面额会越来越大，那是加薪啊。"

"但实际购买力下降了。"

……

会上形成了两种不同甚至有点对立的意见。鲍永昌想了想，说："此时裁员不是上策，原因嘛，大家刚才都谈到了。薪水呢，这些年我们储备了一些美元，可以考虑部分薪金折算成美元，这样可以保值。另外呢，我们想办法采购一些大米，部分薪金以大米形式发给大家，这样既能满足职工的日常生活需要，可也以抵消物价飞涨带来的影响。"

鲍永昌的提议得到了大家的广泛赞同，也让劳资矛盾暂时得到缓和。

3

到了这年8月，国民党为挽救其财政经济危机，维持日益扩大的内战军费开支，决定废弃法币，改发金圆券。

发行金圆券的初衷本是想限制物价上涨，但事与愿违，由于规定全国各地各种物品及劳务价，必须按照当年8月19日该地各种物品货价依兑换率折合金圆券出售，使得商品流通瘫痪，交易转入黑市，整个社会陷入混乱。

尽管上海市政府竭力平抑物价，但丝毫没有作用，沪上物价反而涨得更快。

万般无奈之下，蒋介石派蒋经国到上海"打虎"，实行经济管制，以此挽救因内战而急剧发展的巨大经济危机。

同时，由于禁止私人持有黄金、白银、外汇，一些市民一辈子的积蓄眨眼间变成金圆券，然后变成废纸。

蒋经国深知在上海前台活动的商界大佬们，其后台就是南京的党国要人，因而他到上海后，采取群众运动和铁腕手段，强行"限价"，打击投机倒把、囤积居奇的"奸商"。

他发表题为《上海何处去》的"告上海人民书",宣称:

> 天下再没有力量比人民力量更大,再没有话比人民
> 的话更正确。
> 人民的事情,只有用人民自己的手可以解决,靠人
> 家是靠不住的,要想将社会翻过身来,非用最大的代价,
> 不能成功!
> 打倒豪门资本!
> 只打老虎!不拍苍蝇!

蒋经国曾是留学苏联并曾加入苏共的人,懂得民心是最大的政治,执政党和政府最重要的依靠就是民心。只可惜,懂得道理是一回事,能否按照道理办事又是另一回事。

上海滩最大的老虎乃孔祥熙、宋霭龄的儿子孔令侃,他所开设的扬子公司囤有大量物资。扬子公司名声极差,前一年就因为套用大量外汇引起广泛的社会反感,这次囤积大量物资被发现,更加激起各阶层人士的不满和愤怒。

上海报纸发表消息,"豪门惊人囤积案,扬子公司仓库被封"的标题已经足以吸引社会关注,而副标题更直接披露"新型汽车近百辆,零件数百箱,西药、呢绒,价值连城,何来巨额外汇,有关当局查究中""货主孔令侃昨晚传已赴京"的惊人消息。

眼看着扬子公司危在旦夕,视孔令侃如己出的宋美龄立即飞到上海。

宋美龄想趁中秋节之机召见蒋经国、孔令侃,试图调解这两个表兄弟之间的矛盾。

蒋经国向孔令侃解释为什么要实行经济管制,并要他顾全大局,谁知孔令侃大怒:

"什么?!你查封我的公司,还要我顾全大局!"两人吵得不可

开交。

蒋经国气得拂袖而去，说："我一定要依法办事！"

谁知孔令侃回敬道："你不要逼人太甚！如果你要搞我的扬子公司，我就把一切都抖搂出来，向新闻界公布我们两家包括宋家在美国的财产。"

宋美龄气得面色煞白，手脚发抖。她比谁都清楚，如果孔令侃真的把这些情况抖出来，会是什么后果。

宋美龄急忙打电话给在北平的蒋介石，要蒋介石火速乘飞机南下。

对蒋介石而言，此时国事哪有家事重要？

蒋介石一到上海，见到上海出版的《大众夜报》头版头条的报道是《扬子囤货案，监委进行彻查，必要时并将传讯孔令侃》，并配发评论《请蒋督导为政府立信，为人民请命》，文中诘问："政府究竟是要豪门呢？还是要人民？将此处决定。"

蒋介石权衡利弊，觉得此时权贵亦即豪门，比所谓的人民更重要。故致信上海市市长吴国桢：

> 关于扬子公司事，闻监察委员要将其开办以来业务全部检查，中正以为依法而论，殊不合理，以该公司为商营而非政府机关，该院不应对商营事业无理取闹。如果属实，可嘱令侃聘请律师进行法律解决，先详讨其监察委员此举是否合法，是否有权。一面由律师正式宣告其不法行动，拒绝其检查。并以此意约经国磋商，勿使任何商民无辜受屈也。

蒋经国只得作罢，灰头土脸离开上海去杭州。临行前，发表《告上海同胞书》，再不提"打倒豪门资本"，也不提"天下再没有力量比人民力量更大，再没有话比人民的话更正确"的豪言壮语了。

　　至此，这场以人民的名义开展的打虎行动，成了一个笑话。

　　面对风雨飘摇的国民党政权，国民党元老、五十八岁的陈布雷，"目睹耳闻，饱受刺激"，致使"衰老疲惫，思想枯涩钝滞"，眼看大厦将倾、无力回天，绝望中服过量安眠药自杀身亡。

　　然而，大概连蒋经国也想不到的是，8月份蒋介石来上海，还有更重要的事情安排。

　　时间到了1948年12月，曾任国民政府上海市市长、财政部部长、中央银行总裁、时已去职在香港逗留的蒋介石的亲信俞鸿钧，突然接到蒋介石从溪口拍来的电报，要他想方设法将国库中的黄金提出来秘密送到台湾，并叮嘱再三，"千万要守秘密！"

　　几天后的一个黄昏，一艘外表破旧的海军军舰接到海军司令桂永清的密令后，停泊到了上海外滩中央银行附近的码头旁边。午夜，在一片蒙蒙细雨中，一群由海军士兵化装成的民工进入中央银行，不声不响地将一箱箱黄金运上了军舰。凌晨四时许，装运完毕，这艘军舰驶出吴淞口，以最快的速度向东南方向驶去。蒋介石自以为这一切做得天衣无缝，不留痕迹，岂料这一切却被华懋饭店里的一双眼睛盯上了。

　　英国记者乔治·瓦从挑夫出发地点、行走路线、货物重量，敏感地判断他们运送的是黄金，立即向伦敦发出了电讯：

　　"中国的全部黄金正在用传统的方式——苦力运走。"次日，英国报纸就刊登了这条新闻。

　　路透社则发布新闻称："国民党政府央行偷运黄金"。上海的《字林西报》、香港《华商报》也转载了这条消息。

　　而蒋介石之前发行的用来搜刮黄金的金圆券疯狂贬值，就如废纸一样，无法忍受的人民只好冲向银行去兑换黄金，而这也造成了黄金挤兑惨案，人们完全失去控制，疯狂地涌入上海中国银行，而这次踩踏事故，最终造成了七人死亡、五十人受伤。

金圆券发行之初，五十万元能兑换两千五百两黄金，但到了后期，五十万金圆券只能买一盒火柴。上海的白粳米，1937 年的时候，每石价格是法币十一点零五元，然而到后来，每石白粳米价格上涨到了金圆券四亿四千万元，相当于 1937 年一千三百二十万亿法币。

4

与张东国的恋情公开后，愧疚和不安一直折磨着我。

大学期间和工作后，我曾有过两次短暂的恋爱——其实那只是几次约会，我甚至都不能确定那是不是恋爱。年已三十岁的我，感情生活几乎是空白。当初想离开新谊，还有一个不好意思说出口的原因，就是想找一份能有机会接触更多异性的工作。毕竟，我早已到了女大当嫁的年龄。

每次和张东国在一起，我都会很紧张，特别是走在大街上，生怕被熟悉的人看到。我曾多次跟他说，我感觉自己就是一个第三者，一个对不起多尔的第三者，可他总是用"缘分天注定"来安慰我。

我也曾多次问自己，难道爱情就应该是自私的吗？我知道这是个天真而又幼稚的问题。友谊可以分享，爱情却只能独占。在张东国与陶多尔之间，我只能选择一个；同样，在我与陶多尔之间，张东国也只能选择一个。尽管这种选择是痛苦的，但别无他法。

我曾想，自己是不是可以选择离开或逃避？但理性马上否定了我的想法。自己早已过了天真烂漫的年龄，人生的道路看起来有很多条，但真正属于自己的却只有一条，而且是一条无法回头的路。无数个夜晚，我内心总有一个企盼，希望在自己的人生路上，能有一位如指路明灯般的人，给予我一两句箴言，引领我迈好关键的每一步，但到头来却发现，自己的问题只有自己解决，别人的所谓理解、同情、关心，只能慰藉自己一时，而无法帮助自己一世。

"东国，带我出去走走吧。"我对张东国说。

"想去哪儿？"他问。

"我们去徒步吧？"我想起那次与李悦一起的腾格里沙漠之行。

"远处可能去不了。找个近点的地方如何？"张东国问我。

"那去哪儿呢？"我问。

"徽杭古道？我们周五跟车到浙江，周六徒步一天，当天在绩溪住一晚，第二天在附近走走，下午乘车回上海，怎么样？"张东国征求我的意见。

"哪里都行。"我说的是心里话。只要离开上海，遇不到熟悉的人，我就没有了心理压力。

其实，我们走的是"杭徽古道"。

周六，我们从浙江临安马啸乡出发至安徽绩溪。在临安马啸乡起点，有一个用竹子搭成的门楼，上面书写着"徽杭古道"四个金色大字，两侧分别写着"宝地清凉峰""奇特蓝天凹"，像是一副对联，更像是对游人的提醒。

走出三五百米，发现一栋破旧房子的墙上，写着"全国人民团结起来，打败美帝国主义及其一切走狗"。文字隐隐约约，但还算看得清楚。我知道这是1970年著名的"五二〇"声明中的一句话，也是历史上著名的口号之一，算起来已是四十五年前的事。

这些年，由于有关部门实施"村村通公路"计划，原本崎岖的山道已被宽阔的公路所替代，这固然方便了村民，但对喜欢探古寻幽的游人而言，徽杭古道的难度系数太低，反而失去了野外运动的乐趣。一路走着，并不感到有多费劲，走到"蓝天凹"时，才想起出发时门楼上的那副对联提醒的"宝地清凉峰"，已不知在什么时候被甩到身后了，而眼前的"蓝天凹"，如果不是一块大大的广告牌提醒，差点又被忽略。

山中有一凉亭，一对上了年纪的老夫妻摆着茶摊。老人说茶钱随便给多少，也可以不给。但当闲聊时听说他们设摊是想尽可能地挣点钱，贴补生病的儿子，老人自然而质朴的语言使我动了恻隐之心。喝罢茶，张东国微笑着看了我一眼，掏出了一张五十块钱的纸币给老人，老人很是意外，连说太多了，再三推却。送上一份对老两口的谢意和对他们儿子的祝福，我们继续赶路。

徽杭古道，顾名思义，自然是安徽与浙江之间的一条古道，是古时徽商和浙商互通贸易的重要通道，也是继丝绸之路、茶马古道之后的第三条著名的古道。如果说，丝绸之路促进了世界经济的发展，茶马古道带动了中国大西南乃至东盟部分国家经济的发展，那么，徽杭古道无疑推动了江浙一带区域经济的发展。

也正由于徽杭古道的出现，徽商成为历史上的一个传奇。清代大商人胡雪岩年少时，也曾沿着古道肩挑背扛进浙经商，艰难求生。从徽州出发，胡雪岩的生意越做越大，除了徽州，还在上海、京城都设了分号，不仅成了全国首屈一指的商人，而且成为官商通吃的"红顶商人"。

"知道胡雪岩吗？"张东国问我。

"喊！我不至于那么无知吧？"我说。

"我的意思，不是说胡雪岩这个人，是说他这种现象，胡雪岩现象。"张东国说。

"胡雪岩现象？"我有点好奇，问，"你是说官商勾结？"

"不能简单地说是官商勾结吧。"张东国说，"在上海的历史上，在中国的历史上，曾有过许多官商结合的模式。这实际上是特定历史条件下的产物。胡雪岩通过傍上王有龄、何桂清、左宗棠而平步青云，但当这些权贵受到排挤甚至倒台后，胡雪岩的事业也就到了顶点。这实际上是很可悲的。"

"胡雪岩现象的本质，我认为就是以商养官、以官促商。如果他们都以社稷百姓为重，这倒不一定是坏事。"我说。

"筱韵，你知道吗？我就特别喜欢你看问题一下子就能抓住实质的眼光。"张东国凑上前在我脸上亲了一口。

"你干什么？"我娇嗔地推开他，"边上有人呢。"

张东国扮了个鬼脸朝我笑笑。

我心里乐开了花。

"问题的实质就在这里。你想想，这些人能够一直以社稷百姓为重吗？"张东国说，"为己谋利，权力寻租，各取所需，到最后就成了你说的人人痛恨的官商勾结。"

"现在这种现象也存在。"我想起了龚世平与王东。

"是啊。龚世平和王东在某种意义上就属于这种情况，权力寻租，各取所需，他们出事是迟早的事。"

"对了，我一直想问你，你与他们到底什么关系？"我问。

"其实没多深的关系。龚世平曾经是我爷爷的部属，我爷爷对他给予过不少帮助。或许就是这个原因，我们很早就认识了，接触也比较多，但仅限于此。"张东国说。

"就没有一点腐败什么的？"我故意说。

"我爷爷奶奶都是老革命，很左的。龚世平逢年过节看望他们，带点水果是有的，别的还真没什么。正是这个原因，我爷爷觉得他挺'正'。"

"人是有两面性的。"我说。

"两面性倒可理解，就怕两面派。"张东国若有所思地说，"现实生活中两面派并不鲜见啊。"

"不过，有些事也不能太认真。"

"当然，过于较真没必要，但该认真还是要认真。你说对吗？"他坚毅的目光，让我无法否定他的意见。

我点点头，其实我也是个认真的人。

"对了，我们第一次在一起吃饭时，你说起老虎的事，你是真的知道消息？"我好奇地问。

"通过爷爷的关系，我们有个小圈子，经常会交流一些小道消息。"张东国笑笑说，"这些消息也是真假难辨。"

"大部分消息还是比较可靠的吧？"我故意捧他说。

"那自然。"张东国有点得意地笑笑，说，"不过，一般人我是不告诉的。"

一路走得很顺利，下午早早到达绩溪龙川。登记房间时，张东国掏出身份证交给我，说是自己内急，跑去找卫生间了。

我知道他把难题交给了我。

狡猾的家伙！

等他过来，我把房卡塞到他手上，说："一人一间。"

他趁机抓住我的手，坏笑着说："勤俭节约光荣，奢靡浪费可耻。"

……

第二天一大早，我把张东国从床上拉了起来。他虽然还没有睡醒，但睁开眼第一时间看到我时，目光中充满了缱绻的柔情。相视一笑后，我们彼此偎依在窗前，向窗外远眺。

此时，太阳徐徐升起，远处炊烟袅袅。在一栋古建筑前面，一位小姑娘正在写生。坐在古老的青石板上，面对静静流过的河水，小姑娘全神贯注地描绘着她眼前，应该也是她心中的徽州古建筑。朝霞映照在她脸上，显得红扑扑的，而挂在嘴边的笑意，不经意间透露出自己心中美好的憧憬。

我朝他看了一眼，一阵甜蜜而幸福的感觉油然而生。

回上海的大巴上，我已不再羞涩，很自然地靠在他胸前。

他一手搂着我，一手轻轻抚摸着我的头发。

我感受到从未有过的安稳与快慰。

突然，前面传来"轰"的一声，接着就是急刹车发出的刺耳声。

巨大的惯性让我差点撞到前面的座位，还好，张东国紧紧搂着我。

　　发行金圆券的初衷本是想限制物价上涨，但事与愿违，由
于规定全国各地各种物品及劳务价，必须按照当年8月19日该
地各种物品货价依兑换率折合金圆券出售，使得商品流通瘫痪，
交易转入黑市，整个社会陷入混乱。

前面的车辆出事故了，一辆 SUV 和一辆轿车撞在一起。

大巴车司机果断刹车，避免了可能的追尾。他迅速把车靠到路的右侧，并打开车门，招呼大家："快下车，离这里远一点。"

我们与其他乘客迅速下车。

发生追尾的事故车辆开始冒出浓烟，但乘客仍然被困在车内。

张东国见状，做了一个让我离远点的手势，然后迅速冲到事故车辆边上，猛地拉了一下车门。然而，此时车门已经变形，根本无法拉开。

他又跑到车子前面，跳到引擎盖上，用脚猛踹汽车挡风玻璃。

一下，两下，三下……

挡风玻璃终于被踹开。他用手扒开一个空间，迅速从车内拖出一个人，抱到边上放下，又冲过去拖出另一个人。

这时，车子底下已冒出火舌，车辆随时有爆炸的危险。

"东国，危险！"我大声喊着，刚往前冲了两步，却被身边一位妇女死死拽住："你不要去添乱！"

张东国听到我的喊声，他回头朝我摆摆手，示意我不用担心，又冲上去拖出第三个人。这是最后一个困在车内的乘客，张东国满是汗水的脸上带着如释重负的笑意，像个打了胜仗的英雄一样，展开双臂向我奔跑过来。正当我准备好给他一个拥抱时，他背后的火焰突然蹿起，一瞬间席卷了整个车厢。张东国顿时变成了一个火人。他朝我喊了一声："筱韵！"我看不清他的神情，只听到他的声音急促而又粗犷。火光喷涌，碎片四溅，梦中的场景霎时涌上心头，章云洲和张东国的身影重叠在了一起。那条六瓣梅花的项链在爆炸中飞到了半空……

一阵恐惧攫住了我。在一片嗡嗡的耳鸣声中，汽车"轰"的一声爆炸了。张东国倒了下去，慢慢停止了挣扎。

5

上海解放的脚步声正日益临近。

中共中央指示上海地下党，里应外合的最好手段不是武装起义，而是发动工人群众广泛开展反拆迁、反破坏斗争，进行护厂、护店，保证水、电、煤等供应不中断，力争在解放之初即恢复生产。

身在江苏丹阳的中共中央上海局书记刘晓，发电留在上海的副书记刘长胜，指出配合做好接管工作的重点：

> 上海解放日愈迫近，接管的准备工作应当变为你们今天的中心工作。
>
> 具体组织各阶层力量，以各种方式来保护各种生产机构、财产、物资、码头仓库、交通工具、机关、学校等，不遭敌人破坏与流氓抢劫，并须保存档案收集材料，靠发动群众具体调查隐蔽物资，安定职员情绪，以待完整有系统的移交。

事实上，在此之前，上海地下党组织为迎接解放早已有动作。

戒备森严的北四川路国民党淞沪警备司令部会议室。

汤恩伯正主持召开绝密的大上海保卫会议。驻防上海的各集团军司令、军长、师长以及警察局长、警察总队长等军警要员悉数到场。警察局长毛森满脸杀气地坐在主席台一侧。

战场节节败退的消息，早已使这些国民党将领坐立不安，各打各的算盘。尽管汤恩伯正襟危坐在台上，作战参谋正手握教鞭，在一巨幅上海军事作战地图前，讲述上海防卫战略意图，包括每一防区的兵力部署、火力配置、工事构筑以及相应的攻防战术，但台下仍是一片交头接耳的嗡嗡之声。

不过，尽管如此，后排一角仍有个相貌堂堂的高级警官，他不仅神情专注地听着这些布置，每听到重要之处还若有所悟地点点头。他就是担任上海公安局驻卫警总队代总队长的崔恒敏，此前已秘密加入李济深等发起组织的地下民联，曾配合中共地下组织参与发动了"将军哭陵""京沪暴动"等反蒋活动。

第二天清早，崔恒敏来到位于北京西路 279 号的总队部时，脑海里仍盘旋着昨日会议的内容。恰好这时淞沪警备司令部的机要车送来了一份《大上海防卫计划》绝密件。

他马上签字收下。拆封一看，其内容竟比昨日会上讲述得更精确详细，有作战指挥部的划分和名单，有各地区兵力部署和部队番号，有防御工事设施和地理位置，还有重武器及地雷分布地区等信息。崔恒敏立即回到淮海中路家中，用最快的速度把这份密件抄录下来。

这份涉及重要内容的绝密情报，很快被送到复兴中路普朴莱贸斯公寓的地下组织交通站，又转交到沈志远手中，沈志远安排专人以最快速度送达江北的江淮军区司令部。

6

随着公司百年庆典的临近，我们的筹备工作也进入冲刺阶段。

但是，新谊历史中有些谜团，比如鲍永昌为什么在新中国成立后移居海外等情况，由于当事人已经去世，无法一探究竟。这些问题始终萦绕在我的心头，挥之不去。

巧的是，我在翻阅二十多年前的厂报时，意外发现一条新闻特写，名为《101 枚戒指的故事》，报道的是新谊建厂八十周年时，邀请鲍永昌夫人杨玉菁和两个孙子参加新谊庆典时的访谈。在这则访谈中，杨玉菁谈到一件往事：当年鲍永昌倾其家产，将新谊推上民族工业之路，一度获得"远东第一大药厂"的地位。

当时的鲍永昌，在外人看来是衣装光鲜、身价不菲的大老板，却不知道他将全部家产都投到新谊药厂，以致家庭生活捉襟见肘，在与杨玉菁结婚时，只买了一枚细细的戒指。新婚之夜，鲍永昌觉得愧对娇妻，承诺说："资金都投在新谊的扩大生产中了，我现在真是囊中羞涩，将来一定会补送你一百枚戒指。"

杨玉菁只当是鲍永昌的笑谈，当即回答说："要那么多戒指干什么？就算手指、脚趾都戴上戒指，一百枚也戴不下啊。"

但没想到鲍永昌却是认真的。他去世后，杨玉菁在整理丈夫遗物时，发现一只沉甸甸的首饰盒，打开一看，里面全是丈夫送给她的戒指，仔细清点了一下，发现竟然正好是一百零一枚。

经了解，这篇访谈的作者逸飞，就是公司原宣传干事丁逸飞。于是，我找到已经退休多年的他，想从他口中，了解一些当年采访杨玉菁时的更多细节，试图解开鲍永昌当年移居海外的谜题。

丁逸飞见我到访，非常高兴，还找出了当年访谈的笔记。

"丁老师，您还记得当年的情景吗？"我开门见山地问。

"当然记得！不就过去二十年吗？我的脑了还好使，记得很清楚。"丁逸飞用手拍拍笔记本，说，"这里面都记着，但更多的细节在我脑子里装着哩。"

"那在您的印象中，鲍永昌是一个什么样的人？"我问。

"这个问题好像一两句话说不清楚。从我以前了解的新谊历史，以及对他夫人杨玉菁的访谈情况看，起码他是个非常有情怀的人。"丁逸飞说。

"此话怎讲？"

"一百零一枚戒指的故事，只是他私人生活的一个花絮。我想说的是，他最初作为一个康白度，也就是买办，成为一名民族资本家，并不是简单的个人转行或实现自身价值这么简单，他对老百姓、对民族乃至对国家怀有一种深深的感情。"

"您是不是拔高他了？"我故意说。

"那还真不是。你想想，他扩资主政新谊之前，收入可观，生活优渥，但主政新谊后，无论是企业的发展，还是个人的生活，都比较艰难。"丁逸飞说，"但就是这样，鲍永昌仍提出并践行为民族医药、百姓健康谋福利的理念，这是难能可贵的。"

"确实如此。"我点点头。

"在积贫积弱的旧中国，不乏一些仁人志士为了民族的强盛，不惜牺牲小我，报效祖国，鲍永昌便是代表。"丁逸飞神情庄重地说，"其实，对待历史人物，我觉得重要的不在于他说些什么，而在于他做过什么有利于国家、有利于人民的事。"

"您说得有道理，鲍先生确实为民族工业做出了重要贡献。"

"其实我和你一样，对鲍永昌为什么在解放初期移居国外感到很好奇。"

"是啊。您知道为什么吗？"我问。

"我没有找到答案。但我知道的事实是，新中国成立后，以美国为首的一些西方国家对中国实行经济封锁，鲍永昌帮助新谊制药在海外购置了大量医药器械、原料，一定程度上帮助新谊打破了封锁。"

"嗯。那您觉得他是负有某种使命移居国外？"我问。

"哈哈！郑主任，你这个问题有点像记者的提问，比较刁钻。"丁逸飞笑了起来。

"丁老师，我们是同事，所以我想知道什么就直接问什么了。"我也笑了起来。

"你上面这个问题，我也曾试图找到答案，甚至我还问过杨玉菁女士。"丁逸飞继续说道。

"那她怎么说？"我急切地问。

"很遗憾，她没有正面回答我。"丁逸飞翻开当时的访谈笔记本，说，"当时杨玉菁女士是这样说的：不论身处何地，我们始终对祖国怀有一颗赤子之心。"

"就这些？"我觉得意犹未尽。

"就这些。"丁逸飞合上笔记本说。

"那您判断鲍永昌是否身负使命？"我追问道。

"我不做超越事实的判断，更不做超越当事人的所谓判断。"丁逸飞说，"作为一名老宣传人，我宁可用杨玉菁女士的话回答你这个问题：不论身处何地，他们始终对祖国怀有一颗赤子之心。"

"嗯嗯。"我没有找到答案，但似乎又找到了答案。

7

蒋介石在偷运黄金、国宝的同时，还向台湾转送大量生产资料和生活品。

作为远东第一大药厂，新谊也成为国民党政府觊觎的目标。

此前，新谊出于企业发展需要，已在安排专人考察选址，准备在台湾设立分厂。也正因如此，国民党有关方面向新谊施加压力，要求新谊分期整体搬迁。

国民党海军总司令桂永清亲自下令，要求把新谊制药厂重要机器设备搬到台湾：

"新谊制药厂暂不急需及贵重的材料首先予以疏散，以免招致意外损失，并派得力人员至台北、基隆抓紧建设分厂。"

随后，药厂高层在国民党政府的胁迫下，在位于四川路的新谊制药厂大门口，贴出布告："本厂因受战祸影响，生产不能开展，范围必将缩小，而台湾台北、基隆制药厂正在发展，需要大量技术优良之职工，工薪优厚，愿同去者向人事部门办理手续……"并许诺，凡愿赴台者，可以马上得到若干银元的安家费。

国民党区分部也抓紧活动，暗中调查了解中共地下党的活动情况。

新谊高层为此陷入两难之中。如果不响应国民党政府的搬迁要求，军警步步紧逼，难以搪塞；如果响应搬迁，那就要有具体行动。

新谊高层管理人员会上，王铭珊开门见山："现在，是否搬迁、如何搬迁的事，成为我们当前必须面对的大事，并且要马上拿定主意。"

由于新谊管理层大多与国民党政府没有太多的瓜葛，自然不愿意随国民党政府跑到孤岛，何况即便去了那里，新谊也不可能再有什么发展。

办公室主任章伯平首先站起来反对："新谊发展到今天，全仗着我们在上海这片土地上。离开了上海，别说将来有什么发展，就是生存也成问题。"

"是啊，新谊制药从创办那天开始，就倾注了我们大家的心血，发展到现在，不能让一个远东第一大制药厂说毁就毁掉啊。"

"新谊不能当国民党政府的陪葬品，新谊必须留在上海。"

王铭珊打断大家的讨论，说："既然大家都有留在上海的共识，关于'是不是搬迁'这个问题，我们就不再讨论了。我们现在要一起想的是：如何把新谊完整留在上海。"

"我认为，既然是分期搬迁，最好的办法，就是一个字——拖！"

"能拖自然好，但问题是，我们怎样才能拖得下去？"

"我认为，还是要讲究策略。"沈志远说，"针对国民党政府，我们应该从几方面入手，表明态度，予以回应。第一，因为是分期，已经在台湾勘察建设分厂，就要有所规划，有步骤地进行。如果现在就仓促把所有设备都拆了，只能造成浪费。再说，这里立即停产了，工人的生活怎么保证？出了乱子谁负责？第二，我们是化学制药厂，大部分设备一旦拆开，经过远程搬运，无法重新安装，就相当于报废了。"

"对啊!"生产部部长抢过话说,"有些设备不动它,只要及时维护,使用三五年甚至更长时间,一点问题也没有。如果拆卸就难保证安全了。"

沈志远继续说:"第三,我们答复桂永清,相信国军能够坚守上海,所以,我们也坚决让新谊与上海同在。"

王铭珊与沈志远对视后一笑,说:"好吧,请沈先生把大家的意见综合一下,给他们一个答复,讲清我们的思考和困难,同时也表明我们相信国军能够坚守上海的信心。"

与此同时,全市的护厂行动也在同步展开。

1949年,上海有六百万人口,而中共上海地下党党员竟达到了约一万人,加上外围人员,更有数万人之众。这股强大的政治力量,吸取了历史教训,多年来始终贯彻"隐蔽精干、长期埋伏、积蓄力量、以待时机"的白区工作方针。

各基层单位以党员为核心、外围团体成员为骨干,纷纷成立了护厂队、护校队、纠察队、救护队等。4月中旬,中共上海市委决定,将全市各企事业单位已普遍存在的护厂队、护校队、纠察队、消防队、自卫队等集中起来,在人民团体联合会的领导下,建立统一的六万人上海人民保安队和四万人上海人民宣传队。

就在新谊制药厂因为搬迁令而人心惶惶之时,中共新谊地下党也开始大造声势,宣布解放战争形势。工人之间悄悄传阅着中共上海地下市委印发的《工人怎样迎接胜利》的小册子,有的地下党员把自己所在班组的同事召集在一起,号召大家为迎接全面解放而努力,在群众中提出"护厂第一""护厂活命"和"工人不离机器"的口号。

地下党秘密散发的传单开始在工人中传递,让很多正在犹豫不决、摇摆不定的新谊人打消了对共产党的怀疑,决定留在上海。到了国民党运送赴台人员船只起航那一天，只有少部分新谊职工上了船。很多领了安家费的工人，此时却也不见了踪影。鲍永昌与王铭珊、沈志远商量着如何在特殊时期保护好新谊制药厂。

沈志远态度坚决地说："我们必须明确一点，就是新谊制药厂无论如何也不能让蒋介石弄到台湾去。"

"可目前国民党政府派军队进驻工厂，强行要求搬迁，这很难啊！"鲍永昌打心眼里不想让新谊搬走，但又感到为难。

"你们放心，上海已成立了人民保安队，这是以工人为主体的武装自卫组织，主要任务就是保护工厂，反对搬迁，完整保存机器、原料及制成品。"

"有一个很现实的问题，国民党军队有枪有子弹，我们手无寸铁，与他们开展斗争，要考虑到尽量不发生无谓的牺牲。"王铭珊心里也有些担心。

"所以啊，人民保安队还有一个重要任务，就是瓦解反动武装，把敌人反动武装的人力、物力、火力变为替人民服务的力量。"沈志远满怀信心。

"这个当然很好，但真正做到，不容易啊。"鲍永昌仍然不放心。

"你们放心，党组织会策划安排大家做好这些工作。对了，你们也是保护对象，这段时间你们自己千万要当心。特别是董事长，上次的教训要吸取啊，国民党穷途末路，无恶不作，什么事都干得出来！"

鲍永昌拍拍自己的右腿，想起索要德邻公寓的种种遭遇，用拐杖重重敲在地面上，气愤地说：

"这么下作的政府，这么下作的军队，岂有不倒不败之理?！"

第十二章　湛蓝的天幕

1

湛蓝的天幕下，大团大团的乌云急速向西移动。江面波涛翻滚，江水猛烈拍打着江岸，发出有规律的"啪啪"声，随后的"哗哗"声带着几分恐怖，不断在空气中弥散。

这是台风来临前的天象。

这场叫"樱花"的台风，据说中心风力正在不断增加，可能会超过十六级，彻底变成了超强台风。气象部门根据卫星云图推断，台风"樱花"的风眼也在不断壮大，看起来就好像是一个巨型空洞，直径已超过了一百公里，也就是说，风眼可以装下整个上海！"樱花"已经发展到了巨无霸的状态，预计它进入东海海域之后，会携带着十级以上的狂风，一点点朝着浙江北部前进，并向上海逼近。

在狂风暴雨的作用下，此次台风登陆的时间正好遇上了农历十六的"天文大潮"，气象部门警告很可能会带来异常严峻的极端天气，应急部门反复提醒居民务必要提前做好准备，千万不要抱有侥幸心理，趁着台风"樱花"还没有登陆，把家里的贵重物品收拾妥当，并囤上食物和饮用水。

但上海市民却没有一丝恐惧。多少年来，台风总是与上海擦肩而过，市民似乎已经习惯了这种幸运。

更深的原因，缘于一个神奇的传说。

二十世纪九十年代，上海高架道路建设紧锣密鼓。继内环线建成通车后，贯穿市区的成都路高架南北高架和延安路高架先后上马，形成贯穿上海市东西南北中的"申"字格局。但当工程进行到关键的东西南北高架路交会点时，作为支撑主柱的基础地桩怎么也打不下去。据说，后来请来玉佛寺的高僧舍命作法，方才顺利打下这根柱子，并在柱身饰以龙纹。

从那以后，上海总是能免灾，甚至台风到了上海跟前，都会转身离去。

这个颇具传奇甚至迷信色彩的传说不足为信，但上海近二三十年来少有台风侵扰倒是事实。

不过，城市的幸运并不意味着每个人都可以心存侥幸。就在前几天，有关部门公开了龚世平被逮捕的消息。

龚世平的案件，正好成为"三严三实"专题教育的活教材。

"同志们，我们今天召开'三严三实'专题教育民主生活会。关于党性分析报告，会前大家都已经提交党委，我和姚堃同志都已经审阅，今天也印发大家相互传阅。因此，我建议，今天的对照检查，我们就不要照本宣科了，请大家对照严以修身、严以用权、严以律己的要求，主要谈谈在党风廉政建设方面的认识和体会，当然，也包括存在的问题。姚堃同志，你看如何？"

姚堃点点头，说："会前，我已与耀东同志通过气，也认真看了大家的党性分析报告。在我们公司迎来沪港两地上市和成立百年的特殊时刻，认真开展专题教育，有着特殊的意义。所以，请大家敞开心扉，谈谈自己的认识和体会。"

"我先说说吧。"李小娟首先发言，"'三严三实'的要求，体现了干部做人从政的基本要求，也划定了为官律己的红线。其实，这些基本要求本来就是我们应该做到的，这次中央重新提出，反过来提醒我们有些同志，当然，也包括我，在这方面存在差距，甚至存在不少问题。就领导干部而言，说到底，是要过好权力关。"

"嗯嗯，你具体谈谈。"吉耀东说，"我们今天采用讨论的方式进行，发言中大家可以插话讨论。"

"过好权力关，就是要严以用权，要按规则、按制度行使权力，不搞特权，特别是不以权谋私。"李小娟继续说。

"现在当个领导不容易，身边的陷阱太多。"张晓聪插话说，"通过这次'三严三实'学习教育，我感到过好权力关，关键还是要严以律己，要有敬畏之心，慎独慎微，否则一不小心，就会掉到坑里。"张晓聪停了一下，又说，"就拿这次新谊的改革来说，私人老板找自己，一般都能绷紧弦，按规矩办事。但遇到上面打招呼，就难把握了。打个比方，假如姚董在上面找我，我以为是上级领导的指示……"

"晓聪同志，"姚垒脸色大变，立即打断张晓聪的话，说，"第一，我没有打过招呼；第二，退一步讲，就算我因为工作关系找你，我们也要按法律、规章制度办事。"

"不要乱打比方。"吉耀东微微一笑，说，"今天讨论内容都要记录在案，乱打比方就显得不严肃甚至不负责任了。"

姚垒似乎感到了自己的失态，马上也笑笑说："耀东同志说得对，今天的会不同于平时，大家都要严肃认真。"

张晓聪话一出口，已感觉这个比方打得不合适，尴尬地笑笑，但笑得比哭还难看。他只得端起水杯喝了一口，清了清嗓子说："对不起！我打了不恰当的比方。我的本意是想说，此前龚世平曾经私下和我打招呼，暗示引入远东投资，当时我曾错误地以为是上级机关的指示要求。"

"谈自己的认识体会。"吉耀东提醒说。

"对！对！说实话，当时我也是想与上级搞好关系，希望自己能有更大的舞台。所以，说到底，还是自己有私心。"

吉耀东瞟了姚堃一眼。

姚堃正襟危坐，面无表情。见吉耀东看自己，忙露出一丝微笑，显得极有涵养。

"晓聪同志能看到这一点，说明认识还是比较深刻的。"吉耀东说，"关于新谊的这次混改，我感到比较欣慰的是，虽然中间也曾有这样那样的情况，但总体上大家经受住了考验，这也为公司顺利完成 IPO 打下了一个好的基础。"

吉耀东继续说：

"刚才两位同志都谈到过好权力关的问题。我们作为国企的管理人员，说到底，都是党的干部。党的干部就要遵守党的宗旨。全心全意为人民服务，就是我们一切工作的逻辑起点。所以，任何时候，我们都不应该以企业家之名，把自己当作特殊党员。"

姚堃若有所思地点点头，说："耀东同志讲得非常深刻，全心全意为人民服务是我们一切工作的逻辑起点，这一条值得我们细细琢磨。"

"好，大家继续讨论。"吉耀东示意说。

2

1949 年 4 月的一天。

清晨，平日宁静的复兴岛突然出现许多全副武装的军警。下午，从宁波象山驶来的国民党海军旗舰"太康"号驱逐舰缓缓靠上码头。

这时，船舱里慢步走出一人，头戴礼帽、身着长衫、面无表情，此人正是蒋介石。

蒋经国紧随其后。

上岸后，蒋介石马上召见京沪杭警备总司令汤恩伯、空军司令周至柔、海军司令桂永清、上海警备司令陈大庆、上海防守司令石觉等人，听取汇报，共商上海防御大计。

蒋介石听完汇报后，说："目前的情况诸位都很清楚，政治、军事的缺陷，中外人士的误解，再加以共产党宣传的毒素与间谍活动渗透于其间，导致了其在内政、外交的全面失败，也丧失了士气、人心。"他把所有责任都推到李宗仁头上。

然后，他又信誓旦旦地表示："当前形势虽然严峻，但我们决不气馁，更决不失望。十一年前南京撤守西迁，乃是我们政府长期抗日战事的起点。今日南京撤守，政府南移，更成为我们反共斗争唯一的转机！我有言在先，不出三年，最后胜利必然是我们的！"

接着，蒋介石连续三次召集团以上军官训话。他振振有词地为军官打气说："共产党问题是国际问题，不是我们一国所能解决的，要解决必须依靠整个国际力量。但目前美国盟友要求我们给他一个准备时间，这个时间也不会太长，只希望我们在远东战场打一年，因此我要求你们在上海打六个月，就算你们完成了任务。"

大家互相对视，心里都很清楚，但谁也不道破，也不敢道破，只是不住地点头，算是对蒋介石的回复。

蒋介石继续说："现在我们在战略上虽然遭到了一些挫折，但这只是暂时的，你们应当闻胜不骄、闻败不馁，你们应当相信我。"

为了鼓舞士气，他甚至翻出平时最不愿意谈及的西安事变，说："西安事变是我生平最险恶的一关，也是党国存亡的关键，可这一关我们渡过了。抗日战争，我们没有来得及充分准备，以后外援又被截断，那时处境极为困难，然而经过多年艰苦奋斗，最后我们还是取得了胜利。大家想想，现在我们比起以往来，困难总要少得多了，所以大家应当具有信心。"

蒋介石企图以死守上海换取国际干预，让有些本来已经失去信心的高级军官，又开始兴奋起来："这回好，老头子肯定是跟美国人商量好了，只要美国出面，就有办法。"

其实，心里最清楚的就是蒋介石。前些时候，他在杭州召见上海市市长吴国桢。

"你据实告诉我，上海到底能守多久？"

吴国桢犹豫了一下，老老实实地回答："据我所知，最多一个月。"

蒋介石尽管知道上海迟早要丢，但闻此言，还是吃惊不小，急忙问：

"你凭什么作此断定？汤恩伯向我报告说，至少可以守六个月。"

吴国桢本就是书生气十足的官员，此时蒋介石脸色大变，可他却未察觉，还是道出实情："汤恩伯修建工事用的材料粗劣，构筑工事的地点根本不符合军事战略要求，只要共军开打，国军必败无疑。"

"你就这么肯定？"蒋介石脸色更加难看。

"还有，上海人口众多，所储存的食物、燃料最多只能维持一个月。您想，到时不要说共军开战，就是我们自己也撑不住啊。"

"好了！好了！"蒋介石脸色苍白，骂了一句"娘希匹"后，挥挥手让吴国桢离开了。

蒋介石在复兴岛的下榻处是岛上仅有的一幢洋楼，原先是专供外籍海员度假使用的，后来用作浚浦局的员工俱乐部，因为外墙通体白色而得名"白庐"。白庐四周绿荫环绕，屋内装潢考究，设施齐备，而且保安措施到位。

但此时沪上媒体已经争相报道蒋介石来沪的消息。主帅不进入市中心，却驻跸靠近吴淞口的江中小岛，岂不令人浮想联翩？

于是，蒋介石吩咐蒋经国："你去准备一下，我要搬到市区里住。"

蒋经国连忙劝阻："父亲，时局紧张，市区危险，这个时候怎么可以搬过去？"

"危险？你知道，难道我不知道吗？"蒋介石歇斯底里地发怒道。

蒋经国是个聪明人，立刻就明白了他的心思。

不多日，蒋介石便住进了金神父路的励志社。

在市区的日子里，蒋介石每天忙于召集地方知名人士座谈，或是召见黄埔军校学生训示，目的只有一个：坚守上海，誓与上海共存亡。

然而，形势的发展彻底打破了蒋介石最后一丝幻想。1949年5月初，美、英、法三国的军舰全部驶离黄浦江。

原本蒋介石寄予的"国际干预"美梦彻底破产。失望之余，蒋介石又搬回复兴岛，并嘱咐蒋经国尽快准备船只：

"天亮未亮时开船，天黑未黑时到舟山，途中不准鸣笛！"

这或许就是蒋介石在上海作出的最正确的决定：趁着晨曦和暮霭逃离。

5月7日早晨六点，搭乘招商局"江静"轮从复兴岛出发，蒋介石满腹惆怅，黯然离开上海。

3

"多尔。"我打通了多尔的电话，哭着说，"东国他……"

"……"我隐约听到哭声。半晌，才听到多尔的声音："我已经知道了。"

"多尔，你和我一起送送他吧。"

"我当然要送他。"多尔声音里透出一点哀怨。

"谢谢！"我不知道接下去该说什么。

多尔在电话那头的哭声慢慢停了下来，说："你等我，我来接你。"

一辆黑色别克轿车停在我身边，我拉开车门坐到车上。

多尔一袭黑衣，两手撑在方向盘上，面无表情。

过了一会儿，多尔发动了汽车，问："我们去哪儿？"

"我们去他家里看看吧。"

形势的发展彻底打破了蒋介石最后一丝幻想。1949 年 5 月初，美、英、法三国的军舰全部驶离黄浦江。

张东国的父母已从北京赶回上海。起初，他们以为我和多尔只是张东国的一般朋友，听到我俩的名字后，他们失声痛哭。

多尔的母亲搂着我俩，伤心地说："我和东国爸爸正好到了退休年龄，原想回上海后，可以享受天伦之乐，可以含饴弄孙，可是……"

东国的父亲走过来，轻轻地对我们说："你们去看看东国他奶奶吧。"

我和多尔走进汪映珍的房间。

我轻轻叫了一声："奶奶。"

汪映珍坐在藤椅上，似乎没有听到。

我又提高声音叫道："奶奶！我是郑筱韵。"

老人这才抬起头，仔细看了看我，又看看多尔，说："孩子，你们来了？"然后哆嗦着抬起右手，指着我问："你和东国去哪儿了？"

"奶奶，都怪我！我们不出去就没事了。"我"扑通"一声跪在汪映珍面前，满腹的内疚和悲伤，顿时涌上心头，止不住放声痛哭起来。

"孩子，别这样，不要这样。"汪映珍摸摸我的头，说，"我们没有怪你，你没有什么错。"

"你别太自责了，筱韵。"多尔也在一旁劝我，但她自己却也失声哭了起来。

汪映珍拍拍我的肩，说："筱韵，快起来！快起来！"又对多尔说，"姑娘，你也别哭了。"

老人用纸巾擦了一下眼泪，然后说："第一次见你，我就很喜欢你。后来东国给我看了项链，我还想，世上哪有这么巧的事？难怪古人说无巧不成书。如果你嫁到我们家，该多好啊，也算是了结了老头子一桩心愿哪。"她叹了口气。良久，老人仰头哽咽道："唉！孩子，与我们家是有缘无分啊……"

安抚好奶奶，我和多尔与张东国父母商量后事处理，他父母告诉我们，东国已被评为烈士，所有的后事都由单位帮助料理，让我们不要操心了。

但多尔坚持说："伯父伯母，我们都和东国朋友一场，他的衣服由我们准备吧。"

张东国父母见多尔态度坚决，便不再坚持，说："好吧。"

回去的路上，多尔提出一起到前滩的江边走走，我也很希望在这个时候，能有知心的朋友相伴，能在更宽阔的空间里稀释一下内心浓稠到让人窒息的哀痛。

我们谁也没说话，默默在江边走了一会儿。当路过一个叫"下次再来"的茶餐厅时，多尔提议进去坐坐。

多尔要了一杯咖啡，我要了一杯红茶。

"你知道我与东国怎么认识的？"多尔忽然问我。

"难不成是在这里？"我问。

"是的，就是在这里。"多尔讲述了一段从未告诉过我的往事。

三年前的一个晚上，她采访结束后走到这个茶餐厅，要了一份简餐。那天正好是周末，客人很多。

后来，外面突然进来几个人，扑向正在用餐的两个男人，两个男人立即反抗，双方扭打成一团，餐厅里顿时一片混乱。原本以为是普通的打群架，不料外面又冲进来两个身着警服的人，朝他们喊："快点离开这里！"大家意识到问题或许不那么简单。

一声枪响，更是让在场的人惊慌失措，大家纷纷逃离。但邻桌的一个男青年，对，就是张东国，不但没有逃离，反而上去帮助警察制服了两个嫌疑人。后来才知道，这两个人犯有重罪，不但带着枪，当时身上还各带着一颗手雷。

"警察有问题啊，怎么在这么多人的地方下手？"

"外地警察追踪很长时间了，怕他们再次逃脱，所以迫不及待下手了。"多尔解释说。

"哦，是这样啊。"

"我把现场情况写了个报道发到媒体上，这样一来二去我们就认识了。"多尔沉浸在回忆中。

"多尔，都怪我。没有我，也许就不会发生后面一系列的事了……"

我又想起了那首诗。

> 从闻思修，错了路头。
>
> 将错就错，随流入流。
>
> 补陀山鬼窟，海月半轮秋。

"你别这么说。我虽然不相信命，但事实上很多事情，冥冥之中早有安排。"

多尔提议我在"下次再来"小坐，似乎就是为了向我讲述她和张东国相识的往事，带有一定仪式感。追忆后的对坐无言里自带一种心照不宣和体恤，彼此的内心都像有汹涌的海浪翻涌，又像风平浪静，一切归于静止。

咖啡和红茶不待喝完，都残留在杯子里，虽冷犹温。我们起身离开。

"下次再来"——我和多尔都忍不住回看了一眼这间普通的茶餐厅，因为张东国，它成了多尔的"故事"，成了我"故事外的故事"，不知道今后的某一天，我们是否还会"再来"。

重新坐进车里，复杂莫名的心情，让我们再次陷入沉默。

大概半个小时后，车子停在了我家楼下，我正要下车，多尔叫住了我："筱韵，你等等。"

我疑惑地看看她，不知她要干什么。

"和你商量个事。"

"嗯，什么？你说。"

"今天在东国家，我和他父母说好了，他走的时候穿的衣服，由我们准备。"多尔说。

"我知道，我明天就去办。"我点点头说。

"你别准备了。"多尔走下车，打开后备厢，拿出一套西服，说，"这是我前些时候出国时为东国买的。本想作为生日礼物送他……"

我愣住了。

过了好一会儿，我才反应过来，紧紧抱住她，无言的泪水夺眶而出："多尔……"

4

随着解放上海隆隆炮声的逼近，护厂工作也到了最后关头。

5月24日深夜，已在新谊药厂与护厂队对峙十多天的国民党士兵，突然接到对工厂实施爆破的命令。

护厂队发现了装载炸药的卡车，立即将卡车堵在门口。

"你们想干什么？"杨有保是上海守军的一个连长。他走下车，挥舞着手里的枪大声嚷嚷道，"想找死吗？"

闻讯赶来的王铭珊从人群中挤到前面，半解释半吓唬道：

"这位兄弟，我知道，你也是迫不得已执行上面的命令。但你想过没有，我们这里是化学装置！你们实施爆破将会引起化学药品爆炸，周围都是居民，引起连锁爆炸后会有什么样的后果你想过吗？"

"这……"杨有保显然被吓住了，他吃不准是不是真的会有这么严重的后果，用狐疑的眼光看着王铭珊，说，"我不管那么多，军人以执行命令为天职！"

"现在情况不一样。"王铭珊指指周围的护厂队员，说，"你想想，这么多工人兄弟在这里，就算你执行了所谓的命令，你们能走得了吗？工人兄弟会放过你们吗？"

"那我不管。我不执行命令，回去也是个死。"杨有保摆出一副无赖相。

"你敢在此造次，现在就得死！"几名护厂队员拿着木棒指着他。

杨有保愣了一下，然后哈哈大笑起来，说："就凭你们手上的烧火棍？"

"我这是打狗棍。"一个护厂队员说。

"你他妈的骂人？"杨有保气急败坏地拉开枪栓。

"我们骂的不是人。"另一个护厂队员说。

这下更激怒了杨有保，他朝天上连开两枪，说："他妈的都给老子滚开！看看是你们的烧火棍厉害，还是老子手上的家伙厉害！"

车上的国民党士兵也拿枪对着护厂队员。

国民党士兵与工人护厂队员形成对峙，双方剑拔弩张。

"大家都别激动！大家都别激动！"王铭珊朝护厂队员摆摆手，然后伸手拦住杨有保，说，"你们也很辛苦，让兄弟们先把车子停在外面等会儿。我们借一步说话。"

杨有保见王铭珊态度友善，犹豫了一下，对另一个军官模样的人，说："钱副，你带人把车停边上，等我的命令。"又对车上的士兵大声说，"你们都下来，注意警戒。"说罢，跟王铭珊边走边说，"你别耍什么花招啊。"

王铭珊微微一笑，说："我能耍什么花招啊？"然后对身边的人交代，"赶紧给士兵兄弟们准备早餐，他们累了一夜，辛苦了。"

王铭珊把杨有保带往办公室，边走边说："你看看，这幢西班牙风格的大楼多漂亮！你们把它炸了不觉得可惜？"

杨有保四处张望着，说："是他妈漂亮，比我们的营房好多了。"

"这哪是你们的营房好比的？"王铭珊推开门，进入办公室，指着沙发说，"兄弟，你请坐。"

杨有保见王铭珊如此客气，反倒有点不好意思，说："你请坐。"

王铭珊哈哈一笑，说："我们都坐。"又问，"来杯咖啡？"

不等杨有保回答，他招呼道："来两杯咖啡。"

"兄弟，现在就我俩，说句心里话可以吧？"王铭珊指着咖啡，做了个"请"的手势。

杨有保似乎是第一次喝咖啡，他尝了一口，说："这玩意儿，不好喝。"

"咖啡要慢慢品。"王铭珊啜了一口说，"好咖啡初尝有股苦味。"

"你让我过来不是聊天吧？有什么快说！"杨有保警惕起来。

"兄弟，你看看我们这里是制药厂，制药厂干什么的，你知道吗？"王铭珊问。

"废话，当然是制药。"杨有保笑了起来。

"制药又是干什么的？"王铭珊又说。

"别拐弯抹角了，你到底想干什么？"杨有保不耐烦地说。

"你是军人，在前线拼着命怎么打都可以，但现在带人来炸一个制药厂，你觉得你这个兵当得有意思吗？"

"我这是在执行任务。"杨有保仍然嘴硬。

"古人说'识时务者为俊杰'，你看看目前的大势，为国民党卖命值得吗？"王铭珊开导说。

"你这是在为共产党讲话吧？"杨有保警觉地问。

"你叫杨有保吧？"这时，门外有人推门进来。

来人是新谊制药的职工曲凡理，中共地下党员。他继续说："你是山东临沂人，父亲早逝，母亲健在，你有一个男孩，今年四岁。我说得都对吧？"

"你是共产党？"杨有保大吃一惊，站起身掏出枪大声问。

"没错，我是共产党，也是新谊的员工。"曲凡理说，"其实我是谁不重要，我说得对不对很重要，是吧？"

"你就不怕我毙了你？"杨有保做出拉扳机的架势。

曲凡理笑着问："你说这里是动手的地方吗？"

"杨连长，在这里你不必动肝火。"王铭珊此时一脸严肃，说，

"你坐下！"

杨有保受到震动，坐了下来。

"你想过没有？在这里搞爆破炸毁制药厂，工人们会放过你们吗？"王铭珊说。

"再说，你敢保证你带的这支队伍里就没有我们的人？"曲凡理说。

"那……"杨有保犹豫起来，"就算我不执行命令，他们还会派人过来……"杨有保的声音明显低了许多。

"上海快解放了，此时你放下武器，和我们一起保护工厂，给自己留条后路，也给家人留点希望多好！"

杨有保想了一下，问："你们能保证我的安全？"

"你让他们放下武器，共同保护新谊制药厂，我们绝对保证你们的安全，并且可以作为战场起义。"

"可是……"杨有保迟疑着。

"你还有什么问题？"王铭珊此时心里已有把握，必须趁热打铁，迅速让杨有保放下武器。

"就算我同意你们的要求，手下的兄弟也不一定都听我的，而且上面也会再派人过来。"杨有保说了自己的担心。

"这个你不要考虑，你只管照我们说的办，别的我们会安排好。"王铭珊态度非常坚决地说。

几天后，上海回到人民手里。

新谊药厂也随之回到人民手里。

5

新谊制药建厂一百年庆贺大会将百年司庆系列活动推向了高潮。

大会隆重而热烈。来自国内外一千多名嘉宾共同见证了这一辉煌时刻。

就在这次庆贺大会上，有两件大家至今一直津津乐道的事，为这次庆祝大会增了几分喜庆和传奇色彩。

这天的庆祝大会上，来了一位身上挂满奖章的老军人江道品。他是一个颇具传奇色彩的人物。1946年6月入伍的江道品，后来被调配补充到空军某部，抗美援朝战争爆发后，所在部队奉命赴朝，驻扎在凤凰城机场。

1953年1月参加空战后，江道品先后打下了四架美军飞机。后来，由于部队更新装备，他被送到沈阳北陵机场志愿军空某师补课，学习单飞必须掌握的复杂技术。当领航主任带飞两个架次后，说："你不需要再学习，完全可以放单飞了。回去吧！"当天，江道品就驾机回到中队。在整个抗美援朝战争中，他共击落美国F-86战机五架、击伤两架。尤其值得一提的是，1953年4月，江道品击落美空军"首席三料王牌飞行员"康奈尔所驾驶的战机。

1985年，部队百万大裁军，江道品因病提前退休。后来他隐瞒身份，到附近的一所大学，专门负责十一幢学生宿舍楼的卫生管理工作，每天骑着自行车按时上班，督促勤务人员搞好学生宿舍卫生。看到宿舍大楼有不干净的地方，就亲自动手打扫，还协助老师做学生的思想工作。两年后，大家才发现身边的这位"扫帚大爷"，竟然是一位多次荣立战功的战斗英雄、离休的空军某部原副军长。此事在大学学生中间引起强烈反响，上海的大小报纸、电视、广播等新闻媒体，也争相报道。

庆祝大会上，江道品带来一张放大的照片，也揭开了一段尘封的历史。

照片上，一位年轻英俊的飞行员站立在一架名为"新谊"号的歼击机旁。不用说，那位年轻英俊的飞行员就是江道品。而他身边的新谊号飞机，竟然是当年新谊捐赠的四架飞机之一。

原来，抗美援朝战争爆发后，王铭珊等人倡议工人增加生产定额，通过半年的辛勤努力，新谊制药厂多积累了六十多亿元（旧人民币），捐献了四架飞机。其中一架就是江道品击落美空军"首席三料王牌飞行员"康奈尔所驾战机时，所驾驶的"新谊"号歼击机。

还有一件特别振奋人心的事，在庆贺大会前两天，上海医药入选《财富》世界 500 强企业排行榜第 430 位，并再度登榜 PharmExec 全球制药企业 TOP50 第 41 位，作为上海医药的龙头企业，新谊制药在创新方面的持续投入，在网络方面的持续拓展，在产品结构上的持续优化，最终带来了上海医药整体竞争力的提升。

多尔的车停在会场外。她约我一起到黄浦江边走走。

会前，我跟吉老头请了假，表示最近比较累，想休息几天。

吉老头沉思了一会儿，然后缓缓地问我：

"还想离职吗？"

我当时心头一惊，因为此前并未和他谈过想离职的事。说实话，通过近一年的司庆筹备工作，我对新谊有了更深的了解，并且开始真正爱上这个企业了。于是，我支吾着说："这个……"

吉老头仿佛看透了我的心思，说："你休息几天吧，把里里外外的事都处理好，后面工作可能会有调整。"

我没有再问，只是说了"谢谢！"二字。

正是华灯初上之时。

此时的黄浦江格外安详。对岸的陆家嘴灯光璀璨，林立的高楼大厦流光溢彩。江水静静流淌，海鸥翩翩起舞。江面上游轮穿梭，其中的"新谊"号造型独特，"除了好药，还有创新与友谊"几个大字不断变换色彩，格外醒目。

我和多尔默默地沿着江边走着。黄浦江两岸的建筑，一边古老，一边现代，上海的百年历史，仿佛都浓缩在浦江两岸。

我倚栏而立。这里是我熟悉的地方。一个多月前，我曾与张东国站立在这里。只不过，那时我是依偎在张东国高大的身躯旁。

同样熟悉的外滩，同样熟悉的浦江，同样熟悉的夜景……一切还是那么亲切。只是，曾经相爱的人已经离去。

我泪眼婆娑地望着多尔。她背对着我，双肩不停地颤动，我明显听出她的抽泣声。

不知过了多久，多尔拉着我的胳膊，轻声说："筱韵，我们走吧。"

"嗒嗒嗒"，黄浦江上传来海关大楼一下接一下的钟声。那钟声，虽在空中悠悠回荡，却很容易随江风而逝；那钟声，虽很容易随风而逝，却透着一种铿锵的气势，在心里留下一份莫名的笃定。

（完）

2022 年 8 月 21 日
于上海新江湾

后　记

　　六年前一个冬日的午后，我应邀参加上海上药信谊药厂有限公司（简称上海信谊）的百年庆典活动，也正是在那一天，我被信谊辉煌的百年历史触动，萌生了创作一部以上海民族制药企业为背景的文学作品的念头。在后来的几年里，这个念头常常在脑海中徘徊，创作的冲动也越来越强烈，以至常常为此坐立不安。

　　去年国庆前夜适逢在单位值班，彻夜未眠，这种冲动已让我"忍无可忍"。于是，第二天交班后，带着几捆历史资料，独自住到长兴岛朋友闲置的房子里，开始了小说创作。

　　无奈平日本职工作上事情比较多，很难集中精力写作。真正静下心来，还是在今年上海疫情"静默"期间。当时，整个小区静悄悄，马路上没有匆匆而过的车辆，也没有熙熙攘攘的人群，甚至连空中都没了飞鸟的踪影。这种清静虽然有些可怕，但对于平常忙忙碌碌的我而言，却也不失为阅读、静思与创作的好机会。

　　《海上晨钟》这部长篇小说是以上海信谊为背景的。创作前期，我用了四五年的时间，通过采访、座谈等方式全方位了解上海信谊的历史，收集了大量相关的历史资料。

认真阅读这些史料，便身临其境般走进它尘封的过去。当年，上海信谊是远东地区最大的制药企业，职员多达千人。它于上世纪三四十年代在研发上的高投入、在引进人才上的不拘一格、在绩效考评上的自成体系，至今仍有非常重要的现实意义。可以说，上海信谊百年发展的历史，对于中国的民族工业和民族品牌而言，是一个标本级的个案。作为具有悠久历史的民族制药企业，它的成长历程也构成了中国百年风雨和社会发展的一个缩影。

就是在这样一个闻名中外的制药企业里，当年曾活跃着多名地下党员。特别是抗日战争开始到上海解放前夕，上海信谊的地下党员，为新四军购买运送药品，为提篮桥监狱关押的"犯人"捐赠提供药品，在国民党军队撤退前开始护厂运动……

在《海上晨钟》创作过程中，我试图借助类似电影平行蒙太奇的手法，将历史与现实两条情节线分别叙述，相互穿插表现，最后统一在这部长篇小说完整的情节结构中。上海信谊的历史故事，便是其中的一条情节线。

另一条情节线则围绕"新谊"的现实故事展开。事实上，现实故事也由两条情节线构成，一条是郑筱韵与张东国之间的爱情故事，另一条是围绕"新谊"展开的改革故事。在这部小说中，郑筱韵与张东国的爱情故事颇具戏剧性，并与历史故事产生联系，使得历史与现实两条情节线产生了交叉。

国资国企改革是当下一个热门而又敏感的话题。读者可以从若隐若现的时间坐标中发现，小说故事发生的时间，正值有关方面提出以增强企业活力、提高效率为中心，提高国企核心竞争力，建立产权清晰、权责明确、政企分开、管理科学的现代企业制度的特殊年份。小说触及产业工人的主人翁地位、混合所有制改革、建立经理人制度等敏感话题。或许在许多学者看来，这些敏感的话题都是重大的理论话题，但基于在国资委工作十几年的经历，我更愿意认为这些都是重大的现实问题。事实上,无论是中国共产党"全心全意为人民服务"的宗旨,还是新时代"以人民为中心"发展思想的形成,其内在逻辑是一脉相承的,就是改革发展成果更多、更公平地惠及全体人民,这是共产党人的初心使命,更是国资国企改革的方向和目标。

文学作品毕竟不同于研究理论文章,创作的酝酿阶段,我竭力希望用曲折的故事情节来描述民族企业成长发展的故事,希望读者能从中感受并增强民族自信。由于创作水平所限,作品或许并不尽如人意,但希望通过这样的尝试,直面国资国企改革发展问题,并希望有更多的作家深入到国资国企一线,创作更多佳作。

在本书的创作过程中,得到包括上海信谊董事长潘德清同志在内的一大批信谊人的支持帮助,他们不仅给我提供了大量珍贵的一手资料,还组织多场座谈会,让我真正感受到信谊和信谊人的精神。

在此书即将付梓之时,特别感谢它的责任编辑向萍女士,对此书的创作给予了认真而热心的指导与帮助。也要感谢中国作协、上海作协和《人民文学》杂志社领导、专家提出的宝贵意见和建议,为此书的修改提升和个人今后的创作指明了路径。

2022 年 10 月 6 日

于西老河畔

图书在版编目（CIP）数据

海上晨钟 / 苏虹著 . —北京：作家出版社，2022.11（2023.4 重印）
ISBN 978-7-5212-2032-2

Ⅰ.①海…　Ⅱ.①苏…　Ⅲ.①长篇小说－中国－当代
Ⅳ.① I247.5

中国版本图书馆 CIP 数据核字（2022）第 175278 号

海上晨钟

作　　者：苏　虹
责任编辑：向　萍
助理编辑：陈亚利
彩铅手绘：王汉军
装帧设计：徐霈雯
书名题字：来仲棣
出版发行：作家出版社有限公司
社　　址：北京农展馆南里 10 号　　邮　　编：100125
电话传真：86-10-65067186（发行中心及邮购部）
　　　　　86-10-65004079（总编室）
E-mail:zuojia @ zuojia.net.cn
http://www.zuojiachubanshe.com
印　　刷：北京盛通印刷股份有限公司
成品尺寸：152×210
字　　数：230 千
印　　张：17.25
彩插印张：1.5
版　　次：2022 年 11 月第 1 版
印　　次：2023 年 4 月第 2 次印刷
ISBN 978-7-5212-2032-2
定　　价：68.00 元